BASTEI LÜBBE

STEPHEN KING

DER WERWOLF VON TARKER MILLS

Mit Illustrationen von Berni Wrightson
und zahlreichen Filmbildern

BASTEI
LÜBBE
Paperback

Bastei-Lübbe-Paperback
Band 28 146

Erste Auflage: September 1986
Zweite Auflage: Oktober 1988

Ins Deutsche übertragen von Dr. Helmut Pesch

Ins Deutsche übertragen von Harro Christensen

Ins Deutsche übertragen von Harro Christensen

Bastei-Verlag Gustav H. Lübbe GmbH & Co., Bergisch Gladbach
Deutsche Lizenzausgabe: 1986
Umschlaggestaltung: Quadro Grafik, Bensberg
Satz: ICS Communikations-Service GmbH, Bergisch Gladbach
Printed in 1988
ISBN 3-404-24146-2

Der Preis dieses Bandes versteht sich einschließlich der gesetzlichen Mehrwertsteuer.

Vorwort

I

Silver Bullet ist wahrscheinlich der einzige Film, der je als Idee für einen Kalender begann. Zuerst wurde ich mit dieser Idee konfrontiert in der Halle eines Hotels in Providence, Rhode Island, während der ›World Fantasy Convention‹ 1979, und zwar von einem jungen Mann aus Michigan namens Christopher Zavisa. Einer der Gründe, weshalb ich mich einverstanden erklärte, über Zavisas Idee zumindest einmal nachzudenken, lag darin, daß ich betrunken war. Wenn ich getrunken habe, würde ich auch ernsthaft über den Vorschlag nachdenken, die Brooklyn Bridge zu kaufen und sie in meinen Garten in Maine zu schaffen. Aber das war nicht der einzige Grund; es gab noch zwei andere.

Zum ersten, und wahrscheinlich weniger von Bedeutung, hatte Zavisa ein recht interessantes Konzept. Er meinte, vielleicht könnte ich mir eine Story ausdenken, die über zwölf monatliche Folgen von Vignettenlänge gehen würde; jede dieser Folgen würde dann von einer Farbzeichnung von Berni Wrightson begleitet werden. Ich dachte, ich hätte jede denkbare Art von Kalendern gesehen – Kalender mit Scherzfragen, Kalender, die Geburtstage berühmter Schriftsteller herausheben, Kalender, die die bewunderswert präsentablen Bücher von Christi Brinkley präsentieren, Rock-and-Roll-Kalender, Rezept-Kalender – aber einen *Story*-Kalender? Das war etwas Neues, zumindest für mich. Ich begann mit dem Gedanken zu spielen, rockte und rollte es in Gedanken hin und her, um zu sehen, ob sich damit etwas machen ließ, ob ich es hinkriegen könnte.

Zweitens war Zavisa genau zu dem richtigen Zeitpunkt und Ort an mich herangetreten; psychologisch gesprochen, hätte es keinen günstigeren Monat geben können. Er und ich waren in Providence, zusammen mit fünf- oder sechshundert anderen Leuten, die als Teilnehmer der World Fantasy Convention alle ein Interesse an makabren und phantastischen Dingen gemeinsam hatten. Eine Zusammenkunft am Halloween-Wochenende, die seit zehn Jahren oder so ein alljährliches Ereignis in der Gemeinschaft von Fans und Autoren geworden ist.

Ich hatte zuvor erst eine WFC besucht und fühlte mich sowohl beklommen als auch ein wenig schuldig. Ich traf mich immerhin mit Autoren, die ich als Kind vergöttert hatte, Autoren, die mich viel von dem gelehrt hatten, was ich von meinem Handwerk verstehe – Leute wie Robert Bloch, Autor von *Psycho*, Fritz Leiber, Autor von *Conjure Wife* und *Night's Black Agents*, Frank Belknap Long, Autor von *The Hounds of Tindalos.* Und obgleich seit vierzig Jahren tot, war Howard Phillips Lovecraft im Geiste sehr gegenwärtig – Lovecraft, der Providence und Central Falls und die kleinen Städte von Massachusetts ringsum in den magischen Geschichten, die er in den dreißiger Jahren in *Weird Tales* veröffentlichte, in ein von Schatten umdunkeltes Wunderland verwandelt hatte.

Meine Beklommenheit war daher wohl nur zu verständlich. Ich denke, der Grund für mein Schuldgefühl dürfte ebenfalls ziemlich klar sein. Frank Belknap Long war von New York aus mit dem Greyhound-Bus zu den Treffen gekommen, weil er sich, mit zweiundachtzig Jahren, keine Eisenbahnfahrkarte leisten konnte, geschweige denn ein Flugticket. Bob Bloch und Fritz Leiber geht es beiden finanziell ganz leidlich – keine Angst, dies ist keine Einleitung zu *Das Mädchen mit den Schwefelhölzern* oder *Sterntaler* –, aber weder sie noch die meisten der Autoren, die ich verehrte (und in vielen Fällen zum erstenmal persönlich kennenlernte), hatten je *im Leben* den Erfolg gehabt, der mir seit der Veröffentlichung meines ersten Romans, *Carrie*, zuteil geworden ist. Dies lag nicht daran, weil ich ein besserer Autor bin; es lag daran, weil ich genau zur rechten Zeit geboren wurde, um aus dem Boom des Leserinteresses an Science Fiction und dem Übernatürlichen, das seit den späten siebziger Jahren in die Bestsellerlisten übergeschwappt ist, Gewinn zu ziehen. Die anderen hatten sich lange und ehrenvoll in den Dschungeln der billigen Magazine abgemüht; ich kam zwanzig Jahre nach dem Hinscheiden von *Weird Tales* dahergesprungen, als letzter von allen, und heimste einfach die reiche Ernte dessen ein, was sie in diesem Dschungel gesät hatten.

Ich war darauf gefaßt – wie es im Jahr zuvor auf der WFC in Fort Worth gewesen war –, eine Menge von Kommentaren zu hören wie »Wer ist denn dieser junge Hüpfer?«, eine gewisse Anzahl von kritischen und herablassenden Bemerkungen über meinen Vampir-Roman, meinen Geisterhaus-Roman, meinen Zweites-Gesicht-Roman. Solch ein Empfang hätte mich ein wenig verlegen gemacht, aber wäre irgendwie auch eine Erleichterung gewesen. Der kleine Stevie King tut Buße, wenn Sie verstehen, was ich meine. Kann mir jemand die Absolution erteilen? Die freundliche und großmütige Aufnahme, die ich statt dessen von Leuten erhielt, die ich immer noch kaum als meine Kollegen anzusehen wagte, erleichterte mich, aber ließ das Schuldgefühl stärker werden denn je.

Und dann kommt Chris Zavisa in einem Moment, wo ich (a) betrunken bin und (b) so bereit, wie ich es je sein werde, irgend etwas *Kleines* zu tun, irgend etwas, das zeigen soll, daß ich einer von ihnen bin und (Trommelwirbel und Tusch, bitte) NICHT BLOSS AN DAS GROSSE GELD DENKE.

Ich sagte zu Chris, da ließe sich vielleicht etwas machen, und ging auf mein Zimmer, wobei mir die Stimme meiner Mutter schmerzlich in den Ohren klang: »Wenn du ein Mädchen wärst, Stephen, wärst du die ganze Zeit schwanger.«

Beim Einschlafen ging mit die zyklische Natur des Kalenders im Kopf herum, und am Mittag des nächsten Tages hatte sich etwas herauskristallisiert – vermutlich das *einzige* Etwas, das sich problemlos für die Form eignet, die Zavisa vorschwebte. Dieses Etwas war natürlich der Werwolf-Mythos. Zeige mir zwölf Monate, und ich zeige dir zwölf Vollmonde. Zwölf Gelegenheiten für den Werwolf, in Erscheinung zu treten und die Einwohner von . . . nun, nennen wir es Tarker's Mills zu terrorisieren.

Chris gefiel es (wenngleich ich in aller Aufrichtigkeit sagen muß, daß ihm in seinem Eifer, Berni Writhson und mich zu »verkuppeln«, vermutlich auch *Godzilla gegen das Michelin-Männchen* gefallen hätte). Ich sagte ihm, ich würde es probieren, und bis ich wieder zu Hause war, hatte ich eine Kampfstrategie entwickelt – oder ein Thema, wenn Ihnen das besser gefällt –, das mir Spaß machte. Titel: *Der Wolfsmann in Winesburg, Ohio*. Ich dachte mir, ich könnte das Vollmond-Motiv mit allen möglichen Feiertagen verbinden. Meine Frau Tabby gab zu bedenken, daß ein Jahr, in dem alle Vollmonde auf einen Feiertag fielen, ein wirklich ziemlich verrücktes Jahr wäre. Ich gab ihr recht, aber berief mich auf die künstlerische Freiheit. »Freiheit ist etwas anderes als Amoklauf«, sagte sie und verschwand weise in der Küche, um uns allen etwas zu essen zu machen.

Was mir sehr viel mehr Sorgen machte als die Vollmond-Feiertage war das Kalender-Motiv. Selbst wenn man fünfhundert Worte pro Folge ansetzte – eine Menge für eine einfache Kalender-Doppelseite, die bereits ein Wrightson-Bild und ein Kalendarium enthalten würde –, würde es sehr knapp werden. Ich mag es nicht, eine Geschichte in Schulbuchform nach dem Schema: »Dies ist Dick. Dies ist Jane. Dies sind Dick und Jane« zu erzählen, aber ich sah keine Möglichkeit, dies zu umgehen.

Ich setzte mich an die Schreibmaschine, entschlossen, ein Kapitel pro Tag herunterzuklopfen und in zwölf Tagen fertig zu sein. Ich schaffte Januar, Februar und März, und dann kam ein Satz Druckfahnen, die umgehend korrigiert und zurückgeschickt werden mußten. Ich legte *Das Jahr des Werwolfs* beiseite, um die Korrektur zu lesen, und kam dann vier Monate lang nicht mehr dazu, etwas daran zu tun. Dann und wann blickte ich schuldbewußt auf den kleinen Stapel von Seiten, der neben der Schreibmaschine verstaubte, aber hinzuschauen war alles, was ich tat. Es war wie kalter Kaffee. Niemand mag einen kalten Kaffee trinken, wenn er nicht muß.

Chris Zavisa war ein Musterbeispiel an Geduld, aber im Januar 1981 griff er dann doch einmal zum Telefon und fragte mich, wie es denn voranginge. Das Schuldgefühl packte mich erneut mit Macht. Ich hatte ihm die Ehe versprochen, und was tat ich – ich ging fremd. Mit unbewegter Stimme log ich, ja, die Story sei schon fast fertig. Chris heiterte sofort auf. Das sei gut, sagte er, weil Berni Wrightson schon mit den ersten Skizzen begonnen habe.

Ungefähr drei Wochen nach diesem Anruf flogen wir *en famille* zu einem zweiwöchigen Urlaub nach Puerto Rico, und ich nahm die ersten drei Monate vom *Werwolf* mit, in der festen Absicht, die richtige professionelle Einstellung zu zeigen, in den sauren Apfel zu beißen und das Ding fertigzuschreiben.

Im Flugzeug kam ich bis April. Ich war gerade am Schluß angelangt, als das ›No-Smoking‹-Zeichen aufleuchtete und das Flugzeug mitten über dem Atlantik wendete und nach New York zurückdüste. Ein Mann hatte einen Herzinfarkt erlitten – das Rauchverbot war angeordnet worden, weil er Sauerstoff bekam.

Bei unserem zweiten Versuch auf der Strecke New York-San Juan erledigte ich den Mai. Wir kamen diesmal ohne Zwischenfall in San Juan an, aber es gab eine Verzögerung wegen des Kombi-Wagens, den wir bei Avis bestellt hatten (mit drei Kindern miete ich *immer* einen Kombi; einen großen aufgeplusterten Country Squire, wenn ich ihn kriegen kann), und während wir im Avis-Büro saßen und uns der Schweiß in unsere Touristenklamotten lief, machte ich den Juni.

Mann, das geht ja richtig voran mit dem Ding, dachte ich. Jetzt noch ein Verkehrsstau zwischen hier und Palmas del Mar, dann bin ich schon mitten im Herbst.

Freilich geschah nichts dergleichen, und das Manuskript schlummerte friedlich auf einem Tisch in dem kleinen Ferienhaus am Strand, das wir für die nächste Woche gemietet hatten, während wir draußen Sonne tankten, Pina Coladas nippten, den Nachmittag verschliefen und allgemein zu vergessen suchten, wie Maine im blauen Herzen des Februar aussieht. Ich war auch mit grimmiger Entschlossenheit dabei, das Rauchen aufzugeben – als man den unglücklichen Herzinfarktpatienten durch den Mittelgang des Flugzeugs gerollt hatte, mit dem Plastikschutz des Atemgeräts über seinem Gesicht, hatte ich deutlich die Packung Marlboro in seiner Brusttasche gesehen.

Als die zweite Woche angebrochen war, gab das *Werwolf*-Manuskript auf dem Beistelltisch, wo ich es abgelegt hatte, als wir in das Ferienhaus kamen, und wo es jetzt immer noch lag, ein leises, dünnes Wimmern von sich.

Man kennt dieses Wimmern, wenn man es hört. Es ist, glaube ich, fast so wie das Wimmern eines blauen Babys, das zuerst für tot gehalten wird. *Bitte, ich würde ganz gerne leben, wenn es euch nicht allzu viel ausmacht*, sagt jenes Wimmern.

Und wenn ich ganz ehrlich sein soll, dann muß ich sagen, daß ich *Das Jahr des Werwolfs* für eine Fehlgeburt hielt. Die Hälfte davon war fertig, das stimmte, und die zweite Hälfte *würde* fertig werden – vorbehaltlich Feuer, Flut, Herzinfarkt oder Flugzeugabsturz –, daran hatte ich keinen Zweifel; denn ich hatte es versprochen, und ich würde lieber eine schlechte Arbeit abliefern als mein Wort brechen. Aber es passierte nichts. Die ersten sechs Monate waren wie sechs Züge an der Startleine eines Rasenmähers gewesen, dessen Benzintank leer ist. Die Form der Vignette war tödlich für mich. Ich fühlte mich wie etwas, das man geknickt, geknittert, gelocht und beschädigt hatte.

Aber . . . ich konnte es wimmern hören, trotz allem.

Ich nahm mein Notizbuch und setzte mich an den Küchentisch, fegte den Zucker beiseite, den meine Kinder verstreut hatten, als sie sich ihre Cornflakes zum Frühstück reingeschoben hatten. Und ich fing an, über diesen Jungen namens Marty zu schreiben, der nicht aus seinem Rollstuhl konnte, und wie es ihn zur Weißglut brachte, weil der Werwolf nicht damit zufrieden gewesen war, Leute umzubringen; jetzt hatte der Werwolf es sogar geschafft, daß das große Feuerwerk zum Unabhängigkeitstag abgesagt worden war.

Das Kapitel überschritt bei weitem das willkürliche Limit von fünfhundert Worten, das ich mir gesetzt hatte, aber es war mir egal. Eine Erregung hatte mich gepackt, ein Fieber beinahe. Und was zu den besten Zeiten passiert, passierte dann: Ich konnte im voraus sehen, was ich schreiben würde, und ich konnte rückwärts sehen zu all den Dingen, die ich neu schreiben würde. Es ist wie das Herumtasten in der Dunkelheit, ehe man endlich den Lichtschalter findet, als man gerade aufgeben wollte. Besser kann ich es nicht beschreiben.

Als wir nach Maine zurückkehrten, hatte ich Juli, August und September fertig. Eines von den ersten Dingen, die ich tat, nachdem ich wieder zu arbeiten angefangen hatte, war, zum Telefon zu greifen und Chris Zavisa anzurufen – ich tat es so rasch, weil es am besten ist, unangenehme Dinge schnell hinter sich zu bringen. Und Chris zu erklären, daß sein Kalender so eine Art Kurzroman in zwölf Teilen geworden war, war nicht unbedingt etwas, was ich gerne tat.

Aber ich hatte mich in Zavisas Reaktion verschätzt, wie damals bei der Art von Empfang, die ich auf der World Fantasy Convention erwartet hatte. Statt zornig oder enttäuscht zu sein, war er begeistert. Wir könnten ein kleines Buch daraus machen statt eines Kalenders, meinte er … und er sagte das mit soviel spürbarem Enthusiasmus, daß ich mich unwillkürlich fragte, ob es nicht das war, was er die ganze Zeit hatte tun wollen, aber sich vielleicht nicht so recht getraut hatte zu fragen.

Jedenfalls war das Manuskript nach zwei weiteren Wochen fertig und wurde 1983 in einer limitierten Ausgabe veröffentlicht. Jene Ausgabe, herausgebracht von Chris Zavisas Land Enchantment Press, ist inzwischen ausverkauft. Ich hatte eigentlich gedacht, sie nicht mehr neu aufzulegen – eine der Möglichkeiten, die ich versucht habe, für meinen eigenen Erfolg nicht völlig die Perspektive zu verlieren, ist, daß ich von Zeit zu Zeit nach alternativen Publikationsformen Ausschau halte, um nicht unter dem schieren Gewicht der Verkaufszahlen zu ersticken. *Werwolf* war so ein Fall. Aber, wie es so schön heißt, der Mensch denkt – und Dino de Laurentiis lenkt.

II

Obwohl er vermutlich nicht größer als eins-fünfundsechzig oder eins-achtundsechzig ist, ist Dino de Laurentiis einer der größten Männer, die ich je kennengelernt habe. Er ist ein Mann, für den das Wort *Stil* erfunden worden zu sein scheint; ein Mann mit Haltung, Charme, Überredungskunst, *panache*. Und er hält *sehr* viel von der großen Geste.

Nachdem er die Filmrechte an *Dead Zone* gekauft hatte, kam Dino in einem Learjet nach Bangor herübergeflogen, um mich auf die Idee anzusetzen, das Drehbuch zu schreiben. Mann, als die Propellerkapitäne auf unserem Kleinflughafen den Lear herunterkommen sahen, hätte nicht viel gefehlt, und sie wären auf die Knie gefallen, um ihn anzubeten.

Ich traf Dino und fuhr ihn nach Hause, nicht sicher, was ich sagen oder wie ich mich verhalten sollte; während die Qualität seiner Filme die ganze Spannbreite vom Erhabenen *(Two Women)* bis zum Lächerlichen *(Amityville 3-D)* umfaßt, ist er zweifellos einer der größten Produzenten in der Welt und wahrscheinlich *der* größte unter den jetzt lebenden ... und er saß in *meinem* Auto.

»Stephen«, sagte er, indem er sich eine Zigarette anzündete und auf die höchst uninteressante Schneelandschaft der Outer Hammond Street an einem Februarnachmittag hinaussah, »dies ist Bangor, Maine ... richtig?«

»Richtig«, sagte ich.

»Das ist in New Hampshire, richtig?«

»Richtig«, sagte ich. Es war alles, was mir einfiel.

Dino bezauberte mich; er bezauberte meine Frau; er bezauberte meine Kinder. Er bezauberte uns alle trotz der Tatsache, daß die Schmerzen von mehreren stark vereiterten Zähnen ihn nahezu umbrachten (er flog am nächsten Tag nach Rom, um sie behandeln zu lassen – auch die Redensart *heute hier, morgen dort* war für Dino gemacht worden). Ich erklärte mich einverstanden, das Drehbuch zu schreiben; er erklärte sich einverstanden, sich zumindest mit Bill Murrays Agent in Verbindung zu setzen, um die Möglichkeit auszuloten, Murray, der meine Wahl für Johnny Smith war, in dem Film mitspielen zu lassen.

Wie es sich ergab, wurde aus beidem nichts. Mein Drehbuch wurde zugunsten eines anderen von Jeffery Boam verworfen, und Chris Walken spielte schließlich die Rolle des Johnny Smith. Wie dem auch sei, jedenfalls wurde es ein verdammt guter Film.

In den zwei darauf folgenden Jahren kaufte Dino eine Menge von meinen Sachen. Die Ergebnisse waren unterschiedlich – ich war nicht sehr begeistert von *Feuerkind* –, aber im großen und ganzen waren sie doch recht gut. Und nebenbei habe ich gefunden, daß er ein Mann ist, auf den ich immer zählen kann. Er ist ein Geschäftsmann, aber er ist auch ehrlich und großzügig.

Ich habe ihn nie gefragt, warum er so viele Stoffe von mir für Filme gekauft hat, aber ich glaube, der Grund liegt darin, daß wir viel gemeinsam haben: einen Drang, Leute zu unterhalten; ein geradezu kindliches Interesse an der Größe von Effekten; die Vorstellung, daß einfache Geschichten womöglich die besten sind; einen sentimentalen Glauben, daß die meisten Leute gut sind und daß im allgemeinen Feigheit ein selteneres Gut zu sein scheint als Tapferkeit, wenn es darauf ankommt.

Was immer die Gründe sein mögen, er hat mich bei verschiedenen Gelegenheiten gefragt, ob ich noch etwas für ihn hätte, und ich habe wiederholt darüber nachgedacht – nicht nur, weil er gut zahlt (obwohl das stimmt) oder weil er wirklich die Filme macht, von denen er sagt, daß er sie machen will (obwohl auch das stimm), sondern weil ich gern mit ihm zusammenarbeite und immer mit Interesse verfolge, was er als nächstes tun wird. Mit Dino zu arbeiten ist ein wenig wie abzuhauen, um zum Zirkus über Land zu ziehen.

Im Frühjahr 1984 dachte ich an *Das Jahr des Werwolfs* und schickte ihm ein Exemplar. Ich erwartete nicht wirklich, daß er Interesse zeigen könnte; es war eine kleine Höflichkeitsgeste, nicht mehr. Ich glaubte gewiß nicht, daß er oder sonst jemand Interesse daran haben könnte, einen Werwolf-Film zu machen, insbesondere nach *The Howling, An American Werewolf in Paris* und *Wolfen* – ausgezeichnete Filme alle drei (nach der bescheidenen Ansicht des Verfassers) und nicht ein einziger kommerzieller Erfolg darunter. Aber Dino war interessiert, und eine Woche später hatten wir uns geeinigt.

Ich ging davon aus, daß meine Beteiligung an dem Film damit enden würde, daß ich meinen Namen auf die gepunktete Linie setzte, aber es sollte ganz anders kommen. Wie die Dinge nun stehen, habe ich drei Filme für Dino geschrieben, soll beim dritten davon selbst Regie führen und hatte bei keinem die Absicht, irgend etwas damit zu tun zu haben.

Eines von den Dingen, die mich an Dino faszinieren, ist, wie er es immer schafft, mich dazu zu bringen, Dinge zu tun, die ich eigentlich nie hatte tun wollen. Er kaufte eine Anzahl meiner Kurzgeschichten aus *Nachtschicht* von dem amerikanisch-britischen Produzenten Milton Subotsky und fragte mich, ob ich nicht zu zwei von den Geschichten, die er bereits hatte, eine neue hinzuschreiben könne. Ich hatte eine Geschichte im Kopf, die ich »Katzenauge« nannte, welche von einem kleinen Jungen handeln sollte, dessen Katze fälschlich verdächtigt wird, ihn töten zu wollen, indem sie ihm den Atem nimmt. Ich änderte das Geschlecht des Kindes (Dino wollte, daß Drew Barrymore, die zu dem Zeitpunkt in *Feuerkind* mitspielte, die Rolle des

Kindes übernehmen sollte) und schrieb die Geschichte zu einem kleinen Drehbuch um.*

Dino kam wieder nach Bangor, wieder in seinem Lear, diesmal begleitet von Martha Schumacher, der Produzentin des Films, und saß in meinem Arbeitszimmer und trank Kaffee und überredete mich irgendwie, das ganze Drehbuch zu schreiben. Ich bin mir immer noch nicht ganz sicher, wie er das schaffte; ich glaube, es war eine Form von gutartiger Hypnose. Ich weiß nur, daß ich zuerst den Kopf schüttelte und sagte, es ginge absolut nicht, mein Arbeitsplan sei bereits völlig vollgepackt, und daß ich schließlich am Ende nickte wie ein Narr und ihm sagte, er könne einen ersten Drehbuchentwurf in einem Monat oder so haben.

Ungefähr eine Woche nachdem der Vertrag über *Das Jahr des Werwolfs* perfekt war, war ich in New York. Ich besuchte Dino in seinem Büro – das einen absolut phantastischen Ausblick auf den Central Park hat, den schönsten in der ganzen Stadt –, nur um ihm guten Tag zu sagen. Dino fragte mich, ob ich keine Lust hätte, ein Drehbuch für *Werwolf* zu schreiben. Ich sagte ihm, das sei unmöglich, mein Arbeitsplan sei bereits völlig vollgepackt und so weiter und so weiter.

Ungefähr eine Woche später, wieder daheim in Maine, hatte ich zufällig einmal an einem verhangenen Sonntagnachmittag das Haus für mich allein. Wie ich so mit der Sonntagszeitung neben mir auf dem Sofa lag, blätterte ich die Fernsehprogramme durch, und mein Blick fiel auf *Wer die Nachtigall stört*, einen Film, den ich nicht mehr gesehen hatte, seit ich ihn bei seiner Erstaufführung (oder was man hier so als Erstaufführung bezeichnet) im Cumberland Theater in Brunswick, Maine, gesehen hatte – und zu dem Zeitpunkt muß ich so um die Elf gewesen sein.

* Stephen Kings Filmnovellen liegen jetzt zusammengefaßt in *Trucks* (Bastei-Lübbe Taschenbuch 13043) vor. Anmerkung des Übersetzers.

Ich fand mich fasziniert von jenen körnigen schwarzweißen Bildern, und dann regelrecht hingerissen. Als der Film zu Ende war, weinte ich tatsächlich ein wenig – es war die Stimme des Mädchens hauptsächlich, die jene Ereignisse rekapitulierte, die sich vor meinen Augen abspielten. Ich machte den Fernseher aus und dachte: Was würde geschehen, wenn du versuchen würdest, diese elegische, retrospektive und eher sanfte Form der Erzählung zu verwenden, um die Geschichte von Marty Coslaw und seinem Duell mit dem Werwolf zu erzählen.

Die Idee stimulierte mich – es war wieder, wie den Lichtschalter zu finden, diesmal, ohne danach getastet zu haben. Zwanzig Minuten nachdem der Film zu Ende war, war ich so weit, daß ich im Haus hin und her wanderte und vor Aufregung mit den Fingern schnippte. Am nächsten Tag rief ich Dino an und sagte, ich würde es versuchen, wenn er mich immer noch haben wollte. Er sagte, natürlich wolle er, und ich schrieb das Drehbuch, das den zweiten Teil dieses Bandes bildet.

Als Regisseur für den Film heuerte Dino einen jungen, freundlichen, brillanten Kalifornier namens Dan Attias an. *Silberkugel* ist sein erster Spielfilm. Dan und ich arbeiteten hart daran; er gab ein bißchen hier, ich gab ein bißchen dort hinzu. Ich glaube, daß alles am Ende so ausging, wie es immer ist, wenn man zehn bis zwölf Millionen Dollar auf ein Stück Illusion verwendet: wir machten Kompromisse, wo es notwendig war, und blieben am Ende trotz allem Freunde.

Ich mag das Drehbuch sehr, und das ist der Grund, weshalb ich zugelassen habe, daß es hier abgedruckt wird. Ob der Film auch gut ist? Mann, ich kann's einfach nicht sagen. Ich schreibe ohne den Vorzug, im nachhinein klüger sein zu können als vorher, und von einem zutiefst subjektiven Standpunkt aus. Aber wenn Sie meine persönliche Meinung hören wollen, ich glaube, er ist entweder sehr, sehr gut oder ein totaler Flop. Ab einem bestimmten Punkt kann man es einfach nicht mehr sagen (und vermutlich wird meine Strafe genau so aussehen: in zehn Jahren oder so wird sich keiner mehr daran erinnern, so oder so). Nachdem man vier Entwürfe und einige Umänderungen an Ort und Stelle mitgemacht hat, erscheint einem der Film selbst wie eine Halluzination, wenn man ihn das erste Mal sieht.

Zwei Dinge aber gibt es, deren ich sicher *bin*: Megan Follows, die die Jane Coslaw spielt, wird vermutlich ein Star werden. Und ich hätte gern diesen Raketenschlitten von einem Rollstuhl.

Das ist genug vom Hintergrund; die Träume liegen vor uns. Ich hoffe, es wird Ihnen Spaß machen, und wie immer, vielen Dank fürs Mitfliegen.

Stephen King.

Bangor, Maine
12. Februar 1985

Das Jahr des Werwolfs

JANUAR

FEBRUAR
MÄRZ
APRIL
MAI
JUNI
JULI
AUGUST
SEPTEMBER
OKTOBER
NOVEMBER
DEZEMBER

JANUAR

Irgendwo hoch oben scheint der Mond, groß und voll – aber hier in Tarker's Mills hat ein Januar-Blizzard den Himmel mit Schnee erstickt. Der Sturm braust mächtig durch die verlassene Hauptstraße des Städtchens; die orangefarbenen städtischen Schneepflüge haben schon lange aufgegeben.

Arnie Westrum, Bremser bei der GS&WM-Eisenbahn-Linie, hat sich in den kleinen Geräte- und Signalschuppen neun Meilen vor der Stadt zurückgezogen, denn seine benzinbetriebene Draisine ist in den Schneewehen steckengeblieben. Hier wartet er darauf, daß der Sturm nachläßt. Inzwischen legt er mit seinem schmierigen Kartenspiel Patiencen. Draußen steigert sich der Sturm zu einem schrillen Heulen. Westrum hebt unruhig den Kopf und widmet sich dann wieder seinen Karten. Es ist nur der Wind ...

Aber der Wind kratzt nicht an Türen ... und winselt nicht um Einlaß.

Westrum steht auf, ein großer hagerer Mann in Wolljacke und Eisenbahn-Overall; eine Camel-Zigarette hängt ihm aus dem Mundwinkel, und die Kerosinlampe an der Wand taucht sein zerfurchtes Neu-England-Gesicht in weiches hellrotes Licht.

Wieder das Kratzen. Irgendein Hund, denkt er, der sich verlaufen hat und jetzt Schutz sucht. Weiter nichts ... aber Westrum beginnt nachzudenken. Es wäre unmenschlich, das Tier draußen in der Kälte zu lassen, überlegt er. Trotz des batteriegespeisten Heizgeräts ist es aber im Schuppen nicht sehr viel wärmer als draußen. Westrum sieht die kalte weiße Wolke seines Atems – aber er zögert, zur Tür zu gehen. Eine kleine, kalte Angst nagt plötzlich an ihm. Tarker's Mills hat eine schlechte Saison erlebt; es hat böse Vorzeichen gegeben. In Arnies Adern überwiegt das walisische Blut seines Vaters, und ihm gefällt die ganze Sturmnacht nicht.

Bevor er überlegen kann, wie er sich seinem Besucher gegenüber verhalten soll, schwillt das leise Winseln zu einem Knurren an. Es gibt einen dumpfen Schlag, als etwas Schweres gegen die Tür prallt ... sich zurückzieht ... wieder zuschlägt. Die Tür zittert in ihrem Rahmen, und durch den oberen Spalt dringt eine kleine Wolke Schnee in den Raum.

Arnie Westrum schaut sich rasch um; er sucht etwas, womit er die Tür abstützen kann, aber bevor er nach dem wackligen Stuhl greifen kann, auf dem er gesessen hat, wirft sich das knurrende Ding wieder mit unglaublicher Wucht gegen die Tür. Das Holz zersplittert ...

Nach innen gebogen, hängt die Tür gerade noch im Rahmen, und in ihr steckt, wild mit den Füßen tretend und vorwärtsdrängend, die Lefzen im Knurren zurückgezogen, die gelben Augen funkelnd, der größte Wolf, den Arnie je gesehen hat ...

Und sein Knurren klingt auf entsetzliche Weise wie menschliche Worte.

Die Tür bricht, ächzt, gibt nach. Gleich wird das Ding im Schuppen sein.

In der Ecke lehnt in einem Durcheinander von Werkzeugen eine Spitzhacke an der Wand. Arnie springt hinüber und packt sie, als der Wolf sich in den Schuppen zwängt, sich duckt und den in die

Enge getriebenen Mann aus glitzernden gelben Augen beobachtet. Das Tier hat die Ohren angelegt, pelzige Dreiecke, und läßt die Zunge heraushängen. Hinter ihm fegt der Schnee durch die Tür herein, deren Reste in den Angeln klappern.

Knurrend springt er zu, und Arnie Westrum schwingt die Spitzhacke.

Einmal.

Durch die zersplitterte Tür wirft die schwach leuchtende Lampe Lichtfetzen nach draußen in den Schnee.

Der Wind rauscht und heult.

Die Schreie beginnen.

Etwas Unmenschliches ist nach Tarker's Mills gekommen, so unbemerkt wie der Vollmond, der jenseits der Sturmwolken über den nächtlichen Himmel zieht. Der Werwolf ist da. Warum er gerade jetzt kommt, ist genauso wenig zu bestimmen, wie man weiß, warum Krebs kommt oder ein Irrer mit Mordgedanken oder ein alles zerstörender Tornado. Seine Zeit ist jetzt, und sein Ort ist hier, in dieser kleinen Stadt in Maine, wo Wohltätigkeitsessen aus gebackenen Bohnen das Ereignis der Woche sind, wo die kleinen Jungen und Mädchen ihren Lehrern noch Äpfel mitbringen und wo über die vom Senioren-Club veranstalteten Ausflüge in die Natur mit religiösem Eifer im Wochenblatt berichtet wird. Nächste Woche wird es Neuigkeiten von dunklerer Art geben.

Draußen verwischt der Schnee die Spuren, und der Sturm heult ein wildes, jubelndes Heulen. Dieses herzlose Lied des Sturmes spottet Gott und dem Licht – es kündet von schwarzem Winter und dunklem Eis.

Das Jahr des Werwolfs hat begonnen.

W.

WRIGHTSON 198

JANUAR
FEBRUAR
MÄRZ
APRIL
MAI
JUNI
JULI
AUGUST
SEPTEMBER
OKTOBER
NOVEMBER
DEZEMBER

FEBRUAR

Liebe, denkt Stella Randolph, als sie am Valentinstag in ihrem schmalen jungfräulichen Bett liegt und das kalte blaue Licht des Vollmonds durch das Fenster hereinfällt.

Oh Liebe Liebe Liebe, Liebe wäre wie – ja wie?

In diesem Jahr hat Stella Randolph, die in Tarker's Mills einen Handarbeitsladen betreibt, zum Valentinstag zwanzig Karten bekommen – eine von Paul Newman, eine von Robert Redford, eine von John Travolta . . . sogar eine von Ace Frehley von der Rock-Gruppe Kiss. Vom blauen Licht des Mondes angestrahlt, stehen sie auf der Kommode am anderen Ende des Zimmers. Sie hat sie sich alle selbst geschickt, in diesem Jahr wie in jedem anderen.

Liebe wäre wie ein Kuß bei Tagesanbruch ... oder wie der letzte Kuß, der richtige Kuß am Ende aller albernen Liebesgeschichten ... Liebe wäre wie Rosen in der Dämmerung ...

In Tarker's Mills lacht man über sie. Bestimmt. Darauf kann man wetten. Kleine Jungen machen sich über sie lustig und kichern hinter vorgehaltener Hand. Und manchmal, wenn sie auf der anderen Straßenseite in Sicherheit sind und Polizist Neary nicht in der Nähe ist, singen sie mit ihrem hübschen hellen Sopran spöttisch *Fettsack-Fettsack-zwei-mal-vier.* Aber Stella weiß von der Liebe, und sie weiß vom Mond. Sie ist ein wenig zu kurz geraten, und sie ist zu dick, aber jetzt, in dieser Nacht der Träume, wo der Mondschein als bittere blaue Flut durch die von Eisblumen überzogenen Scheiben fällt, kommt es ihr vor, als hätte Liebe immer noch eine Chance. Liebe und der Duft des Sommers, wenn *er* kommt ...

Liebe wäre wie das rauhe Gefühl der Wange eines Mannes, die reibt und kratzt –

Und plötzlich ein Kratzen am Fenster.

Sie richtet sich auf den Ellenbogen auf, und die Decke gleitet von ihrem üppigen Busen. Eine dunkle Gestalt hat sich vor das Licht des Mondes geschoben – seltsam verzerrt, aber eindeutig männlich, und Stella denkt: *Ich träume, und in meinen Träumen werde ich ihn kommen lassen . . . und in meinen Träumen werde ich mich selbst gehen lassen. Sie denkt an wunderbare, schmutzige Dinge dabei, aber das Wort ist sauber, und das Wort stimmt; Liebe ist sich gehen lassen.*

Sie steht auf und ist überzeugt, daß es ein Traum ist, denn draußen steht geduckt ein Mann, ein Mann, den sie *kennt*, ein Mann, dem sie fast jeden Tag auf der Straße begegnet. Es ist –

(*Liebe ja Liebe ist wie Kommen, und die Liebe ist gekommen*)

Aber als sie mit ihren plumpen Fingern nach dem Fensterrahmen greift, sieht sie, daß es überhaupt kein Mann ist; dort draußen steht ein Tier, ein riesiger zottiger Wolf, die Vorderpfoten auf dem äußeren Sims, die Hinterbeine bis an die Schenkel in der Schneewehe, die sich an der Westseite des Hauses hier am Stadtrand gebildet hat.

Aber heute ist Valentinstag, und es wird Liebe geben, denkt sie; selbst im Traum haben ihre Augen sie getrogen. Es ist ein Mann, *jener* Mann, und er sieht so sündhaft gut aus . . .

(*Sünde ja Liebe wäre wie Sünde*)

... und in dieser mondhellen Nacht ist er gekommen, und er wird sie nehmen. Er wird ...

Sie schiebt das Fenster hoch, und der kalte Windstoß, in dem sich ihr dünnes blaues Nachthemd hinter ihr bauscht, mahnt sie, daß *dies kein Traum ist.* Der Mann ist weg, und mit einem Gefühl, als müßte sie in Ohnmacht fallen, erkennt sie, daß er nie hier war. Schaudernd tastet sie sich einen Schritt zurück, und mit einem leichten Satz springt der Wolf in ihr Zimmer. Er schüttelt sich und sprüht kleine Schneewolken in die Dunkelheit.

Aber Liebe! Liebe ist wie ... ist wie ... wie ein Schrei –

Zu spät erinnert sie sich daran, daß Arnie Westrum nur einen Monat vorher in einem Eisenbahnschuppen westlich der Stadt in Stücke gerissen wurde. Zu spät ...

Der Wolf trottet auf sie zu, und seine gelben Augen funkeln vor kalter Lust. Stella Randolph bewegt sich rückwärts auf ihr schmales jungfräuliches Bett zu, bis sie mit ihren plumpen Beinen gegen den Rahmen stößt, und läßt sich nach hinten fallen.

Der Mondschein schickt einen silbernen Streifen über das zottige Fell der Bestie.

Die Valentinskarten auf der Kommode zittern kaum merklich im Wind, der durch das Fenster hereinstreicht; eine von ihnen fällt herab und beschreibt große stumme Bogen in der Luft, während sie langsam zu Boden schaukelt.

Der Wolf legt beide Pfoten auf das Bett, eine an jede Seite der Frau, und sie kann seinen Atem riechen ... heiß, aber irgendwie nicht unangenehm. Seine gelben Augen starren in sie hinein.

»Geliebter«, flüstert sie und schließt die Augen.

Er stürzt sich auf sie.

Liebe ist wie Sterben.

For You

WRIGHTSON 1983

JANUAR
FEBRUAR
MÄRZ
APRIL
MAI
JUNI
JULI
AUGUST
SEPTEMBER
OKTOBER
NOVEMBER
DEZEMBER

MÄRZ

Der letzte richtige Schneesturm des Jahres. Schwerer nasser Schnee, der sich bei Einbruch der Dämmerung, wenn sich die Nacht über das Land legt, in Graupeln verwandelt. Mit scharfem Krachen bricht unter seiner Last überall in Tarker's Mills das Holz verrotteter Äste von den Bäumen. Mutter Natur sortiert das tote Holz aus, erzählt Milt Sturmfuller, der Stadtbibliothekar, seiner Frau beim Kaffee. Er ist ein schmächtiger Mann mit einem schmalen Kopf und blaßblauen Augen, und er hält seine hübsche und schweigsame Frau seit zwölf Jahren in einer Sklaverei des Terrors. Es gibt Leute, die die Wahrheit vermuten – Polizist Nearys Frau Joan gehört dazu –, aber das Städtchen kann ein verschwiegener Ort sein, und niemand außer dem Paar kennt die Schrecken dieser Ehe wirklich. Die Stadt wahrt ihre Geheimnisse.

Der Satz gefällt Milt so gut, daß er ihn wiederholt: Ja, Mutter Natur sortiert ihr totes Holz aus ... und dann gehen die Lichter aus, und Donna Lee Sturmfuller stößt einen leisen Schrei aus und verschüttet dabei ihren Kaffee.

Mach das sauber, sagt ihr Mann kalt. Mach das sauber ... sofort.

Ja, Liebling. Sofort. Mache ich.

Im Dunkeln sucht sie nach einem Geschirrtuch, mit dem sie den verschütteten Kaffee aufwischen kann, und stößt sich das Schienbein an einem Schemel. Sie schreit laut auf. Ihr Mann lacht irgendwo hämisch im Dunkeln. Er findet Schmerzen, die seine Frau erleidet, amüsanter als alles andere, abgesehen vielleicht von den Witzen im Reader's Digest. Über diese Witze – Humor in Uniform, Leben in den Vereinigten Staaten – kann er wirklich lachen.

Außer totem Holz hat Mutter Natur in dieser wilden Märznacht draußen bei Tarker Brook auch ein paar Überlandleitungen aussortiert; die Eiskruste auf den Kabeln war immer dicker und schwerer geworden, bis die Kabel rissen und auf die Straße fielen wie ein Nest voll Schlangen, die sich träge winden und blaues Feuer spucken.

In ganz Tarker's Mills wird es dunkel.

Als sei er endlich zufrieden, läßt der Sturm nach, und kurz vor Mitternacht sinkt die Temperatur von plus eins auf minus sechs Grad. Der Schneematsch gefriert zu seltsamen Skulpturen.

Die Koppel des alten Hague – örtlich bekannt als das Sechzehn-Hektar-Feld – sieht jetzt aus wie ein zerbrochener Spiegel.

Die Häuser bleiben dunkel; in den Ölheizungen knackt es, sie kühlen ab.

Keinem Arbeiter der Elektrizitätsversorgungsbetriebe ist es bisher gelungen, die eisglatten Straßen zu bezwingen.

Die Wolken reißen auf. Der Vollmond taucht zwischen den Fetzen auf und verschwindet wieder. Die eisbedeckte Hauptstraße sieht aus wie ein riesiger toter Knochen.

In dieser Nacht fängt irgend etwas an zu heulen.

Später wird niemand mehr sagen können, woher das Geräusch kam; es war überall und nirgends, als der Vollmond die dunklen Häuser der Stadt mit seinem Licht bemalte; überall und nirgends trieb es einsam und wild im Wind, dem Märzwind, der sich stöhnend erhob, wie ein toter Wikinger aufsteht und in sein Horn bläst.

Donna Lee hört es, als ihr tyrannischer Gatte neben ihr den Schlaf des Gerechten schläft; Polizist Neary hört es, als er am Schlafzimmerfenster seiner Wohnung in der Laurel Street steht; Ollie Parker, der fette und unfähige Direktor der High-School, hört es in seinem eigenen Schlafzimmer; und auch andere hören es. Einer von ihnen ist ein Junge in einem Rollstuhl.

Niemand sieht es, und niemand kennt den Namen des Landstreichers, den die Leute vom Elektrizitätswerk am nächsten Morgen fanden, als sie endlich Tarker Brook erreichten, um die abgerissenen Kabel zu reparieren. Er war mit Eis bedeckt, sein Kopf in einem stummen Schrei zurückgeworfen, sein schäbiger Mantel und das Hemd darunter von mächtigen Fängen zerfetzt. Der Landstreicher saß in einer gefrorenen Lache seines eigenen Blutes und starrte zu den herabhängenden Drähten hinüber, die Hand, zwischen deren Fingern Eis klebte, immer noch in einer abwehrenden Geste erhoben.

Und überall um ihn herum Spuren im Schnee. Wolfsspuren.

WRIGHTSON 1983

JANUAR
FEBRUAR
MÄRZ

APRIL

MAI
JUNI
JULI
AUGUST
SEPTEMBER
OKTOBER
NOVEMBER
DEZEMBER

APRIL

Mitte des Monats haben sich die letzten Schneeschauern in Regenfälle verwandelt, und in Tarker's Mills passiert etwas Erstaunliches: es fängt an, grün zu werden. Auf Matty Tellinghams Rindertränke ist das Eis verschwunden, und die noch mit Schnee bedeckten Stellen in dem Waldstück, das man Big Woods nennt, schrumpfen von Tag zu Tag. Es scheint, als wolle die Natur doch noch wieder einmal einen ihrer ältesten Tricks vorführen. Es wird Frühling.

Trotz des Schattens, der sich über die Stadt gelegt hat, feiern die Leute ihn auf ihre bescheidene Art. Großmutter Hague backt Pasteten und stellt sie zum Abkühlen in der Küche auf die Fensterbank. Am Sonntag liest der Reverend Lester Lowe in der Gnadenkirche der Baptisten aus dem Hohelied Salomonis und hält eine Predigt unter dem Motto »Der Frühling der Liebe unseres Herrn«. Auf mehr weltliche Art zelebriert Chris Wrightson, der bekannteste Säufer von Tarker's Mills, sein großes Frühlingsgelage und torkelt im silbrigen unwirklichen Licht eines fast vollen Aprilmondes davon. Billy Robertson, der Barkeeper und Eigentümer von Tarker's Mills' einziger Kneipe, flüstert der Bedienung zu: »Ich denke, wenn der Wolf sich heute jemanden holt, wird es Chris sein.«

»So etwas dürfen Sie nicht sagen«, erwidert die Bedienung schaudernd. Sie heißt Elise Fournier, ist vierundzwanzig, besucht die Gnadenkirche der Baptisten und singt im Kirchenchor, denn sie ist in Reverend Lowe vernarrt. Aber, vernarrt oder nicht vernarrt, im Sommer will sie Tarker's Mills verlassen. Die Wolfsgeschichte ist ihr in die Knochen gefahren. Sie denkt, daß die Trinkgelder in Portsmouth vielleicht besser sind ... und sie weiß, daß die einzigen Wölfe, die es dort gibt, Marine-Uniformen tragen.

Als der Mond zum dritten Mal in diesem Jahr zu seiner vollen Größe anwächst, sind die Nächte in

WRIGHTSON 1983

Tarker's Mills höchst ungemütlich ... die Tage sind besser. Über dem Stadtpark hängt der Himmel jetzt jeden Nachmittag voller Drachen.

Brady Kincaid, elf Jahre alt, hat zum Geburtstag einen Papierdrachen bekommen. Als der Drachen erst einmal wie ein lebendes Wesen an seinen Händen zieht, geht mit dem Jungen die Begeisterung durch, so daß ihm jedes Zeitgefühl abhanden kommt. Er beobachtet den Drachen, sieht, wie er herabtaucht und dann am blauen Himmel über dem Orchesterpavillon wieder nach oben fährt. Er hat vergessen, zum Abendessen nach Hause zu gehen, und er hat nicht gemerkt, daß die anderen Kinder, die Drachen haben steigen lassen, eins nach dem anderen mit ihren Kastendrachen oder Zeltdrachen oder Aluminiumfliegern unter dem Arm verschwunden sind. Er weiß nicht, daß er allein ist.

Erst am schwindenden Tageslicht und an den heraufziehenden blauen Schatten erkennt er, daß er zu lange geblieben ist – daran und an dem Mond, der gerade hinter den Bäumen am Rande des Parks aufgeht. Zum ersten Mal ist es ein Warmwettermond, geschwollen und organgefarben und ohne das kalte Weiß in der letzten Zeit, aber dafür hat

Brady keinen Blick; er weiß nur, daß er zu lange geblieben ist, daß sein Vater ihn wahrscheinlich verprügeln wird ... und daß die Dunkelheit kommt.

In der Schule hat er über die Gruselgeschichten seiner Schulfreunde gelacht, als sie vom Werwolf erzählten, der im vergangenen Monat den Landstreicher, einen Monat davor Stella Randolph und noch einen Monat früher Arnie Westrum getötet haben soll. Aber jetzt lacht er nicht. Als der Mond die Aprildämmerung in blutrote Ofenglut verwandelt, werden die Geschichten für ihn plötzlich so wirklich, wie der gräßliche Autounfall der Carringtons vor zwei Jahren. Unsinn. Gruselmärchen für kleine Kinder.

So schnell er kann, wickelt er den Zwirn auf seine Rolle und zieht den Geierdrachen mit den beiden blutunterlaufenen Augen aus dem dunklen Himmel. Er zieht zu schnell, und der Wind läßt nach, und der Drachen verschwindet hinter dem Orchesterpavillon.

Er geht darauf zu und wickelt dabei den Zwirn auf. Nervös schaut er über die Schulter zurück ... und plötzlich spürt er einen Ruck in der Hand, und seine Hand wird hin und her gezogen. Es ist fast so wie sich seine Angelrute anfühlt, wenn er oben in Tarkers Bach hinter den Spinnereien einen besonders dicken Fisch am Haken hat. Stirnrunzelnd betrachtet er seine Hand, und der Zwirn wird schlaff.

Ein donnerndes Gebrüll erfüllt plötzlich die Luft, und Brady Kincaid kreischt laut auf. *Jetzt* glaubt er es. Ja, *jetzt* glaubt er es, aber jetzt ist es zu spät, und sein Geschrei geht unter in dem knurrenden Gebrüll, das sich plötzlich zu einem markerschütternden Geheul steigert.

Der Wolf rennt auf ihn zu. Er rennt auf zwei Beinen, und die Glut des Mondes färbt sein zottiges Fell rötlich. Seine Augen glänzen wie grüne Lampen, und in einer Pfote – einer Pfote mit Menschenfingern und Krallen, wo Fingernägel sein müßten – hält er Bradys Geierdrachen. Der Drachen flattert wild.

Brady wirft sich herum; er will wegrennen, aber harte Arme umschlingen ihn; er riecht so etwas wie Blut und Zimt, und am nächsten Tag wird er am Kriegerdenkmal lehnend gefunden, ohne Kopf, den Geierdrachen in einer seiner steifen Hände.

Die Männer des Suchtrupps werden von Entsetzen und Übelkeit gepackt. Als sie sich abwenden, flattert der Geier, als wolle er sich in den Himmel erheben. Er flattert, weil Wind aufgekommen ist. Er flattert, als wüßte er, daß dies ein guter Tag sein wird für Leute, die Drachen steigen lassen wollen.

JANUAR
FEBRUAR
MÄRZ
APRIL
MAI
JUNI
JULI
AUGUST
SEPTEMBER
OKTOBER
NOVEMBER
DEZEMBER

MAI

In der Nacht bevor in der Gnadenkirche der Baptisten der Pfingstsonntag begangen werden soll, hat der Reverend Lester Lowe einen entsetzlichen Traum.

Zitternd und schweißgebadet erwacht er, um aus den schmalen Fenstern des Pfarrhauses nach draußen zu starren. Auf der anderen Straßenseite kann er seine Kirche sehen. In ruhigen silbernen Strahlen fällt der Mondschein durch die Schlafzimmerfenster des Pfarrhauses herein, und einen Augenblick lang erwartet er tatsächlich, den Werwolf zu sehen, von dem die alten Männer tuscheln. Dann schließt er die Augen und bittet um Vergebung für diesen Rückfall in den Aberglauben. Er beendet sein Gebet mit einem geflüsterten »Um Jesu willen,

Amen« – so enden alle seine Gebete, wie seine Mutter es ihn gelehrt hat.

Aber dieser Traum, dieser gräßliche Traum ...

In seinem Traum war es schon morgen, und er hatte die Pfingstpredigt gehalten. Zu Pfingsten ist die Kirche immer voll, und statt auf leere oder halbleere Bänke zu blicken, wie an den meisten Sonntagen, sieht er alle Bänke besetzt.

In seinem Traum hat er mit einem Feuer und einer Kraft gepredigt, die er in Wirklichkeit kaum aufbringt. Er neigt zu monotoner Sprechweise, was einer der Gründe dafür sein mag, daß der Besuch seiner Gottesdienste in den letzten etwa zehn Jahren so drastisch zurückgegangen ist. Seine Zunge scheint vom pfingstlichen Feuer angerührt, und er weiß, daß er die größte Predigt seines Lebens hält, und ihr Gegenstand lautet: DIE BESTIE IST UNTER UNS. Immer wieder hämmert er es seinen Zuhörern ein und spürt vage, daß seine Stimme an Kraft gewonnen hat und daß seine Worte einen fast poetischen Rhythmus angenommen haben.

Die Bestie, ruft er ihnen zu, ist überall. Der Große Satan, erzählt er ihnen, kann überall auftauchen. Bei einem Tanzvergnügen in der High-School. Wenn man im Kramladen eine Schachtel

Marlboro und ein Gasfeuerzeug kauft. Vor Brighton's Drugstore, wenn man dort gerade eine Wurst ißt und darauf wartet, daß der Greyhound-Bus aus Bangor vorfährt. Die Bestie könnte bei einem Konzert neben euch sitzen oder auch im Hamburger-Imbiß an der Hauptstraße, wenn ihr mit einem Big Mac beschäftigt seid. Die Bestie, erzählt er ihnen, und seine Stimme sinkt zu einem Flüstern, und kein Auge wendet sich ab. Er hat sie in seinem Bann. Seid auf der Hut vor der Bestie, denn sie mag lächeln und sagen, sie sei euer Nachbar, aber, o meine Brüder, ihre Zähne sind scharf, und ihr bemerkt vielleicht, wie sie unruhig mit den Augen rollt. *Er* ist die Bestie, und *er* ist hier. Jetzt. In Tarker's Mills. Bei uns. *Er* . . .

Aber hier bricht er ab, und seine ganze Beredsamkeit verläßt ihn, denn dort draußen in der sonnendurchfluteten Kirche ereignet sich etwas Entsetzliches. Seine Gemeinde beginnt, sich zu verändern, und er erkennt voll Grauen, daß sie sich alle in Wölfe verwandeln, alle dreihundert: Victor Bowle, der Magistratssprecher, der gewöhnlich so weiß und fett und plump ist . . . seine Haut wird braun und rauh und dunkel von Haaren! Violet McKenzie, die Klavierlehrerin . . . ihre schmächtige Altjungfernfigur füllt sich, ihre spitze Nase wird flach und dehnt sich! Der fette Naturkundelehrer Elbert Freeman scheint noch fetter zu werden, sein blankgescheuerter blauer Anzug platzt auf, und dichte Haarbüschel brechen daraus hervor, wie das Füllmaterial aus einem alten Sofa quillt! Seine fetten Lippen platzen wie Blasen auseinander und geben Zähne frei, so groß wie Klaviertasten!

Die *Bestie*, will Reverend Lowe im Traum rufen, aber seine Stimme versagt, und er taumelt entsetzt von der Kanzel zurück, als er Cal Blodwin, den Diakon der Gnadenkirche der Baptisten das Mittelschiff hinuntertorkeln sieht. Er knurrt und hält den Kopf schief, und die Münzen fallen von seinem silbernen Kollektenteller. Violet McKenzie springt ihn an, und sie wälzen sich im Mittelschiff und beißen sich und kreischen mit Stimmen, die fast noch menschlich klingen.

Und jetzt fallen die anderen ein, und es ist ein Gebrüll wie im Zoo zur Fütterungszeit, und diesmal *kreischt* Reverend Lowe es in einer Art Ekstase hinaus: »*Die Bestie! Die Bestie ist überall! Überall! Über–*« Aber seine Stimme ist nicht mehr seine Stimme; sie ist zu einem unartikulierten Knurren geworden, und als er nach unten schaut, sieht er, daß seine Hände, die aus den Ärmeln seines besten schwarzen Anzugs herausragen, zu knotigen Pfoten geworden sind.

Und dann wacht er auf.

Es war nur ein Traum, denkt er und sinkt wieder zurück. *Nur ein Traum. Gott sei Dank.*

Aber als er an diesem Morgen, am Pfingstmorgen, dem Morgen nach dem Vollmond, die Kirchentür öffnet, sieht er keinen Traum; er sieht die zerfleischte Leiche von Clyde Corliss, der hier jahrelang als Hausmeister gearbeitet hat. Er hängt mit dem Gesicht nach unten von der Kanzel. Sein Schiebebesen lehnt in der Nähe.

Nichts von alledem ist ein Traum; Reverend Lowe kann nur wünschen, es wäre so. Er öffnet den Mund, holt tief Luft und kreischt laut auf.

Der Frühling ist wieder da – und dieses Jahr ist die Bestie mit ihm gekommen.

W.

JANUAR
FEBRUAR
MÄRZ
APRIL
MAI
JUNI
JULI
AUGUST
SEPTEMBER
OKTOBER
NOVEMBER
DEZEMBER

JUNI

In der kürzesten Nacht des Jahres poliert Alfie Knopfler, der das Chat'n Chew, das einzige Café am Ort, betreibt, seine Formica-Theke, bis sie nur so glänzt, und hat dabei die Ärmel an seinen tätowierten und muskulösen Armen bis über die Ellenbogen hochgerollt. Das Café ist im Augenblick völlig leer, und als er mit der Theke fertig ist, legt er eine kleine Pause ein und schaut auf die Straße hinaus. Er muß daran denken, daß er an einem duftenden Frühsommerabend wie diesem einst seine Unschuld verlor – das Mädchen war Arlene McCune gewesen, die heute Arlene Bessey heißt und mit einem der erfolgreichsten jungen Anwälte Bangors verheiratet ist. Mein Gott, wie hat sie sich damals auf dem Rücksitz seines Wagens bewegt, und wie süß hatte die Nacht geduftet!

Die Tür öffnet sich in den Sommer hinaus, und hell flutet das Mondlicht herein. Er vermutet, daß sein Café deshalb so leer ist, weil es heißt, daß die Bestie bei Vollmond umgeht, aber Alfie hat weder Angst, noch macht er sich Sorgen. Er hat keine Angst, weil er zweihundertzwanzig Pfund wiegt, und das meiste davon sind die guten alten Muskeln aus seiner Zeit bei der Marine, und er macht sich keine Sorgen, weil er weiß, daß seine Stammgäste am nächsten Morgen früh und in alter Frische wieder hereinkommen werden, um bei ihm ihr Frühstück einzunehmen. Vielleicht, denkt er, schließe ich den Laden heute ein wenig eher – die Kaffeemaschine abstellen und zudecken, drüben beim Supermarkt einen Sechserpack Bier besorgen und im Autokino den zweiten Film ansehen. Juni. Juni und Vollmond – eine gute Nacht für das Autokino und für ein paar Bier. Eine gute Nacht, sich an vergangene Eroberungen zu erinnern.

Er wendet sich der Kaffeemaschine zu und dreht sich resigniert wieder um, als jemand durch die Tür kommt.

»Hallo! Wie geht's denn?« fragt er, denn der Kunde ist einer seiner Stammgäste ... wenn er diesen Gast auch selten später als zehn Uhr morgens sieht.

Der Gast nickt, und die beiden wechseln ein paar freundliche Worte.

»Kaffee?« fragt Alfie, als der Kunde sich auf einen der gepolsterten roten Thekenhocker setzt.

»Bitte.«

Nun, immer noch Zeit für den zweiten Film, denkt Alfie und wendet sich wieder der Kaffeemaschine zu. Sein Gast sieht nicht aus, als ob er lange bleiben wollte. Müde. Vielleicht krank. Immer noch Zeit genug –

Entsetzen wischt den Rest des Gedankens weg. Alfie starrt . . . starrt fassungslos. Die Kaffeemaschine ist so makellos sauber wie alles andere in seinem Café, der Zylinder aus rostfreien Stahl glänzt wie ein Metallspiegel. Und in seiner glatten konvexen Oberfläche sieht er etwas ebenso Unglaubliches wie Scheußliches. Sein Gast, jemand, den er jeden Tag sieht, jemand, den auch alle anderen jeden Tag sehen, verändert sich. Das Gesicht des Gastes scheint sich irgendwie zu verschieben, zu schmelzen, dicker und breiter zu werden. Das Baumwollhemd des Gastes dehnt sich immer mehr . . . und plötzlich reißen die Nähte, und Alfie kann absurderweise nur an eines denken: an »Der unglaubliche Hulk«, eine Fernsehserie, die sein kleiner Neffe Ray immer so gern sieht.

Das angenehme Durchschnittsgesicht des Gastes verwandelt sich in etwas Bestialisches. Die mattbraunen Augen des Gastes haben sich aufgehellt; sie funkeln jetzt in einem schrecklichen Goldgrün. Der Gast kreischt . . . aber der Schrei zerreißt und fällt wie ein Fahrstuhl durch alle Klangregister und wird zu einem bellenden wütenden Knurren.

Es – das Ding, die Bestie, der Wolf, was immer es ist – greift über die glatte Theke und stößt einen Zuckerstreuer um. Es packt den dicken, zuckerverspritzenden Glaszylinder und schleudert ihn gegen die Wand, an der die Spezialgetränke aufgereiht stehen, und bellt dabei immer noch.

Alfie fährt herum und kippt mit der Hüfte die Kaffeemaschine vom Regal. Sie knallt auf den Fußboden und verspritzt überall heißen Kaffee, der ihm die Knöchel verbrüht. Er schreit vor Schmerzen und Angst. Ja, jetzt hat er Angst. Die zweihundertzwanzig Pfund brauchbarer Muskeln aus seiner Zeit bei der Marine sind vergessen, vergessen ist jetzt der Neffe Ray, vergessen auch die Liebesnacht mit Arlene McCune auf dem Rücksitz seines

Wagens. Hier ist jetzt nur noch die Bestie, dieses Horror-Monster aus einem Film im Autokino, ein Horror-Monster, das direkt aus der Leinwand gesprungen ist.

Mit entsetzlicher Leichtigkeit springt es auf die Theke, die Hose zerrissen, das Hemd zerfetzt, Alfie hört Schlüssel und Kleingeld in den Taschen klimpern.

Es springt Alfie an, und Alfie versucht auszuweichen, aber er stolpert über die Kaffeemaschine und landet lang ausgestreckt auf dem roten Linoleum. Wieder ein röhrendes Gebrüll, ein warmer gelber Atemhauch, und dann ein gewaltiger roter Schmerz, als die Zähne der Kreatur sich in Alfies Rücken graben und das Fleisch mit fürchterlicher Gewalt nach oben reißen. Blut spritzt auf den Fußboden, an die Theke und über den Grill.

Mit einem riesigen gezackten Loch im Rücken, aus dem das Blut spritzt, kommt Alfie taumelnd wieder auf die Beine. Er versucht zu schreien, und das weiße Licht des Mondes, des Sommermondes flutet herein und blendet ihn.

Wieder springt die Bestie ihn an.

Mondlicht ist das Letzte, was Alfie sieht.

WRIGHTSON 1983

JANUAR
FEBRUAR
MÄRZ
APRIL
MAI
JUNI
JULI
AUGUST
SEPTEMBER
OKTOBER
NOVEMBER
DEZEMBER

JULI

Die Feiern zum Unabhängigkeitstag wurden abgesagt.

Marty Coslaw erntet bemerkenswert wenig Mitgefühl bei den Leuten, die ihm am nächsten stehen, als er es ihnen erzählt. Vielleicht ist es, weil sie die Intensität seiner Enttäuschung darüber ganz einfach nicht begreifen.

»Sei nicht albern«, sagt seine Mutter schroff zu ihm – sie behandelt ihn oft recht schroff, und wenn sie diese Schroffheit sich selbst gegenüber rechtfertigen muß, sagt sie sich, daß sie den Jungen nicht verwöhnen darf, nur weil er behindert ist und sein ganzes Leben im Rollstuhl wird zubringen müssen.

»Warte bis nächstes Jahr«, sagt sein Dad und

schlägt ihm auf die Schulter.

»Dann wird es doppelt so gut! Doppelt so dudeldammich gut! Du wirst schon sehen, alter Junge! Wart's ab. Ho, ho!«

Herman Coslaw ist Sportlehrer an der High-School von Tarker's Mills, und er redet mit seinem Sohn fast immer in einem Ton, den Marty im stillen als den Ich-bin-doch-ein-guter-Kumpel-Ton bezeichnet. Auch »Ho, ho!« sagt er sehr oft. Die Wahrheit ist, daß Marty seinen Vater Herman Coslaw ein wenig nervös macht. Herman lebt in einer Welt äußerst aktiver Kinder, Kinder, die rennen und toben und Basebälle wegschmettern und Staffelwettschwimmen veranstalten. Und während er diese sportlichen Aktivitäten überwacht, schaut er gelegentlich auf und sieht Marty irgendwo in der Nähe in seinem Rollstuhl sitzen und den anderen Kindern zuschauen. Das hatte Herman schon immer nervös gemacht, und wenn er nervös war, redete er in diesem Kumpel-Ton und sagte »Ho, ho!« oder »Dudeldammich« und nannte Marty einen »alten Jungen«.

»Ha-ha, endlich hast du einmal nicht bekommen, was du wolltest!« sagt seine große Schwester, als er ihr erzählen will, wie sehr er sich auf heute abend gefreut hatte, wie sehr er sich jedes Jahr darauf freut. Auf die Lichterblumen am Himmel über dem Stadtpark, auf die Blitzlichthelle, die dem donnernden WUMMM! folgt, und auf das Echo, das zwischen den niedrigen Hügeln, die die Stadt umgeben, hin- und herrollt. Kate ist dreizehn und Marty elf, und sie ist davon überzeugt, daß alle Marty nur deshalb lieben, weil er nicht gehen kann. Sie freut sich sehr, daß das Feuerwerk abgesagt wurde.

Selbst Großvater Coslaw, auf dessen Mitgefühl man gewöhnlich zählen konnte, war nicht beeindruckt gewesen. »Niemand sagt den vierten Juli ab«, sagte er mit seinem schweren slawischen Akzent. Er saß auf der Veranda, und Marty fuhr mit seinem batteriebetriebenen Rollstuhl durch die Tür nach draußen, um mit ihm zu reden. Großvater Coslaw schaute über den leicht abfallenden Rasen zum Wald hinüber und hielt dabei ein Glas Schnaps in der Hand. Das war vor zwei Tagen. Am zweiten Juli. »Sie haben nur das Feuerwerk abgesagt. Und du weißt auch weshalb.«

Marty wußte es. Der Mörder, deshalb. In den Zeitungen nannten sie ihn jetzt den Vollmondmörder, aber Marty hatte vor den Sommerferien in der

Schule das eine oder andere Gerücht gehört. Einige Kinder sagten, der Vollmondmörder sei gar kein Mensch, sondern eine Art Gespenst. Ein Monster. Vielleicht ein Werwolf. Marty glaubte das nicht – Werwölfe gehören ausschließlich in Horror-Filme – aber er kann sich denken, daß es einen Verrückten gibt, der nur bei Vollmond die Lust zum Morden verspürte. Das Feuerwerk war abgesagt worden, weil es bei Vollmond jetzt immer diese verdammte *Ausgangssperre* gibt.

Wenn er im Januar in seinem Rollstuhl hinter den Glastüren saß und auf die Veranda hinausschaute und sah, wie der Wind kalte Schneeschleier über den gefrorenen Boden fegte, oder wenn er steif wie eine Statue in seinem Stützkorsett an der Vordertür stand und die anderen Kinder ihre Schlitten den Hügel hinaufziehen sah, dann half allein der *Gedanke* an das Feuerwerk ihm schon sehr. Der Gedanke an einen warmen Sommerabend, an eine kalte Cola, an Feuerrosen, die am dunklen Himmel erblühen und an die amerikanische Flagge aus Leuchtkugeln.

Aber jetzt haben sie das Feuerwerk abgesagt ... und ganz gleich was die anderen sagen, Marty hat das Gefühl, daß sie in Wirklichkeit den Nationalfeiertag – *seinen* Nationalfeiertag abgeschafft haben.

Nur Onkel Al, der am späten Vormittag hereingeschneit kam, um zusammen mit der Familie den traditionellen Lachs mit frischen Erbsen zu essen, hatte ihn verstanden. Er hatte nach dem Lunch in seiner triefenden Badehose auf der Veranda gestanden (die anderen badeten und lachten im neuen, auf der anderen Seite gelegenen Pool der Coslaws) und aufmerksam zugehört.

Marty hatte seine Klage vorgebracht und sah Onkel Al bekümmert an.

»Verstehst du, was ich meine? Begreifst du es? Es hat nichts damit zu tun, daß ich ein Krüppel bin, wie Katie meint, und ich bringe auch nicht das Feuerwerk und Amerika durcheinander, wie Großvater glaubt. Es ist einfach nicht richtig, wenn jemand sich so lange auf etwas freut . . . es ist nicht richtig, daß dann Victor Bowle kommt und irgendein dämlicher Stadtrat und einem das wegnimmt. Nicht, wenn es etwas ist, was man wirklich braucht. Verstehst du das nicht?«

Es entstand eine lange quälende Pause, während Onkel Al über Martys Frage nachdachte. Sie dauerte so lange, daß Marty die Tritte und das Knarren vom Sprungbrett am anderen Ende des Pools hören konnte, anschließend die laute Stimme seines Vaters: »Gut gemacht, Kate! Ho, ho! *Wirklich* gut!«

Dann sagte Onkel Al ruhig: »Natürlich verstehe ich dich. Und ich glaube, ich habe etwas für dich. Vielleicht kannst du dir deinen eigenen Nationalfeiertag gestalten.«

»Meinen eigenen? Wie meinst du das?«

»Komm mit zu meinem Wagen, Marty. Ich habe etwas ... nun, ich werde es dir zeigen.« Und er war schon über den Betonpfad verschwunden, der um das Haus herumführte, bevor Marty ihn noch einmal fragen konnte.

Sein Rollstuhl summte über den Pfad zur Einfahrt hinüber und entfernte sich von dem Lärm am Swimming-Pool, dem Spritzen, dem übermütigen Jauchzen und dem Knarren des Sprungbretts. Er entfernte sich auch von der dröhnenden Kumpel-Stimme seines Vaters. Der Rollstuhl verursachte nur ein schwaches Geräusch, ein leises Summen, das Marty kaum noch wahrnahm – sein ganzes Leben lang war dieses Geräusch zusammen mit dem metallischen Knacken seines Stützkorsetts die Begleitmusik zu allen seinen Bewegungen gewesen.

Onkel Als Wagen war ein flaches Marcedes-Kabriolett. Marty wußte, daß seine Eltern vieles gegen diesen Wagen einzuwenden hatten. Seine Mutter hatte ihn einmal böse eine »Achtundzwanzigtausend-Dollar-Todesfalle« genannt. Aber Marty liebte ihn. Onkel Al hatte ihn schon gelegentlich auf nicht so stark befahrenen Straßen in Tarker's Mills mitgenommen, und er war sehr schnell gefahren – siebzig, vielleicht auch achtzig Meilen. Er wollte Marty nicht sagen, wie schnell sie fuhren. »Wenn du es nicht weißt, hast du auch keine Angst«, hatte er gesagt. Aber Marty hatte keine Angst gehabt. Nur vom vielen Lachen hatte ihm am nächsten Tag der Bauch wehgetan.

Onkel Al nahm etwas aus dem Handschuhfach seines Wagens, und als Marty heranrollte, legte er ein großes, in Zellophan eingewickeltes Paket auf die dünnen Schenkel des Jungen.

»Für dich, mein Junge«, sagte er.

»Und ich wünsche dir einen schönen vierten Juli.«

Zuerst sah Marty die exotischen chinesischen Schriftzeichen auf den Etiketten. Dann sah er den Inhalt. Das Zelophanpaket enthielt lauter Feuerwerkskörper.

»Die Dinger, die wie Pyramiden aussehen, sind besonders schön«, sagte Onkel Al.

Marty war wie betäubt vor Freude. Er bewegte die Lippen, aber er brachte kein Wort heraus.

»Du mußt nur die Zündschnur anstecken, sie auf den Boden setzen, und sie sprühen so viele Farben wie ein Glücksdrache in seinem Atem hat. Die Röhren, aus denen die dünnen Stöcke herausragen, sind Flaschenraketen. Du stellst sie in eine leere Cola-Flasche, zündest sie an, und schon gehen sie hoch. Die kleinen sind Fontänen. Da sind auch zwei Leuchtkugeln ... und natürlich ein Paket mit Krachern. Aber die steckst du besser erst morgen an.«

Onkel Al warf einen Blick zum Pool hinüber, von wo immer noch der Lärm zu hören war.

»Danke!« sagte Marty. »Danke, Onkel Al!«

»Sag nur nicht, von wem du sie hast«, sagte Onkel Al. »Für ein blindes Pferd ist Nicken so gut wie Blinzeln, stimmt's?«

»Ja, das stimmt«, plapperte Marty, obwohl er keine Ahnung hatte, was Nicken und Blinzeln und ein blindes Pferd mit Feuerwerkskörpern zu tun hatten. »Aber bist du sicher, daß du sie nicht selbst brauchst, Onkel Al?«

»Ich kann mir neue besorgen«, sagte Onkel Al. »Ich kenne einen Mann drüben in Bridgton. Sein Laden hat immer auf, bis es dunkel wird.« Er legte Marty eine Hand auf den Kopf. »Du feierst deinen Vierten, wenn alle anderen ins Bett gegangen sind. Schieß keine Kracher ab, sonst werden sie wach. Und um Himmels willen, paß auf, daß die Dinger dir nicht die Hand abreißen. Sonst spricht meine große Schwester kein Wort mehr mit mir.«

Onkel Al lachte, stieg in seinen Wagen und ließ den Motor an. Er hob grüßend die Hand, während Marty versuchte, noch ein Wort des Dankes zu stottern. Er schaute seinem Onkel noch eine Weile nach und mußte schlucken, um nicht zu weinen. Dann steckte er sich das Paket mit Feuerwerkskörpern unter das Hemd und fuhr zum Haus zurück und in sein Zimmer.

In Gedanken wartet er jetzt darauf, daß es Nacht wird und die anderen schlafengehen.

Er liegt an diesem Abend als erster im Bett. Seine Mutter kommt herein und gibt ihm einen Gutenachtkuß. Nur ganz kurz, und sie schaut auch nicht auf seinen dürren Beine, die sich unter der Decke abzeichnen. »Alles in Ordnung, Marty?«

»Ja, Mom.«

Sie bleibt stehen, als wollte sie noch etwas sagen. Dann schüttelt sie fast unmerklich den Kopf und verläßt sein Zimmer.

Seine Schwester Kate kommt herein. Sie gibt ihm keinen Kuß; sie beugt sich nur vor, und er merkt, daß ihr Haar nach Chlor riecht. Sie flüstert: »Siehst du? Du kriegst nicht immer alles, bloß weil du ein Krüppel bist.«

»Du wirst dich wundern, was ich alles kriege«, sagt er leise, und sie schaut ihn eine Weile ein wenig mißtrauisch an, bevor auch sie hinausgeht.

Als letzter kommt sein Vater zu ihm und setzt sich auf Martys Bettkante. Wieder spricht er in diesem dröhnenden Kumpel-Ton. »Alles okay, alter Junge? Du bist heute aber früh ins Bett gegangen. *Wirklich* früh.«

»Ich hab mich ein wenig müde gefühlt, Daddy.«

»Okay.« Er gibt Marty mit seinen großen Händen einen Klaps auf eines seiner dünnen Beine und zuckt unbewußt zusammen. Dann steht er rasch auf. »Das mit dem Feuerwerk tut mir sehr leid, aber warte nur bis zum nächsten Jahr! Ho, ho!«

Marty lächelt ein kleines heimliches Lächeln.

Er beginnt darauf zu warten, daß die anderen ins Bett gehen. Es dauert sehr lange. Im Wohnzimmer läuft das Fernsehen endlos weiter, und die eingespielten Lachkonserven werden gelegentlich von Kates schrillem Kichern übertönt. Die Tür zur Toilette in Großvaters Schlafzimmer wird zugeknallt, und Marty hört es rauschen. Seine Mutter plaudert am Telefon, wünscht jemandem einen schönen Vierten, ja, es sei schade, daß das Feuerwerk abgesagt worden sei, aber unter den Umständen müsse man Verständnis dafür haben. Ja, Marty sei sehr enttäuscht gewesen. Einmal, gegen Ende der Unterhaltung, lachte sie, und ihr Lachen hörte sich kein bißchen schroff an. In Martys Nähe lacht sie kaum jemals.

Es wird sieben Uhr dreißig, dann acht und dann neun Uhr, und immer wieder fährt er mit der Hand unter das Kopfkissen, um sich zu vergewissern, daß das Paket mit den Feuerwerkskörpern noch da ist. Gegen neun Uhr dreißig, als der Mond schon hoch steht, daß er Martys Zimmer mit seinem silbernen Glanz erhellt, wird es im Haus allmählich ruhig.

Das Fernsehen wird abgeschaltet. Kate muß ins Bett. Sie protestiert lauthals: alle ihre Freundinnen dürfen im Sommer *länger* aufbleiben. Als sie dann verschwunden ist, bleiben seine Eltern noch ein wenig im Wohnzimmer sitzen. Ihre Unterhaltung ist nur ein Murmeln. Und ...

... vielleicht hat er geschlafen, denn als er das nächste Mal nach seinem wunderbaren Feuerwerk greift, merkt er, daß es im Haus jetzt völlig ruhig ist und daß der Mond noch heller geworden ist – so hell, daß die Gegenstände Schatten werfen. Er nimmt das Paket und eine Schachtel Streichhölzer, die er sich vorher besorgt hat, und steckt sich beides unter das Hemd. Er stopft sich die Pyjamajacke in die Pyjamahose und trifft Anstalten, aus dem Bett zu steigen.

Das ist für Marty keine ganz leichte Übung, aber es ist auch nicht schmerzhaft, wie die anderen zu glauben scheinen. Er hat nicht das geringste Gefühl in den Beinen, deshalb kann er ja auch keine Schmerzen haben. Er hält sich am Kopfende des Bettes fest und zieht sich in eine sitzende Position. Dann schiebt er eins nach dem anderen die Beine über die Bettkante. Er tut das mit einer Hand und benutzt die andere, um sich am Geländer festzuhalten, das ganz um das Zimmer herumläuft. Einmal hatte er versucht, seine Beine mit beiden Händen zu bewegen, und war hilflos kopfüber auf den Fußboden gepurzelt. Der Krach alarmierte das ganze Haus. »Du dusseliger Angeber!« hatte Kate ihm wütend ins Ohr gezischt, nachdem man ihm in seinen Stuhl geholfen hatte. Er hatte sich ein wenig wackelig gefühlt, aber trotz einer Schwellung an der Schläfe und einer aufgeschlagenen Lippe hatte er wie verrückt gelacht. »Du willst dich wohl umbringen, was?« Und dann war sie weinend aus dem Zimmer gerannt.

Jetzt, wo er einmal auf der Bettkante sitzt, wischt er sich die Hände vorn an der Pyjamajacke ab, damit sie trocken sind und nicht abgleiten. Dann benutzt er das Geländer, um sich mit den Händen übergreifend zu seinem Rollstuhl zu schleppen. Seine nutzlosen Vogelscheuchenbeine, die nur totes Gewicht sind, zieht er hinter sich her. Der Mond ist so hell, daß er Martys Schatten in scharfen Umrissen auf den Fußboden zeichnet.

An seinem Rollstuhl ist die Bremse festgestellt, und er schwingt sich sorglos hinein. Er wartet einen Augenblick, hält den Atem an und lauscht der Stille im Haus. *Schieß keine Kracher ab*, hat Onkel Al gesagt, und als Marty jetzt in die Stille hineinlauscht, weiß er, daß sein Onkel recht hat. Er will seinen Feiertag für sich allein haben, und niemand soll es wissen. Jedenfalls nicht vor morgen, wenn sie die geschwärzten Hülsen der Feuerwerkskörper auf der Veranda liegen sehen, aber dann wird es keine Rolle mehr spielen. *So viele Farben, wie ein Glücksdrache in seinem Atem hat*, hatte Onkel Al gesagt. Aber Marty nimmt an, daß es kein Gesetz gibt, das einem Drachen verbietet, leise zu atmen.

Er löst die Bremse und dreht den Stromschalter. Das kleine Bernsteinauge leuchtet auf, das ihm in der Dunkelheit anzeigt, daß die Batterie aufgeladen ist. Marty drückt den Knopf für RECHTS. Der Stuhl rotiert nach rechts. Ho, ho. Als er der Verandatür zugewandt ist, drückt Marty VORWÄRTS. Leise summend rollt der Stuhl vorwärts.

Marty läßt den Riegel der Doppeltüren zurückgleiten, drückt wieder VORWÄRTS und rollt nach draußen. Er reißt das wunderbare Paket mit Feuerwerk auf und wartet noch ein wenig. Die Sommernacht nimmt ihn gefangen – das schläfrige Zirpen der Grillen, die Düfte, die der leise Wind heranträgt, der kaum die Blätter der Bäume bewegt, der fast unirdische Glanz des Mondes.

Er hält das Warten nicht länger aus. Er holt eine Schlange heraus, zündet ein Streichholz an und hält es an die Zündschnur. Andächtig schweigend

WRIGHTSON 1983

schaut er zu, wie grünblaues Feuer aufsprüht, wie die Schlange auf magische Weise immer größer wird, sich windet, und wie ihr Schwanz schließlich Feuer spuckt.

Der Vierte, denkt er und seine Augen leuchten, *der Vierte, der Vierte, einen glücklichen vierten Juli für mich!*

Die Flamme der Schlange brennt niedriger, flakkert und geht aus. Marty zündet eine von den Pyramiden an und schaut zu, wie sie ein Feuer versprüht, das so gelb ist wie Dads neues Golfhemd. Als sie ausgeht, zündet er eine zweite an, die ein Licht ausstößt, das so dunkelrot ist wie die Rosen, die an dem Lattenzaun um das neue Schwimmbecken wachsen.

Jetzt erfüllt ein wunderbarer Pulvergeruch die Nacht, den der Wind verteilt und langsam davonträgt.

Als nächstes fummelt er sich die flache Packung Knallfrösche heraus, und er hat sie schon geöffnet, als ihm einfällt, daß es eine Katastrophe wäre, wenn er sie anzündete – ihr Springen und Krachen und Knallen würde die ganze Nachbarschaft wekken: Feuer, Überschwemmung, Alarm! All das, und ein elfjähriger Junge namens Marty Coslaw wird wahrscheinlich bis Weihnachten in die Hundehütte gesperrt.

Er schiebt die Frösche auf seinem Schoß nach oben und wühlt weiter fröhlich in seinem Paket herum. Er holt die größte Pyramide von allen heraus – eine Weltklassepyramide, wenn es je eine gab. Sie ist fast so groß wie seine geschlossene Faust. In einer Mischung aus Angst und Vergnügen zündet er sie an und schleudert sie fort.

Rotes Licht, hell wie Höllenfeuer, erleuchtet die Nacht ... und in diesem unruhig flackernden Licht sieht Marty, wie sich unterhalb der Veranda am Ende des Rasens die Büsche bewegen und teilen. Er hört ein Geräusch, das halb wie Husten und halb wie Knurren klingt. Die Bestie erscheint.

Sie bleibt eine Weile unten am Rasen stehen und scheint Witterung zu nehmen ... und dann trottet sie den Rasen hinauf zu der Stelle, wo Marty auf den Schieferfliesen in seinem Rollstuhl sitzt, die Augen schreckgeweitet, den Oberkörper ängstlich gegen die Lehne des Stuhls gedrückt. Die Bestie bewegt sich geduckt, aber offenbar geht sie auf den Hinterbeinen. Sie geht, wie auch ein Mensch gehen würde. Das rote Licht des Feuerwerkskörpers läßt ihre grünen Augen tückisch aufblitzen.

Sie bewegt sich langsam, und ihre Nüstern bewegen sich rhythmisch. Sie wittert ihre Beute, und gewiß wittert sie auch, daß ihre Beute schwach und leicht zu erlangen ist. Marty kann das Untier *riechen* – sein Fell, seinen Schweiß, seine Bösartigkeit. Wieder knurrt die Bestie. Ihre dicken leberfarbenen Lefzen schieben sich zurück und geben die gewaltigen Zähne frei. Ihr Fell schimmert silbrigrot.

Sie hat ihn fast erreicht – ihre Klauenhände, die auf so seltsame Weise menschlichen Händen ähneln, greifen nach seiner Kehle – da denkt der Junge an das Paket mit den Knallfröschen. Ohne recht zu wissen, was er tut, reißt er ein Streichholz an und hält es an die Zündschnur. Heiße rote Funken sprühen und versengen die feinen Härchen an seinem Handrücken. Der Werwolf zieht sich irritiert ein Stück zurück und stößt ein fragendes Knurren aus, das, wie seine Hände, fast menschlich wirkt. Marty wirft ihm das Paket mit den Knallfröschen ins Gesicht.

Sie explodieren mit grellen Blitzen und lautem Krachen. Die Bestie heult laut auf vor Schmerz und Wut. Sie taumelt zurück und versucht, sich vor den Explosionen zu schützen, die ihr Feuer und brennendes Pulver ins Gesicht tätowieren. Als vier Frösche gleichzeitig mit einem donnernden Knall vor der Schnauze der Bestie zerplatzen, sieht Marty, daß eins ihrer funkelnden grünen Augen erlischt. Jetzt kreischt der Werwolf in wilder Qual. Brüllend greift er sich ins Gesicht, und als im Haus der Coslaws die ersten Lichter angehen, springt er über den Rasen und verschwindet im Gebüsch. Zurück bleibt nur der Geruch von verbranntem Fell, und vom Haus klingen ängstliche Schreie herüber.

»Was war das?« ruft seine Mutter, und ihre Stimme klingt ein bißchen schroff.

»Wer ist da, verdammt nochmal?« Der Tonfall seines Vaters ist durchaus nicht der eines guten Kumpels.

»Marty?« Kates Stimme zittert, und in ihr liegt nicht die geringste Bosheit. »Marty, ist dir auch nichts passiert?«

Großvater Coslaw verschläft den ganzen Vorfall.

Marty lehnt sich in seinem Rollstuhl zurück, während die große rote Pyramide langsam ausbrennt. Ihr Licht hat jetzt die weiche und rosige Farbe eines Sonnenaufgangs. Er ist zu sehr mitgenommen, als daß er weinen könnte. Aber sein

Schock ist nicht nur dunkle Angst. Zwar werden seine Eltern ihn am nächsten Tag zu seinem Onkel Jim und seiner Tante Ida nach Stowe in Vermont verfrachten, wo er bleiben wird, bis die Sommerferien zu Ende sind (die Polizei rät dazu, denn sie fürchtet, daß der Vollmondmörder noch einmal versuchen könnte, Marty anzugreifen und zum Schweigen zu bringen). Aber die tiefe Freude, die der Junge empfindet, ist stärker als der Schock. Er hat in das grauenhafte Gesicht der Bestie geschaut und überlebt. Und außerdem empfindet er eine ganz einfache kindliche Freude, eine Freude, die er niemandem wird mitteilen können, nicht einmal Onkel Al, der ihn vielleicht verstanden hätte. Er empfindet diese Freude, weil das Feuerwerk stattgefunden hat. Trotz allem! Trotz der Bestie!

Und während seine Eltern sich noch Sorgen wegen seiner Psyche machen und sich fragen, ob von diesem Erlebnis wohl Komplexe zurückbleiben werden, ist Marty Coslaw im tiefsten Innern davon überzeugt, daß es der schönste Nationalfeiertag von allen gewesen ist.

JANUAR
FEBRUAR
MÄRZ
APRIL
MAI
JUNI
JULI
AUGUST
SEPTEMBER
OKTOBER
NOVEMBER
DEZEMBER

AUGUST

»Natürlich glaube ich, daß es eine Art Werwolf ist«, sagt Polizist Neary. Er spricht zu laut – vielleicht zufällig, aber wohl eher absichtlich – und in Stans Frisörladen verstummt jede Unterhaltung. Der August ist fast halb vorbei, in Tarker's Mills der heißeste August seit Menschengedenken, und gestern war Vollmond. Die Stadt hält den Atem an und wartet.

Polizist Neary schaut sich unter seinen Zuhörern um und spricht weiter aus Stan Pelkys mittlerem Frisiersessel. Er spricht gewichtig, kritisch und auf psychologischer Basis, alles aus den Tiefen seiner High-School-Bildung. Neary ist ein großer kräftiger Mann, und in der High-School hat er für die Tarker's Mills Tigers den Ball hinter die gegnerische Torlinie gebracht; seine schulischen Leistungen wurden gelegentlich mit Drei und sehr oft mit Vier benotet.

»Es gibt Leute«, erklärt er seinen Zuhörern, »die wie zwei Menschen sind. Sie haben eine gespaltene Persönlichkeit. Ich würde sie verdammte Schizos nennen.«

Er schweigt eine Weile, um das respektvolle Schweigen zu genießen, mit dem die anderen seine Worte quittieren. Dann fährt er fort: »Ich glaube, daß dieser Mann auch so einer ist. Ich glaube, er weiß nicht was er tut, wenn er bei Vollmond losläuft und jemanden umbringt. Es könnte jeder sein – ein Bankkassierer, ein Tankwart an einer der Stationen an der Town Road, vielleicht sogar einer der Anwesenden. In dem Sinne, daß man innerlich ein Tier ist und äußerlich ganz normal aussieht. Darauf kann man wetten. Wenn ihr aber glaubt, da ist ein Kerl, dem plötzlich Haare wachsen und der dann den Mond anheult ... nein. Solchen Quatsch können nur Kinder glauben.«

»Und was ist mit dem Jungen von Coslaw, Neary?« fragt Stan und bearbeitet dabei sorgfältig Nearys Specknacken. Seine lange scharfe Schere macht *schnipp ... schnipp ... schnipp.*

RIGHTSON 1983

»Das beweist doch, was ich gesagt hab'«, erwiderte Neary ungehalten. »Solche Scheiße können nur Kinder glauben.«

Und er ist *wirklich* ungehalten, wenn er an Marty Coslaw denkt.

Dieser Junge hat als einziger den Irren gesehen, der in dieser Stadt sechs Leute umgebracht hat, unter ihnen Nearys guten Freund Alfie Knopfler. Und darf er etwa den Jungen vernehmen? Nein. Weiß er überhaupt, wo der Junge ist? Nein! Er hat sich mit einem Protokoll zufriedengeben müssen, in das ihm die State Police Einblick gewährte, und auch darum hat er auf Knien betteln müssen. Das alles nur, weil er ein Kleinstadtpolizist ist, den die State Police für ein Kind hält, das sich nicht allein die Schuhe zubinden kann. Und das Protokoll! Damit hätte er sich genausogut den Arsch abwischen können. Nach diesem Protokoll war die »Bestie« dem Jungen der Coslaws über zwei Meter groß vorgekommen. Sie sei nackt und ihr ganzer Körper mit Haaren bedeckt gewesen. Sie habe riesige Zähne und grüne Augen gehabt und habe gerochen wie eine Fuhre Pantherscheiße. Sie habe Klauen gehabt, aber diese Klauen hätten wie Hände ausgesehen. Außerdem meinte der Junge einen Schwanz gesehen zu haben. *Einen Schwanz*, verdammt nochmal.

»Vielleicht« ruft Kenny Franklin von seinem Platz auf einem der Stühle, die für die Wartenden entlang der Wand stehen, »vielleicht ist das eine Art Verkleidung, die der Kerl trägt. So etwas wie eine Maske.«

»Das glaube ich nicht«, sagt Neary nachdrücklich und nickt, um seine Worte zu unterstreichen. Stan muß rasch die Schere zurückziehen, damit er Neary nicht in den Specknacken sticht. »No, Sir! Das glaube ich nicht! Vor den Sommerferien hat der Junge in der Schule zu viele Werwolfgeschichten gehört – das hat er selbst zugegeben –, und dann hat er nichts anderes zu tun als in seinem Stuhl zu sitzen und darüber nachzudenken. Simple Psychologie. Wenn *du* bei Mondschein aus dem Busch gekommen wärest, hätte er *dich* für einen Werwolf gehalten, Kenny.«

Kenny lacht ein wenig gequält.

»Nein«, sagt Neary finster. »Die Aussage des Jungen taugt überhaupt nichts.«

In seiner Empörung und Enttäuschung über das Protokoll, das im Hause von Marty Coslaws Onkel und Tante in Stowe aufgenommen wurde, hat Polizist Neary diese Zeilen übersehen: »Vier von den Dingern explodierten neben seinem Gesicht – ich denke, man kann es ein Gesicht nennen – und zwar alle gleichzeitig, und ich glaube, er hat dabei ein Auge verloren. Das linke Auge.«

Wenn Constable Neary sich das hätte durch den Kopf gehen lassen – was er aber nicht tat –, hätte er noch verächtlicher gelacht, denn in jenem stillen heißen August 1984 trug nur eine Person in der Stadt eine Augenklappe, und es war völlig absurd, ausgerechnet *diese* Person für den Mörder zu halten. Eher hätte Neary seiner eigenen Mutter die Morde zugetraut.

»Nur eins wird diesen Fall lösen«, sagt Constable Neary und zeigt mit dem Finger auf die vier oder fünf Männer, die an der Wand sitzen und auf ihren Samstagmorgenhaarschnitt warten, »und das ist gute Polizeiarbeit. Und ich werde der Mann sein, der sie ausführt. Diese Idioten von der State Police werden sich noch wundern, wenn ich den Kerl erwischt habe.« Neary bekommt ein ganz verträumtes Gesicht. »Jeder kann es sein«, sagt er. »Ein Bankkassierer ... ein Tankwart ... jemand, mit dem ihr unten in der Bar ein Bier trinkt. Aber gute Polizeiarbeit wird den Fall klären. Denkt an meine Worte.«

Aber Nearys gute Polizeiarbeit findet an diesem Abend ihr Ende, als ein behaarter, im Licht des Mondes silbrig glänzender Arm in das offene Fenster seines Dodge greift, mit dem er im Westen von Tarker's Mills an der Kreuzung zweier Feldwege parkt. Er hört ein schnaubendes Knurren und riecht einen wilden und erschreckenden Geruch, wie man ihn im Raubtierhaus eines Zoos riechen kann.

Sein Kopf wird herumgerissen, und er starrt in ein grünes Auge. Er sieht das Fell und die schwarze feuchtglänzende Schnauze. Und als das Biest die Schnauze öffnet, sieht er die Zähne. Fast spielerisch fährt ihm die Bestie mit der Klaue ins Gesicht und reißt ihm die rechte Wange weg. Überall spritzt Blut. Er spürt, wie es über den Rücken seines Hemdes läuft und warm einsickert. Er schreit; er schreit und spuckt Blut. Hinter den Schultern der Bestie schickt der Mond sein weißes Licht herab.

Er vergißt sein Gewehr hinten im Wagen und die Fünfundvierziger an seinem Gürtel. Er denkt nicht mehr an Psychologie und auch nicht mehr an gute Polizeiarbeit. Statt dessen konzentriert er sich auf etwas, das Kenny Franklin heute morgen im Frisörladen sagte. *Vielleicht ist es eine Art Verkleidung, die der Kerl trägt. So etwas wie eine Maske.*

Deshalb greift Neary dem Wolf ins Gesicht, als dieser ihn an der Kehle packt. Er reißt an dem groben drahtigen Fell und hofft wie von Sinnen, daß er die Maske lösen und abziehen kann – daß er Stoff reißen hören und den Mörder sehen wird.

Aber nichts dergleichen geschieht – nichts, außer daß die Bestie vor Wut und Schmerz aufbrüllt. Sie schlägt mit ihrer Klauenhand zu – ja, er sieht, daß es eine Hand ist, wenn auch auf scheußliche Weise mißgestaltet, eine Hand, der Junge hatte recht. Blut spritzt gegen die Windschutzscheibe des Wagens und auf das Amaturenbrett und tropft in die Flasche Buschbier, die zwischen Nearys Beinen steht.

Mit der anderen Hand greift der Werwolf in Nearys frischgeschnittenes Haar und zerrt ihn halb aus dem Wagen. Er heult triumphierend auf und wühlt die Schnauze in Nearys Hals. Er frißt, während das Bier aus der heruntergefallenen Flasche läuft und der Schaum sich zwischen Brems- und Kupplungspedal auf dem Wagenboden verteilt.

So weit die Psychologie. So weit die Polizeiarbeit.

JANUAR
FEBRUAR
MÄRZ
APRIL
MAI
JUNI
JULI
AUGUST
SEPTEMBER
OKTOBER
NOVEMBER
DEZEMBER

SEPTEMBER

Der Monat neigt sich dem Ende zu, und wieder nähert sich die Vollmondnacht. Die verängstigten Leute von Tarker's Mills warten darauf, daß das Wetter sich abkühlt, aber es bleibt schwül und drückend. Woanders in der Welt wird ein Baseballspiel nach dem anderen entschieden, und die Football-Saison hat begonnen. Der gute alte Willard Scott informiert die Leute von Tarker's Mills, daß am einundzwanzigsten September in den kanadischen Rockies dreißig Zentimeter Schnee gefallen seien. Aber in diesem Teil der Welt hält sich der Sommer. Am Tage liegen die Temperaturen um dreißig Grad; die Kinder gehen seit drei Wochen wieder zur Schule und sitzen unglücklich und schweißgebadet in den summenden Klassenzimmern, in denen die Uhren so eingestellt zu sein scheinen, daß die Zeiger in einer vollen Stunde nur um eine Minute weiterrücken. Männer streiten sich aus nichtigsten Anlässen mit ihren Frauen, und bei O'Neils Tankstelle an der Town Road vor der Auffahrt zur Fernstraße beschwert sich ein Tourist bei Pucky O'Neil über die Benzinpreise, und Pucky schlägt dem Burschen das Zapfventil ins Gesicht. Der Mann stammt aus New Jersey, und seine Oberlippe muß mit vier Stichen genäht werden. Bevor er weiterfährt, murmelt er böse etwas von Anzeige und teuren Rechtsanwälten.

»Ich weiß nicht, warum der Kerl sich aufregt«, sagt Pucky abends in der Kneipe mürrisch. »Ich habe nur mit halber Kraft zugeschlagen. Wenn ich mit ganzer Kraft zugeschlagen hätte, wäre von seiner Fresse kaum noch etwas übrig.«

»Klar«, sagt Billy Robertson, denn Pucky sieht ganz so aus, als würde er ihn auch schlagen, diesmal mit ganzer Kraft, wenn er nicht zustimmt. »Wie wär's mit noch 'nem Bier, Pucky?«

»Verdammt gute Idee«, sagt Pucky.

Wegen etwas Ei, das die Geschirrspülmaschine an einem Teller gelassen hatte, schlägt Milt Sturmfuller seine Frau krankenhausreif. Er schaut nur kurz auf den angetrockneten gelben Fleck auf dem Teller, den sie ihm zum Frühstück hingestellt hat, und schlägt zu. Er schlägt mit ganzer Kraft zu, wie Pucky O'Neil gesagt hätte. »Verdammte Schlampe«, sagt er, als er über Donna Lee steht, die mit gebrochener und blutender Nase auf dem Küchenfußboden liegt und auch am Hinterkopf blutet. »Meine Mutter hat das Geschir immer sauber gekriegt, und sie hatte keine Geschirrspülmaschine. Ich möchte wissen, was mit *dir* los ist.«

Später wird er dem Arzt in der Notaufnahme des Portland General Hospital erzählen, daß Donna Lee die Hintertreppe hinuntergefallen sei. Die in neun Jahren Ehekrieg demoralisierte und völlig eingeschüchterte Donna Lee wird diese Aussage bestätigen.

Gegen sieben Uhr am Abend der Vollmondnacht kommt Wind auf – der erste kühle Wind dieses langen Sommers. Er bringt Wolken von Norden heran, hinter denen der Mond immer wieder verschwindet. Wenn er dann auftaucht, verwandelt er ihre Ränder in getriebenes Silber. Dann werden die Wolken dichter, und der Mond wird unsichtbar . . . aber er ist da; die Gezeiten zwanzig Meilen vor Tarker's Mills spüren seine Anziehungskraft, und auch die Bestie, die viel näher ist, spürt ihn.

Gegen zwei Uhr morgens beginnt in Elmer Zinnemans Schweinestall an der West Stage Road, etwa zwölf Meilen vor der Stadt, ein fürchterliches Gequieke. Nur mit einer Pyjamahose und seinen Hausschuhen bekleidet, holt Elmer seine Flinte. Seine Frau, die fast schön war, als er sie 1947 mit sechzehn heiratete, bittet und bettelt und weint, weil sie will, daß er bei ihr bleibt und nicht hinausgeht. Elmer schüttelt sie ab und holt das Gewehr vom Flur. Seine Schweine quieken nicht nur; sie *kreischen.* Es hört sich an, als hätte ein Wahnsinniger eine Schar sehr junger Mädchen plötzlich aus dem Schlaf geweckt. Er wolle hinausgehen, nichts könne ihn davon abhalten, sagt er zu ihr. Und dann bleibt seine schwielige Hand auf dem Riegel der Hintertür liegen, und er steht wie erstarrt. Ein kreischendes Triumpfgeheul steigt in die Nacht. Es ist der Schrei eines Wolfes, aber in diesem Geheul liegt etwas so Menschliches, daß er die Hand vom Riegel nimmt und sich von Alice Zinneman ins Wohnzimmer ziehen läßt. Er legt die Arme um sie und drängt sie auf das Sofa, wo sie wie zwei ängstliche Kinder sitzenbleiben.

Das Geschrei der Schweine wird leiser und verstummt. In rauhen, blutig gurgelnden Lauten ersterben die Schreie. Wieder heult die Bestie auf, und ihr Schrei ist so silbern wie der Mond. Elmer tritt an das Fenster und sieht etwas – er weiß nicht was – in der Dunkelheit verschwinden.

Später fängt es an zu regnen, und die Tropfen schlagen gegen die Fenster, während Elmer und Alice bei angeschaltetem Licht in ihrem Schlafzimmer im Bett sitzen. Es ist ein kalter Regen, der erste wirkliche Herbstregen, und morgen wird im Laub das erste Braun erscheinen.

Elmer findet in seinem Schweinestall, was er erwartet hatte: ein Gemetzel. Alle neun Sauen und seine beiden Eber sind tot – aufgeschlitzt und teilweise gefressen. Sie liegen im Schlamm, und der kalte Regen fällt auf ihre Leiber. Ihre hervorquellenden Augen starren in den Herbsthimmel.

Elmers Bruder Pete, der aus Minot herbeigerufen wurde, steht neben ihm. Sie reden lange Zeit kein Wort, und dann sagt Elmer etwas, worüber auch Pete nachgedacht hat. »Die Versicherung wird einiges davon bezahlen. Nicht alles, aber einiges. Mit dem Rest muß ich mich abfinden. Besser meine Schweine als wieder ein Mensch.«

Pete nickt. »Das reicht jetzt«, sagt er, und seine Stimme ist ein Murmeln, das man bei dem Regen kaum hören kann.

»Was meinst du damit?«

»Du weißt, was ich meine. Beim nächsten Vollmond müssen vierzig Männer raus ... oder sechzig ... oder hundertsechzig. Es wird langsam Zeit, daß die Leute aufhören, so zu tun, als passierte nichts, wo es doch jeder Narr sehen kann. Mein Gott, schau dir das hier doch nur an!«

Pete zeigt nach unten. Um die gemetzelten Schweine herum ist die weiche Erde des Stalls voller Spuren. Sie sehen aus wie Wolfsspuren ... aber sie sehen auch seltsam menschlich aus.

»Siehst du diese verdammten Spuren?«

»Ich sehe sie«, räumt Elmer ein.

»Glaubst du, die süße Betsy aus Pike hat diese Spuren gemacht?«

»Das wohl nicht gerade.«

»Solche Spuren sind die Spuren eines Werwolfs«, sagt Pete. »Du weißt es, Alice weiß es, die meisten Leute in der Stadt wissen es. Verdammt, sogar *ich* weiß es, und ich stamme aus einem andern Staat.« Er schaut seinen Bruder mit seinem ernsten und strengen Gesicht an, dem Gesicht eines

Neu-England-Puritaners aus dem Jahre 1651. Und er wiederholt seine Worte: »Das reicht jetzt. Höchste Zeit, mit dieser Sache Schluß zu machen.«

Elmer denkt längere Zeit darüber nach, während der Regen auf die Wettermäntel der beiden Männer fällt. Dann nickt er. »Du hast recht. Aber nicht beim nächsten Vollmond.«

»Willst du bis November warten?«

Wieder nickte Elmer. »Dann sind die Wälder kahl, und wir können die Spuren besser erkennen, sobald Schnee gefallen ist.«

»Und was passiert im nächsten Monat?«

Elmer Zinneman betrachtet seine ermordeten Schweine in dem Stall neben der Scheune. Dann schaut er seinen Bruder an.

»Die Leute müssen aufpassen«, sagt er.

W.

JANUAR
FEBRUAR
MÄRZ
APRIL
MAI
JUNI
JULI
AUGUST
SEPTEMBER
OKTOBER
NOVEMBER
DEZEMBER

OKTOBER

Als Marty Coslaw mit fast leeren Batterien in seinem Rollstuhl von den Hausbesuchen zu Allerheiligen zurückkommt, geht er sofort ins Bett, aber er liegt noch wach, bis der Halbmond am kalten Himmel aufgeht, wo die Sterne wie Diamanten funkeln. Draußen auf der Veranda, wo eine Pakkung Knallfrösche zum Vierten Juli ihm das Leben rettete, fegt ein kalter Wind braune Blätter in Wirbeln über die Steine. Sie rasseln wie alte Knochen.

In Tarker's Mills ist der Oktobervollmond gekommen und gegangen, ohne daß ein neuer Mord geschah, so daß es jetzt zwei Monate nacheinander keinen Mord gegeben hat. Einige Leute in der Stadt – Stan Pelky, der Frisör, ist einer von Ihnen, Cal Blodwin, dem Blodwin Chevrolet gehört, die einzige Autohandlung am Ort, ist ein zweiter – glauben, daß der Schrecken vorüber ist. Der Mörder war ein Herumtreiber oder Landstreicher, der im Wald gelebt hat und inzwischen weitergezogen ist, wie man es vorausgesagt habe.

Andere allerdings sind sich da nicht so sicher. Sie machen sich Gedanken über die vier gemetzelten Rehe, die am Tag nach dem Oktobervollmond vor der Stadt an der Straße gefunden wurden, und über Elmer Zinnemans elf Schweine, die im September bei Vollmond getötet wurden. An diesen langen Herbstabenden wird in der Kneipe beim Bier heftig darüber gestritten.

Aber Marty Coslaw weiß es.

Heute abend ist er mit seinem Vater losgezogen. Sein Vater liebt die Hausbesuche zu Allerheiligen, er liebt die scharfe Kälte, er lacht gern sein herzliches Alter-Kumpel-Lachen und brüllt idiotische Sachen wie »Ho, ho!«, wenn sich die Haustüren öffnen und vertraute Gesichter aus Tarker's Mills herausschauen. Marty ging als Yoda aus »Krieg der Sterne«, eine große Gummimaske über den Kopf gezogen und in ein weites Gewand gehüllt, das seine verkümmerten Beine bedeckte. »Du kriegst *immer* alles was du willst«, sagt Katie und wirft den

Kopf zurück, als sie die Maske sieht ... aber er weiß, daß sie nicht wirklich wütend auf ihn ist. Und wie um das zu beweisen, macht sie ihm einen schönen krummen Yoda-Stab, mit dem er seine Kostümierung vervollständigt. Aber vielleicht ist sie ein wenig traurig, weil sie jetzt zu alt ist, mit den anderen Kindern von Haus zu Haus zu ziehen. Statt dessen besucht sie zusammen mit ihren Freundinnen von der High-School eine Party. Sie wird zu Platten von Donna Summer tanzen, und später wird die Beleuchtung vielleicht ein wenig gedämpft, und die Mädchen spielen Flaschendrehen, und sie wird vielleicht irgendeinen Jungen küssen, nicht weil sie das will, sondern weil sie dann am nächsten Morgen in der Schule mit ihren Freundinnen darüber kichern kann.

Martys Dad nimmt Marty in seinem Lieferwagen mit, denn der Lieferwagen hat eine eingebaute Rampe, mit deren Hilfe Marty ein- und ausgeladen werden kann. Marty rollt die Rampe hinunter und fährt dann selbst mit seinem Rollstuhl von Haus zu Haus. Er hat eine Tasche mit, und sie gehen zu allen Häusern in ihrer Straße und auch noch zu ein paar Häusern weiter unten in der Stadt; zu den Collinses, den MacInnes, den Manchesters, den

Millikens, den Eastons. In der Kneipe steht ein ganzes Goldfischglas voll Süßigkeiten. In der Pfarrei der Unabhängigen Gemeinde gibt es Schokoladenriegel und in der Pfarrei der Baptistenkirche wieder andere Süßigkeiten. Dann weiter zu den Randolphs, den Quinns, den Dixons und zu noch einem oder zwei Dutzend Leuten. Marty kommt mit einer prall gefüllten Tasche nach Hause . . . und er weiß etwas Erschreckendes, etwas fast Unglaubliches.

Er weiß es.

Er weiß, wer der Werwolf ist.

An einem Punkt seiner Tour hat die Bestie, die jetzt zwischen den Monden ihres Wahnsinns nicht zu fürchten ist, ihm eigenhändig Süßigkeiten in seine Tasche geworfen und dabei nicht gemerkt, wie Martys Gesicht unter seiner Yoda-Maske totenblaß wurde oder daß seine behandschuhten Hände den Yoda-Stab so fest packten, daß die Fingernägel weiß wurden. Der Werwolf lächelt Marty an und streicht ihm über seinen Gummikopf.

Aber er ist der Werwolf. Das weiß Marty, und nicht nur weil der Mann eine Augenklappe trägt. Da ist noch etwas anderes – in dem Menschengesicht dieses Mannes erkennt Marty eine seltsame Ähnlichkeit mit dem knurrenden Gesicht des Tieres, das er in jener silbrigen Sommernacht vor fast vier Monaten sah.

Seit er aus Vermont nach Tarker's Mills zurückgekommen war, hatte Marty Ausschau gehalten. Er war überzeugt gewesen, daß er den Werwolf früher oder später sehen und auch erkennen würde, denn der Werwolf mußte ein einäugiger Mann sein. Die Polizei hatte genickt und eine Überprüfung versprochen, als er den Beamten erzählte, daß der Werwolf nach Martys Ansicht ein Auge verloren haben müsse. Aber Marty weiß, daß sie ihm nicht geglaubt haben. Vielleicht weil er ein Kind ist, oder vielleicht weil sie in der Julinacht, als die Begegnung stattfand, nicht dabei waren. Aber das war gleichgültig. Er wußte, daß es so war.

Tarker's Mills ist eine kleine Stadt, aber ziemlich ausgedehnt, und bis heute abend hat Marty keinen einäugigen Mann gesehen, und er hat nicht gewagt, Fragen zu stellen; seine Mutter fürchtet ohnehin schon, daß die Episode vom Juli ihm seelischen Schaden zugefügt haben könnte. Er fürchtet, daß sie es erfahren könnte, wenn er der Sache zu auffällig nachspürte. Außerdem ist Tarker's Mills tatsächlich nicht besonders groß. Früher oder später würde er die Bestie in ihrer menschlichen Gestalt treffen.

Auf dem Nachhauseweg denkt Mr. Coslaw (Trainer Coslaw für Tausende von Studenten in Vergangenheit und Gegenwart), daß Marty so still ist, weil die Aufregung des Abends ihn ermüdet hat. In Wirklichkeit ist das nicht der Fall. Marty hat sich niemals – ausgenommen in der Nacht des wunderbaren Feuerwerks – so wach und lebendig gefühlt. Und sein wesentlicher Gedanke ist dieser: ich habe nur deshalb fast sechzig Tage dazu gebraucht, die Identität des Werwolfs zu ermitteln, weil ich, Marty, katholisch bin und die St.-Marien-Kirche am Stadrand besuche.

Der Mann mit der Augenklappe, der Mann, der Süßigkeiten in seine Tasche geworfen, gelächelt und ihm über den Gummikopf gestrichen hat, ist kein Katholik. Weit gefehlt. Die Bestie ist der Reverend Lester Lowe von der Gnadenkirche der Baptisten.

Als er lächelnd aus der Tür schaut, sieht Marty im gelben Licht der Lampe deutlich die Augenklappe. Sie gibt dem Mausgesicht des kleinen Geistlichen ein fast piratenhaftes Aussehen.

»Das mit ihrem Auge tut mir leid, Reverend Lowe«, sagte Mr. Coslaw mit seiner dröhnenden Stimme. »Hoffentlich ist es nichts Ernstes.«

Reverend Lowes Lächeln wurde immer gequälter. Er habe tatsächlich das Auge verloren. Ein gutartiger Tumor; man habe das Auge entfernen müssen, um an den Tumor zu gelangen. Aber es sei der Wille des Herrn, und er habe sich damit abgefunden. Noch einmal hatte er Marty über seine Gummimaske gestrichen und gesagt, er kenne Leute, die ein schwereres Kreuz zu tragen haben.

Jetzt liegt Marty also im Bett und hört den Oktoberwind draußen singen, die letzten Blätter des Jahres aufwirbeln und leise durch die Augenlöcher der ausgehöhlten Kürbisse pfeifen, die die Einfahrt der Coslaws flankieren. Er sieht den Halbmond über den sternenfunkelnden Himmel ziehen. Die Frage ist die: *Was soll er jetzt tun?*

Er weiß es nicht, aber er ist sicher, daß die Antwort darauf noch kommen wird.

Er schläft den tiefen traumlosen Schlaf gesunder Jungen, während draußen der Wind über Tarker's Mills hinwegfegt, den Oktober vertreibt und den kalten sternenglänzenden November bringt, den eisernen Monat des Herbstes.

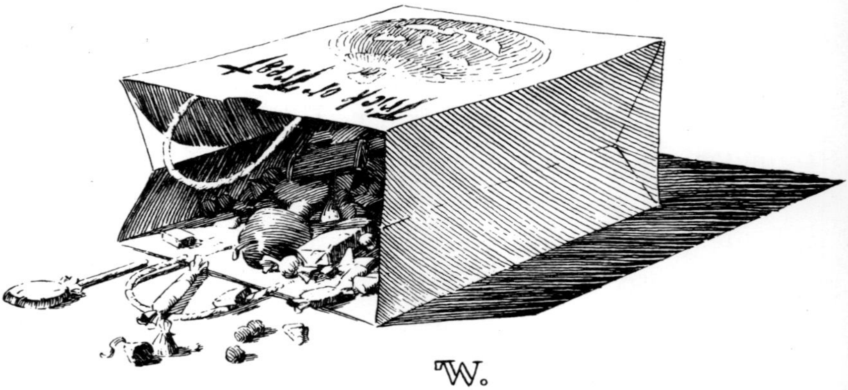
Trick or Treat
W.

JANUAR
FEBRUAR
MÄRZ
APRIL
MAI
JUNI
JULI
AUGUST
SEPTEMBER
OKTOBER

NOVEMBER

DEZEMBER

NOVEMBER

Der dunkle November hat Tarker's Mills erreicht. Auf der Hauptstraße scheint ein seltsamer Exodus stattzufinden. Der Reverend Lowe beobachtet ihn von der Tür seiner Baptistenpfarrei aus; er ist gerade herausgekommen, um seine Post zu holen, und hält sechs Rundschreiben und einen einzelnen Brief in der Hand. Er schaut den staubigen Kleinlastern nach, die jetzt zur Stadt hinausfahren – Fords, Chevys und International Harvesters.

Die Meteorologen sagen, daß es bald Schnee geben wird, aber diese Leute sind nicht auf der Flucht vor der Witterung und nicht auf dem Weg in wärmere Gefilde. Man fährt nicht im Jagdanzug mit Gewehr und Hunden im Wagen an die goldenen Strände Floridas oder Kaliforniens. Dies ist schon der vierte Tag, daß die Männer, angeführt von Elmer Zinneman und seinem Bruder Pete mit ihren Gewehren und Hunden und vielen Sechserpacks Bier hinausfahren. Diese Ausflüge werden veranstaltet, weil bald Vollmond ist. Die Jagd auf Vögel und Rotwild ist vorbei, aber für Werwölfe gibt es keine Schonzeit. Hinter der Maske ihrer grimmig entschlossenen Gesichter amüsieren sich die meisten Männer köstlich.

Reverend Lowe weiß, daß einige dieser Männer nur herumalbern; hier haben sie die Gelegenheit, in die Wälder zu fahren, Bier zu saufen, in Schluchten zu pissen, sich Witze über Polacken, Franzosen und Nigger zu erzählen und auf Eichhörnchen und Krähen zu schießen. *Sie sind die eigentlichen Tiere*, denkt Lowe, und fährt unbewußt mit der Hand über die Augenklappe, die er seit Juli trägt. *Wahrscheinlich wird irgend jemand noch einen anderen erschießen. Sie können von Glück sagen, daß es nicht schon passiert ist.*

Hupend und unter Hundegebell verschwinden die letzten Wagen hinter Tarker's Hill. Ja, einige der Männer albern nur herum, aber andere – zum Beispiel Elmer und Pete Zinneman – meinen es todernst.

Wenn diese Kreatur, Mensch oder Bestie oder was auch immer, in diesem Monat wieder unterwegs ist, werden die Hunde die Fährte aufnehmen, hatte der Reverend Elmer vor kaum zwei Wochen beim Frisör sagen hören. *Und wenn sie – oder er – wegbleibt, dann haben wir vielleicht ein Leben gerettet. Mindestens aber irgend jemandes Vieh.*

Ja, einige der Männer – vielleicht ein Dutzend, vielleicht zwei Dutzend – meinen es ernst. Aber sie sind es nicht, denen Lowe dieses seltsame Gefühl zu verdanken hat – dieses Gefühl, in die Enge getrieben zu werden.

Es sind die Notizen, die das bewirkt haben. Die Notizen, deren längste nur aus zwei Sätzen besteht, und die mit einer kindlichen Handschrift geschrieben sind und gelegentlich Rechtschreibfehler aufweisen. Er betrachtet den Brief, der mit der heutigen Post gekommen ist und in der gleichen kindlichen Handschrift adressiert wurde: *Reverend Lowe, Pfarrei der Baptistenkirche, Tarker's Mills, Maine 04491.*

Nun, dieses seltsame Gefühl, in der Falle zu stecken ... er stellt sich vor, daß sich ein Fuchs so fühlen muß, der merkt, daß die Hunde ihn irgendwie in eine Sackgasse gejagt haben. Dieser Augenblick der Panik, wenn der Fuchs sich mit gefletschten Zähnen den Hunden zum Kampf stellt, die ihn mit Sicherheit zerreißen werden.

Er schließt die Tür hinter sich und geht in den Salon, wo die alte Standuhr feierlich tickt und tackt. Er setzt sich und legt die religiösen Rundschreiben säuberlich auf den Tisch, den Mrs. Miller zweimal in der Woche poliert, und öffnet seinen neuen Brief. Wie bei den anderen Notizen, fehlen Anrede und Unterschrift. In der Mitte eines vom Notizblock eines Schülers gerissenen Zettels steht dieser Satz:

Warum nehmen Sie sich nicht das Leben?

Reverend Lowe faßt sich mit der Hand an die Stirn – sie zittert leicht. Mit der anderen Hand zerknüllt er den Zettel und legt ihn in den großen gläsernen Aschenbecher, der mitten auf dem Tisch steht. Reverend Lowe führt alle seine Beratungen in diesem Raum durch, und einige mühsalbeladenen Gemeindemitglieder rauchen. Er nimmt ein Streichholzheftchen aus seinem Sweater, den er immer samstags trägt, und zündet den Zettel an wie er die anderen angezündet hat. Er schaut zu, wie das Papier verbrennt.

In zwei deutlich verschiedenen Stadien hat Lowe

erfahren, was er ist. Nach dem Alptraum vom Mai, dem Traum, in dem sich alle Mitglieder seiner Gemeinde in Werwölfe verwandelten, und nachdem er Clyde Corliss' entsetzlich verstümmelte Leiche gefunden hatte, ist ihm klargeworden, daß etwas ... nun, daß etwas mit ihm nicht stimmt. Er weiß nicht, wie er es sonst ausdrücken soll. Etwas *stimmt* mit ihm nicht. Andererseits weiß er, daß er sich morgens nach dem Aufstehen manchmal erstaunlich gut und kräftig fühlt, gewöhnlich bei Vollmond. Dieses Gefühl schwindet, wenn der Mond abnimmt und wächst bei zunehmendem Mond.

Nach dem Traum und nach Corliss' Tod war er gezwungen, andere Dinge zu registrieren, die er bisher verdrängt hatte. Verschmutzte und zerrissene Kleidung. Kratzer und Abschürfungen, die er sich nicht erklären kann (aber da sie nie schmerzen, wie gewöhnliche Verletzungen, war es leicht, sie zu ignorieren oder einfach ... nicht daran zu denken). Es war ihm sogar gelungen, Blutspuren zu ignorieren, die er manchmal an seinen Händen feststellte ... und an seinen Lippen.

Dann kam am fünften Juli das zweite Stadium. Einfach beschrieben: Er war auf einem Auge blind aufgewacht. Genau wie bei den Kratzern und Abschürfungen, hatte er keine Schmerzen empfunden; nur eine blutig verbrannte Höhle wo sein linkes Auge gesessen hatte. Inzwischen war sein Wissen um die Dinge so überwältigend geworden, daß es nicht mehr zu leugnen war: *er* war die Bestie; *er* ist der Werwolf.

Während der letzten drei Tage hatte er wieder diese vertrauten Empfindungen: eine große Unruhe, eine fast freudige Ungeduld, ein Gefühl der Spannung im Körper. Es kommt wieder – die Veränderung steht unmittelbar bevor. Heute nacht ist Vollmond, und die Jäger werden mit ihren Hunden unterwegs sein. Nun, das ist unwichtig. Er ist schlauer, als sie denken. Sie sprechen von einem Mann-Wolf, aber sie denken immer nur an den Wolf, nicht an den Mann. Sie können ihre Kleinlaster fahren, und er kann seinen Volare-Sedan fahren. Und heute nachmittag wird er nach Portland fahren und irgendwo am Stadtrand in einem Motel absteigen, denkt er. Und wenn die Veränderung eintritt, wird es keine Hunde und keine Jäger geben. Sie können ihm keine Angst machen.

Warum nehmen Sie sich nicht das Leben?

Die erste Notiz kam Anfang des Monats. In ihr stand nur:

Ich weiß, wer Sie sind.

In der zweiten stand:

Wenn Sie ein Gottesmann sind, verschwinden Sie aus der Stadt. Gehen Sie irgendwohin, wo Sie Tiere töten können, aber keine Menschen.

In der dritten stand:

Machen Sie ein Ende.

Das war alles; nur: *Machen Sie ein Ende.* Und heute

Warum nehmen Sie sich nicht das Leben?

Weil ich es nicht will, denkt Reverend Lowe mürrisch. *Dies – was es auch sei – habe ich mir nicht gewünscht. Ich bin von keinem Wolf gebissen und von keiner Zigeunerin verflucht worden. Es ist einfach ... passiert. Im vergangenen November habe ich ein paar Blumen für die Vasen in der Sakristei gepflückt. Neben diesem hübschen kleinen Friedhof am Sunshine Hill. Solche Blumen habe ich noch nie gesehen ... und sie waren tot, bevor ich wieder in der Stadt war. Sie wurden alle ganz schwarz. Vielleicht fing es damals schon an. Eigentlich habe ich keinen Grund, das anzunehmen ... aber ich glaube es trotzdem. Und ich werde mir nicht das Leben nehmen. Sie sind die Tiere, nicht ich.*

Wer schreibt diese Notizen?

Er weiß es nicht. Der Überfall auf Marty Coslaw war in der Wochenzeitung von Tarker's Mills nicht erwähnt worden, und er ist stolz darauf, daß er sich um Klatsch nicht kümmert. Und wie Marty vor Allerheiligen von Lowe nichts wußte, weil ihre religiösen Kreise sich nicht berühren, so wußte auch Lowe von Marty nichts. Und er weiß nicht, was er tut, wenn er sich in eine Bestie verwandelt hat; er kennt nur dieses rauschhafte Gefühl des Wohlbefindens, wenn sich nach einem Monat der Zyklus vollendet, und die vorangegangene Ruhelosigkeit.

Ich bin ein Gottesmann, denkt er, steht auf und fängt an, immer schneller in dem stillen Salon auf und ab zu gehen, in dem die alte Standuhr feierlich tickt und tackt. *Ich bin ein Gottesmann, und ich werde mir nicht das Leben nehmen. Ich tue hier Gutes, und wenn ich manchmal Böses tue, nun, schon vor mir haben die Menschen Böses getan. Auch das Böse dient dem Willen Gottes, das lehrt uns das Buch Hiob. Alle Dinge dienen dem Willen Gottes ... und wer ist er? Soll ich Nachforschungen anstellen? Wer wurde am vierten Juli angegriffen?*

Wie habe ich mein Auge verloren? Oder hat die Bestie ihr Auge verloren? Vielleicht sollte ich ihn zum Schweigen bringen ... aber nicht in diesem Monat. Zuerst sollen sie ihre Hunde wieder in die Zwinger zurückschaffen. Ja ...

Er geht immer schneller, er geht gebückt, und er merkt nicht, daß sein sonst so spärlicher Bart (er braucht nur alle drei Tage eine Rasur ... das heißt jeweils zum richtigen Zeitpunkt) jetzt dick und rauh und drahtig hervorgesprossen ist und daß sein eines braunes Auge jetzt haselnußbraun ist und sich in der Farbe dem Smaragdgrün nähert, in dem es heute nacht leuchten wird. Er beugt sich vor und fängt an, mit sich selbst zu sprechen ... aber seine Stimme wird immer tiefer, und immer mehr gleichen die Worte einem Knurren.

Zuletzt, als der graue Novembernachmittag in eine amboßfarbene frühe Dämmerung übergeht, springt er in die Küche, reißt den Schlüssel für den Wagen vom Haken an der Tür und rennt fast zum Wagen hinaus. Auf dem Weg nach Portland fährt er schnell. Er lächelt und verlangsamt seine Fahrt auch nicht, als er den ersten Schnee des Jahres in den Lichtkegeln seiner Scheinwerfer wirbeln sieht. Die Flocken sind wie Tänzer, die aus dem eisengrauen Himmel fallen. Er spürt den Mond irgendwo über den Wolken; er spürt seine Kraft; seine Brust weitet sich, und sein weißes Hemd beginnt, an den Säumen zu reißen.

Er schaltet im Radio einen Rock-Sender ein, und er fühlt sich *einfach . . . großartig!*

Und was später in dieser Nacht passiert, mag ein Gottesurteil sein oder ein Scherz jener älteren Götter, die die Menschen in mondhellen Nächten aus der Sicherheit ihrer ringförmig angeordneten Steinwälle heraus anbeteten – oh, es ist schon komisch, sehr komisch, denn Lowe ist bis nach Portland gefahren, um sich in die Bestie zu verwandeln, und der Mann, den er in dieser verschneiten Novembernacht schließlich zerreißen wird, ist Milt Sturmfuller, der sein ganzes Leben in Tarker's Mills zugebracht hat . . . und vielleicht ist Gott trotz allem gerecht, denn wenn es in Tarker's Mills ein hochkarätiges Arschloch gibt, dann ist das Milt Sturmfuller. Er ist an diesem Abend, wie schon an anderen Abenden, nach Portland gekommen. Seiner lädierten Frau Donna Lee hat er erzählt, daß er geschäftlich hier sei, aber sein Geschäft ist eine Nutte namens Rita Tenison, die ihn mit einem höchst aktiven Fall von Herpes infiziert hat, der von ihm schon an Donna Lee weitergegeben wurde, die in all den Jahren ihrer Ehe andere Männer noch nicht einmal angesehen hat.

Reverend Lowe ist in einem Motel namens The Driftwood abgestiegen, das in der Nähe der Strecke Portland–Westbrook liegt, und dasselbe Hotel haben an diesem Novemberabend auch Milt Sturmfuller und Rita Tenison gewählt, um ihr Geschäft zu besorgen.

Um Viertel nach zehn kommt Milt nach draußen, um eine Flasche Bourbon zu holen, die er in seinem Wagen gelassen hat. Er beglückwünscht sich dazu, daß er in dieser Vollmondnacht so weit von Tarker's Mills entfernt ist, als die einäugige Bestie ihn vom Dach eines schneebedeckten Peterbilt anspringt und ihm mit einem gewaltigen Ruck den Kopf abreißt. Das letzte Geräusch, das Milt Sturmfuller in seinem Leben hört, ist das schrill ansteigende Triumphgeheul des Werwolfs; mit weit aufgerissenen Augen rollt sein Kopf unter den Peterbilt, und die Flasche Bourbon entgleitet seinen zuckenden Händen, als die Bestie ihre Schnauze in seinen Halsstumpf wühlt und zu fressen anfängt.

Und am nächsten Tag wird Reverend Lowe in

der Baptistenpfarrei in Tarker's Mills sich *einfach . . . großartig* fühlen, und er wird den Bericht über den Mord in der Zeitung lesen und fromm denken: *Er war kein guter Mensch. Alle Dinge dienen dem Herrn.*

Und anschließend wird er denken: *Wer ist der Junge, der die Notizen schickt? Wer war es im Juli? Es ist an der Zeit, das festzustellen. Es ist an der Zeit, sich doch einmal Klatsch anzuhören.*

Reverend Lowe rückt sich die Augenklappe zurecht, blättert in der Zeitung weiter und denkt: *Alle Dinge dienen dem Herrn; wenn es der Wille des Herrn ist, werde ich ihn finden. Und ihn zum Schweigen bringen. Für immer.*

JANUAR
FEBRUAR
MÄRZ
APRIL
MAI
JUNI
JULI
AUGUST
SEPTEMBER
OKTOBER
NOVEMBER
DEZEMBER

DEZEMBER

Es ist fünfzehn Minuten vor Mitternacht am Silvesterabend. In Tarker's Mills, wie in der übrigen Welt, geht das Jahr zu Ende, und in Tarker's Mills, wie in der übrigen Welt, hat das Jahr Veränderungen gebracht.

Milt Sturmfuller ist tot, und seine Frau Donna Lee, endlich ihrer Fesseln ledig, hat die Stadt verlassen. Sie ist nach Boston gegangen, meinen einige, andere tippen auf Los Angeles. Eine andere Frau versuchte, den Buchladen der Sturmfullers weiterzuführen, und hatte kein Glück damit, aber der Frisörladen, der Supermarkt und die Kneipe betreiben ihre Geschäfte, Gott sei Dank, noch immer an der gleichen Stelle. Clyde Corliss ist tot, aber seine beiden nichtsnutzigen Brüder Alden und

Errol leben noch und sind gesund. Sie lösen ihre Lebensmittelgutscheine bei der A&P in der übernächsten Stadt ein – sie haben nicht ganz den Nerv, es gleich hier am Ort zu tun. Großmutter Hague, die die besten Kuchen in Tarker's Mills backen konnte, ist an einem Herzanfall gestorben. Der zweiundneunzigjährige Willie Harrington ist im November vor seinem kleinen Haus in der Ball Street auf dem Eis ausgerutscht und hat sich die Hüfte gebrochen, aber der Bibliothek wurde von einem reichen Sommergast eine schöne Summe vermacht, und im nächsten Jahr beginnen die Bauarbeiten am Flügel für Kinderbücher, über den schon seit ewigen Zeiten im Stadtrat geredet wurde. Ollie Parker, der Rektor der Schule, bekam im Oktober Nasenbluten, das nicht wieder aufhörte, und es wurde festgestellt, daß er an akutem Bluthochdruck leidet. *Sie haben Glück gehabt, daß Ihr Gehirn nicht mit rausgelaufen ist*, knurrte der Arzt, nahm die Manschette für die Blutdruckmessung ab und riet Ollie dringend, vierzig Pfund abzunehmen. Wie durch ein Wunder hatte Ollie zwanzig von diesen vierzig Pfund zu Weihnachten schon verloren. Er fühlt sich wie ein neuer Mann und sieht auch so aus. »Er benimmt sich auch wie ein neuer Mann«, erzählt seine Frau ihrer guten Freundin Delia Burney mit einem lüsternen kleinen Grinsen. Brady Kincaid, den die Bestie beim Drachensteigen getötet hat, ist immer noch tot. Und Marty Coslaw, der in der Schule direkt hinter Brady gesessen hatte, ist immer noch ein Krüppel.

Die Dinge verändern sich, und sie verändern sich nicht, und in Tarker's Mills endet das Jahr, wie das Jahr begonnen hat: Draußen tobt heulend ein Schneesturm, und die Bestie ist unterwegs. Irgendwo.

Im Wohnzimmer der Coslaws sitzen Marty Coslaw und sein Onkel Al und sehen Dick Clarks Rocking New Year's Eve. Onkel Al sitzt auf der Couch. Marty sitzt in seinem Rollstuhl vor dem Fernsehgerät. Auf seinem Schoß liegt eine Waffe, ein .38 Colt Woodsman. In der Trommel stecken zwei Kugeln, und sie sind beide aus reinem Silber. Onkel Al hat Mac McCutcheon, einen seiner Freunde aus Hampden, gebeten, sie für ihn herzustellen. Nach einigem Protest hat dieser Mac McCutcheon Martys silbernen Konfirmationslöffel mit einem Propangasbrenner eingeschmolzen und die Pulvermenge so bemessen, daß sie als Treibsatz ausreicht, ohne daß die Kugeln sich wild überschlagen. »Ich kann nicht garantieren, daß sie funktionieren«, hat dieser Mac McCutcheon zu Onkel Al gesagt, »aber ich denke schon. Was willst du denn damit umbringen, Al? Einen Werwolf oder einen Vampir?«

»Von jeder Sorte einen«, sagt Onkel Al und grinst ihn an.

»Deshalb bat ich dich, zwei zu machen. Da war auch noch ein Zombie, aber sein Vater in North Dakota ist gestorben, und er mußte die nächste Maschine nach Fargo nehmen.« Sie lachten darüber, und dann sagte Al: »Sie ist für einen Neffen von mir. Der Junge ist ganz verrückt nach Monsterfilmen, und da hielt ich das für ein interessantes Weihnachtsgeschenk.«

»Nun, wenn er eine davon in ein Stück Holz schießt, dann bring es in meinen Laden«, sagt Mac zu ihm. »Ich möchte gern sehen, was passiert.«

In Wirklichkeit weiß Onkel Al nicht, was er von der ganzen Sache halten soll. Seit dem dritten Juli hat er weder Marty gesehen, noch ist er überhaupt in Tarker's Mills gewesen; wie man hätte voraussehen können. Martys Mutter ist wütend auf ihn wegen der Feuerwerkskörper. *Er hätte umkommen können, du dummes Arschloch!* schreit sie ihn am Telefon an. *Was in aller Welt hast du dir nur dabei gedacht?*

Es sieht doch so aus, als hätten gerade die Feuerwerkskörper ihm das Leben – fängt Al an, aber er hört nur das scharfe Klicken, als sie auflegt. Seine Schwester ist stur; wenn sie etwas nicht hören will, dann hört sie es auch nicht.

Dann kam Anfang des Monats ein Anruf von Marty. »Ich muß dich sprechen, Onkel Al«, sagte Marty. »Du bist der einzige, mit dem ich reden kann.«

»Ich habe schlechte Karten bei deiner Mutter, Junge«, sagte Al.

»Es ist wichtig«, sagte Marty. »Bitte, *bitte*.«

Er kam also und ertrug das eisige mißbilligende Schweigen seiner Schwester, und an einem klaren kalten Tag Anfang Dezember lud er Marty vorsichtig in den Beifahrersitz seines Sportwagens und machte mit ihm eine Ausfahrt. Aber an dem Tag wurde nicht gerast, und es gab kein wildes Gelächter; Onkel Al hörte sich nur an, was Marty ihm zu sagen hatte. Onkel Al hörte Martys Geschichte mit wachsender Besorgnis.

Zuerst erzählte Marty Onkel Al von der wunderbaren Feuerwerksnacht, und wie er der Bestie mit Knallfröschen das linke Auge ausgeschossen hatte. Dann erzählte er von Allerheiligen und Reverend Lowe. Dann erzählte er Onkel Al, daß er damit angefangen hatte, Reverend Lowe anonyme Notizen zu schicken ... anonym bis auf die beiden letzten, die auf den Mord an Milt Sturmfuller in Portland folgten. Diese unterschrieb er, wie er es in der Schule gelernt hatte: *Mit freundlichem Gruß, Martin Coslaw.*

»Du hättest dem Mann keine Notizen schicken sollen, weder anonym noch sonstwie«, sagte Onkel Al scharf. »Mein Gott, Marty, hast du denn nicht ein einziges Mal daran gedacht, daß du dich *irren* könntest?«

»Natürlich habe ich das. Deshalb habe ich die letzten beiden Notizen ja auch unterschrieben. Willst du nicht wissen, was dann passierte? Willst du mich nicht fragen, ob er meinen Vater angerufen hat, um ihm zu erzählen, daß ich ihm eine Notiz geschickt hätte, auf der stand ›Warum nehmen Sie sich nicht das Leben?‹ und eine andere, auf der stand ›Wir sind Ihnen auf der Spur‹?«

»Das hat er nicht getan, nicht wahr?« fragte Al und wußte die Antwort schon.

»Nein«, sagte Marty ruhig. »Er hat nicht mit

Daddy gesprochen, er hat nicht mit Mommy gesprochen, und er hat auch nicht mir mir gesprochen.«

»Marty, für die Augenklappe könnte es hundert Gründe –«

»Es gibt nur *einen*. Er ist der Werwolf, er ist die Bestie, *er* ist es, und er wartet auf den Vollmond. Als Reverend Lowe kann er nichts tun. Aber als Werwolf kann er sehr viel tun. Er kann mich zum Schweigen bringen.«

Und Marty sprach so kalt und einfach, daß Al fast überzeugt war. »Was willst du also von mir?« fragte Al.

Marty sagte es ihm. Er wollte zwei silberne Kugeln und einen Revolver, mit dem man sie abfeuern konnte, und er wollte, daß Onkel Al sie am Silvesterabend besuchte, denn in dieser Nacht würde Vollmond sein.

»Ich werde nichts dergleichen tun«, sagte Onkel Al. »Marty, du bist ein guter Junge, aber du drehst langsam durch. Ich glaube, du bist ein schwerer Fall von Rollstuhlfieber. Wenn du über alles noch einmal nachdenkst, weißt du es selbst.«

»Vielleicht«, sagte Marty. »Aber überleg doch einmal, was du empfinden wirst, wenn du am

Neujahrstag einen Anruf bekommst und erfährst, daß ich tot und in Stücke gerissen im Bett liege. Willst du das auf dein Gewissen nehmen, Onkel Al?«

Al wollte etwas sagen, aber er schloß sofort wieder den Mund.

Er bog in eine Einfahrt ein und hörte den Neuschnee unter den Vorderreifen seines Mercedes knirschen. Dann setzte er zurück, und sie fuhren wieder nach Hause. Er hatte in Vietnam gekämpft und war mehrfach ausgezeichnet worden; er hatte erfolgreich längere Beziehungen zu einigen energischen Frauen vermieden; und jetzt sah er sich von seinem elfjährigen Neffen in die Enge getrieben. Von seinem verkrüppelten elfjährigen Neffen. Natürlich wollte er so etwas nicht auf sein Gewissen nehmen – noch nicht einmal die *Möglichkeit*. Und das wußte Marty. Und Marty wußte auch: wenn Onkel Al auch nur die geringste Chance sah, daß er, Marty, recht haben könnte –

Vier Tage später, am zehnten Dezember, rief Onkel Al an. »Ich habe eine wunderbare Nachricht«, rief Marty seiner Familie zu, als er mit seinem Rollstuhl ins Wohnzimmer fuhr. »Onkel Al kommt zu Silvester zu uns!«

VRIGHTSON 1983

»Das tut er *nicht*«, sagte seine Mutter in ihrem kältesten und schroffsten Ton.

Marty ließ sich nicht einschüchtern.

»Oh, das tut mir leid – ich habe ihn schon eingeladen«, sagte er. »Er will Leuchtpulver für den Kamin mitbringen.«

Seine Mutter verbrachte den Rest des Abends damit, ihn wütend anzustarren, wenn er in ihre Richtung schaute oder sie in seine . . . aber sie rief ihren Bruder nicht an, um ihn zu bitten, wegzubleiben, und das war das Wichtigste.

Beim Abendessen zischte ihm Katie böse ins Ohr. »Du kriegst *immer* was du willst! Nur weil du ein Krüppel bist!«

Grinsend flüsterte Marty zurück: »Ich liebe dich genauso sehr, Schwesterchen.«

»Du kleiner Satan!«

Sie stürzte davon.

Und dann ist der Silvesterabend da. Martys Mutter war überzeugt, daß Al nicht kommen würde, denn der Sturm war stärker geworden, er heulte und stöhnte und trieb immer mehr Schnee vor sich her. Um die Wahrheit zu sagen, auch Marty hatte einige böse Augenblicke . . . aber Onkel Al traf gegen acht Uhr ein. Er fuhr nicht seinen Mercedes-

Sportwagen, sondern ein geliehenes Fahrzeug mit Vierradantrieb.

Gegen elf Uhr dreißig ist außer ihnen beiden die ganze Familie ins Bett gegangen, und so ungefähr hatte Marty es vorausgesehen. Und obwohl Onkel Al die ganze Sache immer noch nicht ernstnimmt, hat er nicht einen, sondern zwei Revolver mitgebracht, die er jetzt unter seinem schweren Mantel hervorholt. Wortlos reicht er Marty die Waffe mit den beiden Silberkugeln. Wie um ihre Argumente zu unterstreichen, läßt Martys Mutter die Tür zum Elternschlafzimmer knallend ins Schloß fallen. Die andere Waffe ist mit konventioneller Bleimunition geladen ... aber Al zweifelt, ob ein Wahnsinniger, der hier heute nacht eindringen will, sich von einer .45 Magnum aufhalten lassen wird. Und je mehr Zeit vergeht, ohne daß etwas geschieht, um so stärker werden seine Zweifel.

Im Fernsehen schwenken die Kameras jetzt immer häufiger zu der großen erleuchteten Kugel auf dem Allied Chemical Building am Times Square hinüber. Die letzten paar Minuten des Jahres verstreichen. Die Menge jubelt. In der Ecke gegenüber dem Fernsehgerät steht immer noch der Weihnachtsbaum der Coslaws, der langsam vertrocknet und braun wird und traurig, seiner Geschenke entkleidet, vor sich hin nadelt.

»Marty, nichts –« fängt Onkel Al an, und dann zerspringt das große Aussichtsfenster des Wohnzimmers in einem Hagel von glitzernden Splittern nach innen und läßt den heulenden schwarzen Wind von draußen herein und wirbelnden weißen Schnee . . . und die Bestie.

Al ist einen Augenblick lang wie erstarrt, erstarrt vor Grauen, und weil er nicht glauben kann, was er sieht. Die Bestie ist riesig, vielleicht zwei Meter zehn, obwohl sie sich vorbeugt, so daß ihre Klauenhände fast über den Teppich schleifen. Ihr eines grünes Auge (*genau wie Marty sagte*, denkt er dumpf, *alles ganz genau wie Marty sagte*) rollt in seiner Höhle und funkelt böse und fixiert Marty, der in seinem Rollstuhl sitzt. Die Bestie springt auf Marty zu und stößt zwischen ihren riesigen gelblichweißen Zähnen ein brüllendes Triumphgeheul aus.

Ruhig und fast ohne erkennbare Veränderung seines Gesichtsausdrucks hebt Marty den .38 Revolver. Er sieht in seinem Rollstuhl winzig aus; Seine Beine stecken in weichen verblichenen Jeans, und an seinen Füßen, die sein ganzes Leben lang taub und gefühllos waren, trägt er pelzgefütterte Hausschuhe. Und – es ist unglaublich – obwohl der Werwolf wütend brüllt, obwohl der Wind heult, und obwohl Als Gedanken durcheinandergeraten, weil er nicht begreift, wie so etwas in einer Welt der Realitäten geschehen kann, hört er trotzdem die Stimme seines Neffen sagen: »Armer alter Reverend Lowe, ich will versuchen, dich zu erlösen.«

Und als der Werwolf mit ausgestreckten Klauenhänden lospringt, und sein Schatten als großer Fleck auf dem Teppich zu sehen ist, schießt Marty. Wegen der geringen Pulvermenge im Treibsatz verursacht der Schuß ein fast lächerliches leises Geräusch. Es hört sich an, als würde mit einem Luftgewehr geschossen.

Aber das Wutgebrüll des Werwolfs steigert sich zu einem infernalischen Schmerzensschrei. Die Bestie kracht gegen die Wand und schlägt mit der Schulter ein großes Loch hinein. Ein Bild von Currier and Ives fällt ihr auf den Kopf, gleitet an ihrem dicken Rückenpelz herab und zersplittert auf dem Fußboden. Der Werwolf dreht sich um. Blut fließt über die bösartige behaarte Maske seines Gesichts, und er rollt mit seinem grünen Auge.

Knurrend taumelt er auf Marty zu. Seine Klauenhände öffnen und schließen sich, und aus seinem klaffenden Maul quillt blutiger Schaum. Marty hält den Revolver mit beiden Händen, wie ein Kind eine Tasse hält. Er wartet, wartet . . . und als der Werwolf wieder auf ihn zuspringt, schießt er. Das andere Auge erlischt wie eine Kerze im Sturm! Wieder schreit die Bestie laut auf und taumelt gegen das Fenster. Der Schneesturm fährt in den Vorhang, der sich dem Ungeheuer um den Kopf wickelt, als sich im Fernsehen die große leuchtende Kugel gerade an ihrem Mast nach unten bewegt. Auf dem weißen Tuch sieht Al Blutflecken, die sich rasch vergrößern.

Der Werwolf sinkt in die Knie, als Martys Vater mit wildem Blick und mit seinem hellgelben Pyjama bekleidet ins Zimmer stürzt. Der .45 Magnum liegt immer noch auf Als Schoß. Er hat ihn nicht einmal angefaßt.

Jetzt bricht die Bestie zusammen . . . zuckt noch einmal . . . und stirbt.

Mit offenem Mund starrt Mr. Coslaw sie an.

Den rauchenden Revolver noch in der Hand, dreht Marty sich zu Onkel Al um. Er sieht müde aus . . . aber zufrieden.

»Ein frohes neues Jahr, Onkel Al«, sagt er. »Sie ist tot. Die Bestie ist tot.« Und dann fängt er an zu weinen.

Auf dem Fußboden, unter Mrs. Coslaws besten weißen Vorhängen hat der Werwolf angefangen, sich zu verändern. Die Haare, die sein Gesicht und seinen Körper bedecken, scheinen sich irgendwie einzuziehen. Die in einem Knurren des Schmerzes und der Wut zurückgezogenen Lefzen fallen herab und bedecken die schrumpfenden Zähne. Auf wunderbare Weise schmelzen die Klauen zu Fingernägeln zusammen ... zu Fingernägeln, die erbärmlich abgekaut aussehen.

In ein blutiges Leichentuch aus Vorhangstoff gehüllt, liegt dort der Reverend Lowe, und der hereingewehte Schnee bildet um ihn herum unregelmäßige Muster.

Onkel Al geht zu Marty hinüber und tröstet ihn, während Martys Vater immer noch die nackte Leiche auf dem Fußboden anstarrt und Martys Mutter mit zugehaltenem Bademantel in das Zimmer geschlichen kommt. Al umarmt Marty ganz fest.

»Gut gemacht, mein Junge«, flüstert er. »Ich liebe dich.«

Draußen heult der Wind den schneebedeckten Himmel an, und in Tarker's Mills sind die ersten Minuten des neuen Jahres schon Geschichte.

Nachwort

Jeder passionierte Mondbeobachter wird wissen, daß ich mir ohne Rücksicht auf den Jahreskreis ziemliche Freiheiten mit dem Mondzyklus herausgenommen habe – gewöhnlich, um mir bestimmte Tage (Valentinstag, Unabhängigkeitstag usw.) zunutze zu machen, die bestimmte Monate in unserer Vorstellung »markieren«. Den Lesern, die das Gefühl haben, ich hätte es nicht besser gewußt, versichere ich, daß dies durchaus der Fall war ... aber ich konnte der Versuchung einfach nicht widerstehen.

Stephen King
4. August 1983

Der Werwolf von Tarker Mills

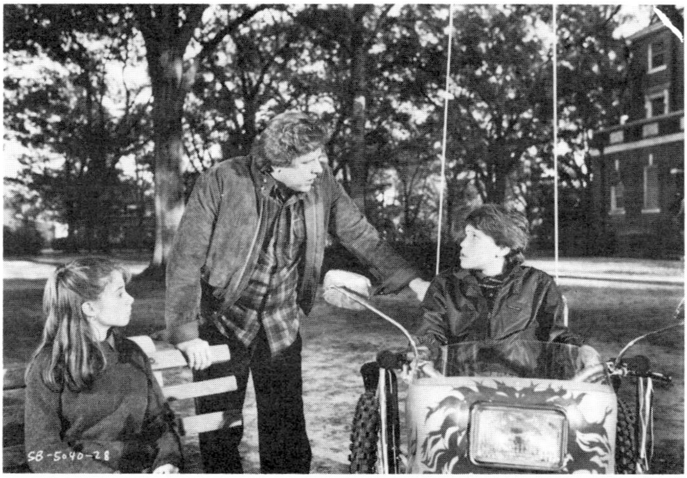

Marty Coslaw (Corey Haim) ist ein dreizehnjähriger, aufgeweckter Junge. Er hat nur ein Handicap: Marty ist an den Rollstuhl gefesselt. Und ausgerechnet er kommt dem Werwolf auf die Spur.

EINBLENDEN

1 AUSSEN DER VOLLMOND, GROSSAUFNAHME 1
NACHT

Er nimmt fast das ganze Bild ein und schwebt geheimnisvoll in der warmen Spätsommerluft.

GERÄUSCH: Grillen.

DIE KAMERA SCHWENKT LANGSAM NACH UNTEN AUF:

2 AUSSEN BAHNGLEISE IN DER LANDSCHAFT 2
NACHT – UND MONDSCHEIN

DER VORSPANN BEGINNT.
Eine Draisine fährt knatternd die Gleise entlang. An Bord ist ARNIE WESTRUM, ein hochgewachsener Mann in einem schäbigen T-Shirt und Kattunhosen. Er trinkt Bier.

ARNIE (singt)

Mein Bier ist Rheingold, das *klare,*
kaufst du Rheingold, dann hast du das Wahre . . .

Er trinkt seine Flasche Rheingold leer und wirft sie zur Seite. Vorn sehen wir eine Weiche.

ARNIE schaltet die Draisine auf Leerlauf, öffnet den Werkzeugkasten und nimmt eine große Taschenlampe heraus. Er richtet den Strahl auf die Weiche.

Er holt eine Brechstange aus dem Werkzeugkasten, außerdem einen großen Schraubenschlüssel, eine Zange, einen Hammer und ein paar Arbeitshandschuhe. er nimmt auch noch eine Flasche Bier und steckt sie in seine Gesäßtasche.

Dann springt ARNIE von der Draisine und nähert sich der Weiche.

DER VORSPANN LÄUFT WEITER.

3 AUSSEN ARNIE BEI DER WEICHE NACHT 3

Er läßt sein Werkzeug fallen, zieht die Arbeitshandschuhe an und betrachtet im Schein der Taschenlampe die Weiche.

ARNIE (singt)

Rheingold rinnt durch die Kehle
wie das Glück durch die Seele,
sei kein Tier, kaufe dir Rheingold Bier . . .

Er versucht, die Weiche umzustellen. Es geht nicht. Sie ist eingefroren.

ARNIE

Sitzt fester als Scheiße in der Tiefkühltruhe

Er zieht die Flasche Bier aus der Gesäßtasche und einen Öffner aus einer der vorderen Taschen. Er entfernt den Kronenkorken und nimmt einen tiefen Zug. Er rülpst. Dann dreht er die halbgeleerte Flasche so zwischen die Schlacken, daß sie nicht umfallen kann, und nimmt die Brechstange auf.

DER VORSPANN LÄUFT WEITER.

4 AUSSEN DIE DRAISINE NACHT 4

Ein GERÄUSCH, als raschle es in den Büschen. Etwas kommt heraus – etwas Riesiges. Gelenkig springt es auf die Draisine. Es ist ein Werwolf mit grünlichgelben Augen. Kleidungsreste hängen noch an ihm herab.

Um was für ein Ungeheuer handelt es sich? *Es* ist von wölfischer, aber gleichzeitig menschenähnlicher Gestalt ... wenn wir später erfahren, wer *es* in seiner menschlichen Gestalt ist, werden wir nicht begreifen, daß wir es nicht gleich gemerkt haben, denn die Ähnlichkeit ist eigentlich unverkennbar.

Riesig und zottig und mit tödlichen Fangzähnen hockt es auf der Draisine.

DER VORSPANN LÄUFT AUS.

5 AUSSEN ARNIE NACHT 5

Er stößt die Brechstange mit aller Gewalt in die Verbindungsstelle. Dabei flucht er halblaut. Plötzlich lassen sich Weiche und Gleise bewegen

ARNIE

Verdammt nochmal! Jetzt ... ein wenig Öl ...

Er geht zur Draisine zurück.

6 AUSSEN ARNIE HAT DIE DRAISINE ERREICHT NACHT 6

ARNIE

Sei kein Tier ... kaufe dir ...

EIN GERÄUSCH - ein Rascheln in den Büschen; Knirschen von Schlacken. ARINE schaut sich um.

7 AUSSEN DIE GLEISE UND DIE WEICHE AUS ARNIES BLICKWINKEL NACHT 7

Es ist nichts zu sehen. Seine Bierflasche steht bei dem verstreuten Werkzeug.

8 AUSSEN ARNIE BEI DER DRAISINE NACHT 8

Er wühlt im Werkzeugkasten, den Rücken der Weiche zugekehrt.

9 AUSSEN ARNIES BIERFLASCHE, GROSSAUFNAHME NACHT 9

Eine behaarte Hand/Pfote schließt sich um die Flasche – an der Hand sehen wir riesige gebogene Klauen.

10 AUSSEN DAS GESICHT DES WERWOLFS, GROSSAUFNAHME NACHT 10

Funkelnde grüngelbe Augen; das wilde Gesicht einer Bestie, das dennoch halb menschlich aussieht. Mehr sehen wir nicht. Der Rest liegt im Schatten. Die Bestie öffnet das Maul und hebt die Flasche Bier. Schaumiges Rheingold fließt in die Kehle des Werwolfs.

11 AUSSEN ARNIE BEI DER DRAISINE NACHT 11

Er hat eine altmodische Ölkanne gefunden, eine mit einem langen Schnabel. Er geht wieder zur Weiche zurück, wobei er die Kanne schwenkt.

ARNIE (singt)

Mein Bier ist Rheingold, das klare,
kauf dir Rheingold, dann hast du das Wahre . . .

Er erreicht die Weiche, schaut nach unten . . . und hört auf zu singen. Seine Augen weiten sich.

12 AUSSEN DIE SCHLACKE NEBEN DEN GLEISEN AUS ARNIES BLICKWINKEL NACHT 12

Wir sehen das Loch, in dem Arnies Bierflasche gestanden hat, aber es ist natürlich leer. Neben dem Loch sehen wir in der Schlacke zwei große Fußabdrücke, halb von einem Wolf, halb menschlich.

13 AUSSEN ARNIE NACHT 13

Er hat jetzt Angst. Er schaut sich um, will wissen, wer hier in der Nähe sein könnte. Er merkt jetzt, daß er ganz tief in der Scheiße steckt.

GERÄUSCH: EIN MARKERSCHÜTTERNDES KNURRENDES BRÜLLEN

14 AUSSEN DER WERWOLF NACHT 14

Er richtet sich auf den Hinterbeinen auf, und seine Augen glitzern in einem häßlichen gelben Grün. Er schiebt die Lefzen zurück und zeigt seine fürchterlichen Zähne.

15 AUSSEN ARNIE NACHT 15

Er schaut hinüber, sein Gesicht ist eine Maske des Grauens

ARNIE

Oh, n –

Eine riesige klauenbewehrte Hand/Pfote fährt herab. ARNIE wird der Kopf auf der Stelle vom Rumpf getrennt.

16 AUSSEN DIE DRAISINE NACHT 16

GERÄUSCH der sich nähernden Bestie. Ein behaarter Arm mit einer Klauenhand greift in den hinten angeschraubten Werkzeugkasten und wühlt darin herum. Von der Hand tropft Blut.

Sie kommt mit einer Flasche Rheingold wieder zum Vorschein.

Der Werwolf fängt an zu singen. Es ist ein bizarres, komisches und doch grauenhaftes Grunzen, aber die Worte sind auf höllische Weise verständlich:

WERWOLF (guttural; annähernd menschlich)

Mein Bier ist Rheingold, das klare ...

Er hat keinen Öffner und schlägt den Flaschenhals hart gegen die Kante des Werkzeugkastens. Bier schäumt aus der Flasche.

17 AUSSEN DAS GESICHT DES WERWOLFS, IM TIEFEN SCHATTEN NACHT 17

Er stößt sich den scharfgezackten Flaschenhals tief ins Maul und trinkt. Schaum läuft ihm über das Fell. Er grinst.

WERWOLF (mit knurrender Stimme)

Trinkst du Rheingold, dann hast du das Wahre ...

18 AUSSEN DER WERWOLF NAHAUFNAHME NACHT 18

Die Flasche ist leer. Es gibt KNIRSCHENDE GERÄUSCHE, als er anfängt, die Flasche zu fressen.

Blut rinnt ihm aus dem Maul; sein Gesicht verzerrt sich vor Schmerz und Wut. Er spuckt blutige Glasscherben aus.

Er hebt den Kopf und HEULT.

19 AUSSEN TARKER'S MILLS NACHT – MONDSCHEIN 19

Wir schauen auf die Main Street einer kleinen Stadt – sie könnte in New England liegen, aber auch weiter südlich. Es könnte im Jahre 1984 sein, aber auch 1981. Die Stadt heißt Tarker's Mills, und an einem solchen Ort läuft die Zeit langsamer. Autos – nicht übermäßig viele – bewegen sich in beide Richtungen. Niemand hat es eilig.

Wir sehen die Methodistenkirche (und daneben das Pfarrhaus); Andy's Sporting Goods; Owen's Pub mit seiner Neonreklame für Narragansett-Bier. Wir sehen einen Friseurladen mit einer gestreiften Stange davor; wie sehen die katholische Kirche zur Heiligen Familie und daneben die Amtswohnung des Priesters. Wir sehen das Gem Theater, das einen alten Film mit Sophia Loren zeigt: *Two Women.*

Es ist unsere kleine Stadt in den U. S. A.

JANE (Stimme eingeblendet)

Dieser Ort heißt Tarker's Mills, und hier bin ich aufgewachsen . . . und so sah er aus, als ich vierzehn war – ein Ort, wo die Leute sich genauso sehr um ihre Nachbarn kümmerten wie um sich selbst. So sah meine Heimatstadt aus, als, ohne daß jemand es ahnte, ein Alptraum auf sie zukam. Das Töten hatte begonnen.

GERÄUSCH: Das HEULEN des WERWOLFS – aus weiter Ferne und ein wenig verträumt.

20 AUSSEN/INNEN TARKER'S MILLS SCHNELLE 20
FOLGE VON KURZSZENEN NACHT

a.) VIRGIL CUTTS, der Inhaber der Virgil's Texaco, tankt einen Wagen auf. Wir hören das Heulen . . . und Virgil schaut unruhig auf.

b.) Im Friseurladen nimmt BILLY McCLAREN, der Friseur, dem Methodistenpfarrer Reverend O'BANION gerade den Frisierumhang ab. Sie schauen sich beide um.

c.) Aus dem Gem Theater kommen Leute heraus. Sie bleiben stehen, als sie das HEULEN hören, und schauen zum Stadtrand hinüber.

21 AUSSEN DER UNTERGEHENDE MOND, GROSS-AUFNAHME NACHT 21

Während JANE spricht, sehen wir den Mond am Horizont versinken.

JANE (Stimme eingeblendet)

Das Töten hatte begonnen, aber zuerst wußte es niemand

... Arnie Westrum war chronischer Alkoholiker, und was hier geschehen war, sah wie ein Unfall aus.

22 AUSSEN DIE DRAISINE UND ARNIES RUMPF OHNE KOPF NACHT 22

Langsam wird die Sicht besser, während die MORGENDÄMMERUNG SICH IM ZEITRAFFER LICHTET.

GERÄUSCH: Ein sich nähernder Zug. Wir hören sein Signalhorn

DIE KAMERA FÄHRT HERAN. Hier liegt eine zerbrochene Rheingoldflasche. Dort liegen ARNIES Werkzeuge verstreut. Und hier liegt ARNIES abgetrennter Kopf, über dessen Wange Ameisen laufen.

GERÄUSCH: Das Signalhorn des Zuges, VIEL NÄHER.

JANE (Stimme eingeblendet)

Der amtliche Leichenbeschauer vermutet, daß Arnie volltrunken auf die Gleise gestürzt ist. Es gab nicht genügend Anhaltspunkte, etwas anderes zu vermuten.

Und plötzlich, mit gellendem Signalhorn, rast der Zug ins Bild. Die Draisine fliegt zur Seite. ARNIES Leiche verschwindet unter der Lok. Etwas bewegt sich dort, wird hin- und hergeschleudert. Es könnte ein Bündel Lumpen sein . . . ist es aber nicht.

DAS BILD GEHT ÜBER IN:

23 AUSSEN STADTPARK VON TARKER'S MILLS TAG 23

Der Park liegt ungefähr in der Mitte der Stadt, und um ihn herum oder hinter ihm wickelt sich der innerstädtische Verkehr ab. LANGSAM SCHWENKT DIE KAMERA auf ein großes Zelt über, das auf dem Rasen errichtet wurde – es sieht fast aus wie das Zelt einer Erweckungsbewegung, aber auf einem Transparent über dem Eingang steht: UNTERSTÜTZEN SIE DIE KAMPAGNE FÜR EINE BESSERE MEDIZINISCHE VERSORGUNG IN TARKER'S MILLS!

Hinter oder neben dem Zelt sind Picknicktische aufgestellt und aneinandergerückt worden. Frauen stellen Salate und selbstgebackenes Brot darauf – fast alle Einwohner der Stadt werden hier nach der Veranstaltung zu einer Mahlzeit Platz nehmen. In einiger Entfernung sind Männer mit dem Grillen von Fleisch und Mais beschäftigt.

JOE HALLER (Stimme verstärkt)

Und jetzt spricht zu Ihnen Pater Lester Lowe von der Katholischen Kirche zur Heiligen Familie!

Begeisterter Beifall.

24 INNEN DIE MENGE TAG 24

Fast alle Einwohner der Stadt haben sich hier versammelt. Die Leute sitzen auf Klappstühlen. Unser Augenmerk richtet sich besonders auf drei Leute – NAN COSLAW, ihren Ehemann BOB und die vierzehnjährige Tochter JANE. Es ist dieselbe JANE – eine etwas ältere JANE –, die wir schon sprechen hörten. Sie langweilt sich ein wenig bei dieser Veranstaltung, die schon eine Zeitlang andauert. Während der Beifall anhält, beugt sie sich zu ihrer Mutter hinüber.

JANE

Ich geh' ein bißchen nach draußen, okay?

NAN

Okay. Aber lauf nicht weit weg. Und paß auf, daß deinem Bruder nichts passiert.

Als JANE aufsteht, klingt der Applaus ein wenig ab.

ZUR BEACHTUNG: JANE trägt ein silbernes Kruzifix, und das wird sie während des ganzen Films tragen.

25 INNEN DAS PODIUM TAG 25

Auf der einen Seite ist ein großes Schwarzweißphoto auf einer Staffelei zu sehen. Es zeigt ein zu einem Notarztwagen umgebautes Fahrzeug.

Hinten auf dem Podium stehen vier Stühle. Auf einem dieser Stühle sitzt der REVEREND TOM O'BANION, auf einem anderen ANDY FAIRTON. Er hat einen roten Kopf und strahlt über das ganze Gesicht. JOE HALLER, der Stadtpolizist, geht gerade zu seinem Stuhl zurück. Als der Applaus verstummt, tritt LESTER LOWE an das Mikrophon. Seine Augen leuchten vor Freundlichkeit und Wohlwollen

LOWE

In den letzten zehn Jahren . . .

Keine Verstärkung. Er klopft gegen das Mikrophon.

26 INNEN JANE 26

Sie zwängt sich durch die Sitzreihe (die Leute sollten auf

Klappstühlen sitzen). Dabei kommt sie an einem etwa gleichaltrigen MÄDCHEN vorbei, das NANs abschließende Bemerkung gehört hat.

MÄDCHEN (nachäffend)

»Und paß auf, daß deinem Bruder nichts passiert.«

JANE (leise)

Marty ist 'ne Mißgeburt

Sie erreicht den Gang und geht nach draußen.

27 INNEN PATER LOWE AM REDNERPULT 27

Wieder klopft er gegen das Mikrophon.

28 INNEN Die MENGE MIT BOB UND NAN COSLAW 28

BOB (heiter)

Tun Sie einfach so, als machten Sie eine Kollekte in Ihrer eigenen Kirche, Pater. Es wird schon funktionieren!

Einige der Umsitzenden lachen freundlich.

29 INNEN LOWE AM REDNERPULT 29

Ein wenig irritiert klopft er gegen das Mikrophon, und ein KURZES KREISCHEN DER RÜCKKOPPLUNG erfolgt.

LOWE

In den letzten zehn Jahren hatte ich einen Traum. Einen Traum von einer Zeit, da eine moderne medizinische Versorgung auch in dieser kleinen Gemeinde Einzug hält, die manchmal so weit von Durham mit seinen lebensrettenden Hospitälern entfernt zu liegen scheint.

Ich hoffe, daß diese Veranstaltung, in der ich so viele meiner Freunde versammelt sehe, zur Verwirklichung dieses Traumes beitragen wird.

GERÄUSCH: Begeisterter Applaus.

30 AUSSEN EINE SCHLANGE IM GRAS GROSSAUFNAHME 30

Es ist eine Kletternatter . . . harmlos, aber groß. Sie schlängelt sich durch das Gras auf einen Wasserlauf zu. Im Hintergrund hört man APPLAUS.

MARTY (Stimme)

Mein Gott . . .! Brady, bist du sicher, daß sie nicht giftig ist?

BRADY (Stimme)

Die kleine Kletternatter? Du spinnst wohl!

Hände – die ziemlich schmutzigen Hände eines Jungen, der Böses im Schilde führt – packen die Kletternatter.

31 AUSSEN MARTY UND BRADY GROSSAUFNAHME 31

BRADY hält die Schlange hoch. Beide Jungen betrachten sie mit ehrfurchtsvollem Staunen.

ZUR BEACHTUNG: MARTY trägt ein silbernes St.-Christophorus-Medaillon, und das wird er während des ganzen Films tragen.

MARTY

Gib sie mir!

BRADY reicht ihm die Schlange. Während Marty sie betrachtet, sieht Brady:

32 AUSSEN JANE KOMMT AUS DEM ZELT TAG 32

JANE

In diesem Sommer war ich fast fünfzehn Jahre alt. Mein Bruder Marty war elf. Marty und sein Freund Brady Kincaid waren für mich das Kreuz, das ich zu tragen hatte. Brady war eigentlich der schlimmere von beiden, aber das wollte ich mir nicht eingestehen, nicht, solange meine Eltern so ein Theater um meinen jüngeren Bruder machten.

LOWE (Stimme vom Zelt her eingeblendet)

$ 32 000 sind eine Menge Geld. Aber wenn Sie an die Menschenleben denken, die dieses Fahrzeug retten kann, erscheint es ein geringer Preis.

Seine Worte werden mit Applaus quittiert.

33 AUSSEN MARTY UND BRADY 33

Wieder sehen wir die Jungen in der Nähe – wir sehen sie von der Brust aufwärts. BRADY reißt MARTY die Schlange wieder weg.

BRADY

Ich hab' eine Idee.

MARTY

Was für eine?

BRADY schaut zu JANE hinüber. MARTY folgt seinem Blick. Seine Augen weiten sich.

MARTY

Das tust du nicht!

BRADY grinst. MARTY sieht ihn abschätzend an.

MARTY

Es wäre dir zuzutrauen.

34 INNEN LOWE AM REDNERPULT 34

LOWE

Gemeinsame Anstrengungen wie diese erscheinen mir geradezu als die Definition einer Gemeinde – wir ziehen alle an einem Strang, Farmer und Kaufleute ... Protestanten und Katholiken ...

35 AUSSEN JANE 35

Sie geht langsam auf die Picknicktische zu und schlendert dabei unter den Ästen eines Baumes hindurch. Aus dem Zelt ist wieder Applaus zu hören.

BRADY (hänselnd)

Jane ... Jane ...

Sie schaut nach oben. Die Kletternatter hängt herab und berührt fast ihr nach oben gewandtes Gesicht.

JANE schreit auf und stürzt davon. Nach ein paar Schritten stolpert sie über ihre eigenen Füße und stürzt. Ihr Trägerkleid und ihre Strumpfhose waren vorher ganz hübsch. Jetzt ist das Kleid zerrissen, und die Nylons sind an den Knien aufgescheuert.

36 AUSSEN DER BAUM MIT BRADY 36

Er liegt mit der Schlange in der Hand auf einem Ast und lacht laut.

37 AUSSEN JANE 37

Sie steht auf und inspiziert ihre Kleidung und ihre blutenden Knie. Sie ist den Tränen nahe.

38 AUSSEN MARTY NEBEN DEM BAUM ZIEMLICH 38
AUS DER NÄHE

Wir sehen ihn von der Brust aufwärts. Er scheint zu bedauern, daß er bei diesem kleinen Scherz mitgemacht hat, und das sollte wohl auch so sein.

MARTY

Es war nur eine Kletternatter, Jane –

39 AUSSEN JANE 39

Sie schaut sich wütend nach ihm um, und in ihrem Blick liegt fast so etwas wie Haß.

JANE

Sieh dir meine Knie an! Und mein *Kleid! Ich hasse dich!*

40 AUSSEN BRADY, OBEN IM BAUM 40

BRADY

Hat die kleine Jane sich die Hosen naßgemacht?

41 AUSSEN MARTY 41

MARTY

Hör auf, Brady.

42 AUSSEN BRADY OBEN IM BAUM 42

Er wirft die Schlange herunter.

43 AUSSEN JANE 43

Mit einem leisen Schrei weicht sie der Schlange aus. Sie fängt an zu weinen, aber dennoch zischt sie BRADY verächtlich an.

44 AUSSEN BRADY OBEN IM BAUM 44

BRADY

Ooooh, wie *ungezogen!*

45 AUSSEN MARTY 45

Er bewegt sich auf JANE zu – an seinen Bewegungen ist etwas seltsam Unnatürliches, und bald werden wir wissen, warum, aber vorläufig wundern wir uns.

MARTY

Es tut mir leid, Jane. Es war nur ein Scherz. Wir wollten dir nicht

Er hat sie erreicht. JANE schluchzt jetzt hysterisch.

JANE

Oh, nein! Das sagst du immer! Ich hasse dich, du Mißgeburt!

Sie rennt davon.

46 AUSSEN DER BAUM MIT BRADY 46

Er springt herab und geht zu Marty hinüber

BRADY (zufrieden)

Der haben wir aber ganz schön Angst eingejagt

47 AUSSEN MARTY 47

Er sitzt in einem Rollstuhl und schaut Jane mürrisch nach.

MARTY

Ach, halt das Maul, Brady. Du bist krank.

48 AUSSEN JANE IN DER NÄHE DES ORCHESTERPAVILLONS TAG 48

Sie geht langsam weiter und weint immer noch ein wenig. Jetzt tritt sie hinter ein paar Büsche, schaut sich um, schlägt das Kleid hoch und zieht ihre ramponierten Strumpfhosen aus.

STELLA RANDOLPH (Stimme)

Halt! Geh nicht weg!

Erschrocken schaut JANE sich um und streicht instinktiv ihr Kleid nach unten. Niemand ist zu sehen.

MANN (Stimme; grob)

Laß mich in Ruhe!

Jetzt schaut Jane hinüber zum:

49 AUSSEN DER ORCHESTERPAVILLON, AUS JANES BLICKWINKEL 49

Ein Mann, der aussieht wie ein Handelsvertreter, der gerade einen dreckigen Witz über die Farmerstochter erzählt hat, kommt aus dem Orchesterpavillon herunter.

STELLA RANDOLPH, ein rundliches, aber sonst ganz hübsches Mädchen, tritt an die Treppe, aber sie kommt nicht herunter. Auch sie weint, aber bei ihr sind es richtige Tränen. Stella ist ein menschlicher Wasserfall.

STELLA (ruft)

Bitte! Du mußt mir helfen!

50 AUSSEN DER UNTREUE FREUND 50

FREUND (geht weiter)

Es ist zwar dein Herd, aber es sind nicht meine Brötchen, die du darin backst. Tut mir leid. Baby.

HINTERGRUNDGERÄUSCH: Wieder Applaus.

51 AUSSEN JANE 51

Wir hören STELLA schluchzen, als JANE langsam auf den Orchesterpavillon zugeht, die zerknüllte Strumpfhose noch in der Hand. JANE scheint plötzlich zu begreifen, daß sie in dieser traurigen Welt nicht die einzige ist, die Probleme hat. Sie erreicht die Treppe, die zum Pavillon hinaufführt, und wirft die Strumpfhose zerstreut in einen Abfallbehälter.

JANE steigt ängstlich die Stufen hinauf.

JANE

Stella? Bist du es?

52 AUSSEN OBEN IM ORCHESTERPAVILLON 52

STELLA hat sich auf eine der Bänke zurückgezogen, wo sie in eine Handvoll Kleenextücher heult. Klein und dick, wie sie ist, wirkt sie mit ihren zweiundzwanzig Jahren komisch und schrecklich traurig zugleich. Als sie JANE's Stimme hört, dreht sie sich um.

STELLA (erschrocken)

Wer –?

JANE (nähert sich ihr)

Ich bin es, Stella. Jane, Jane Coslaw.

Stella erkennt sie und wendet sich ab. Sie weint immer noch. JANE bleibt stehen und weiß nicht recht, was sie tun soll. Nach einer Weile tritt sie näher an STELLA heran und berührt leicht ihren Rücken.

JANE (sanft)

Was fehlt dir denn?

STELLA (weint)

Er kommt nicht wieder. Ich weiß es.

JANE

Wer kommt nicht wieder?

Stella dreht sich zu ihr um. Sie weint immer noch und ist in heftiger Erregung.

STELLA

Was soll ich nur meiner *Mutter* sagen? Was soll ich nur meiner *Mutter* sagen, wenn er mich nicht heiraten will?

JANE (verwirrt)

Stella, ich weiß nicht, was –

STELLA

Ach, laß mich doch in Ruhe! Laß mich in *Ruhe*, du dummes Ding.

Stella geht schwerfällig durch den Orchesterpavillon und die Treppe hinunter. JANE starrt ihr verblüfft und vielleicht sogar ein wenig ängstlich nach.

53 INNEN REVEREND O'BANION AM REDNERPULT 53

O'BANION

Laßt uns beten.

54 INNEN DIE VERSAMMLUNG 54

Die meisten halten den Kopf gesenkt.

55 INNEN REVEREND O'BANION AM REDNERPULT 55

O'BANION

Möge die Gnade Gottes auf die hier Versammelten

scheinen ... und sie aufrichten ... und dem Unternehmen zum Erfolg verhelfen, das sie so freigebig unterstützt haben. Amen.

56 INNEN DIE VERSAMMLUNG 56

Die Leute heben die Köpfe. Einige wiederholen das Wort »Amen«. Andere bekreuzigen sich.

57 AUSSEN DER RASEN MIT DEN PICKNICKTISCHEN 57

Leute kommen aus dem Zelt und setzen sich an die gedeckten Tische.

58 AUSSEN DER KOMBIWAGEN DER COSLAWS TAG 58

Er fährt eine Landstraße entlang. Es geht nach Hause.

59 INNEN DER KOMBIWAGEN TAG 59

BOB und NAN COSLAW sitzen vorn, MARTY und JANE auf den Rücksitzen.

JANE hat sich so weit sie kann von MARTY weggesetzt. Sie ist immer noch stinksauer. Ihre Knie sind kreuz und quer mit Pflaster beklebt.

MARTY'S Rollstuhl liegt zusammengeklappt im Frachtraum des Wagens. NAN dreht sich zu ihren Kindern um – wütend ist sie nur auf JANE.

NAN

Ich möchte, daß ihr jetzt das Kriegsbeil begrabt. Du benimmst dich wirklich albern, Jane.

JANE (böse)

Hast du meine Knie gesehen?

MARTY

Jane, ich –

NAN

Du benimmst dich nicht nur albern, du bist außerdem gemein. Dein Bruder hat sich in seinem ganzen *Leben* noch nicht die Knie aufgeschlagen.

Da haben wir ihn wieder – den Hauptgrund für JANE'S Wut auf ihren Bruder und den häufigsten Anlaß für Spannungen in der Familie der COSLAWS.

MARTY zuckt zusammen und wendet sich ab. Er ist verlegen – so etwas passiert immer wieder. Das gefällt ihm überhaupt nicht, aber er weiß nicht, wie er es seinen Eltern, besonders seiner Mutter, abgewöhnen soll.

JANE

Ihr seid auf seiner Seite, weil er ein Krüppel ist. Aber es ist nicht *meine* Schuld, daß er ein Krüppel ist!

MARTY

Bitte, Jane – es war Bradys Idee. Ich konnte ihn nicht davon abhalten

JANE

Brady ist 'ne Mißgeburt und du auch!

NAN

Jane Coslaw!

BOB (brüllt)

Hört auf, oder ich schmeiß' euch allesamt raus!

In dieser traditionellen Familie hat BOB die Autorität. Alle schweigen sofort, aber die Atmosphäre bleibt geladen.

60 INNEN DER KOBMI TAG 60

Neben der Straße laufen Eisenbahnschienen.

61 INNEN DER KOMBI DIE GANZE FAMILIE 61

BOB (zeigt)

Da drüben hat der arme alte Arnie Westrum sein letztes Bier getrunken.

Er bekreuzigt sich, und alle schauen in die angegebene Richtung:

62 AUSSEN DIE GLEISE DER GS&WM RAILROAD (VOM KOMBIWAGEN AUS GESEHEN) 62

63 INNEN DER WAGEN TAG 63

BOB

Was von ihm übrig war, mußten sie in einem Obstkorb wegtragen.

JANE

Oh, Daddy! Wie *scheußlich!*

MARTY

Wurde ihm wirklich der Kopf abgerissen, Daddy? Das hat Brady gesagt.

JANE

Wenn ihr nicht aufhört, muß ich mich übergeben. Das ist mein Ernst.

NAN (ohne Mitgefühl)

Du wirst dich nicht übergeben, Jane. Und ich denke,

wir haben jetzt alle genug von diesem Gerede über Horror-Filme

64 INNEN MARTY(GRÖSSER IM BILD) TAG 64

Marty dreht sich um und schaut zu der Stelle hinüber, wo ARNIE gestorben ist. Sein Gesicht wirkt ernst und nachdenklich.

DAS BILD GEHT ÜBER AUF:

65 AUSSEN DAS HAUS DER COSLAWS NACHT 65

Unten und oben brennt noch Licht.

NAN (Stimme)

Los, ihr beiden! Ins Bett mit euch!

Oben geht in einem der Zimmer das Licht aus.

66 INNEN JANES SCHLAFZIMMER NACHT 66

JANE liegt im Bett, das Gesicht zur Wand. Als sich die Tür öffnet, fällt ein schwacher Lichtschein auf ihr Gesicht. Sie sieht unglücklich aus.

MARTY (Stimme eingeblendet)

Janey? . . . Bist du noch wach?

JANE sagt nichts.

67 INNEN DIE TÜR ZU JANES SCHLAFZIMMER MARTY NACHT 67

Er sitzt in seinem »Hausrollstuhl«, nicht in der Silberkugel, wie er den anderen nennt (bei der Szene im Stadtpark saß er in der Kugel, aber wir konnten das Fahrzeug nicht gut erkennen). Er hat ein paar Sachen auf den Schoß. Auf jeden Fall eine Dose.

MARTY

Darf ich reinkommen?

68 INNEN JANE 68

Sie hat die Augen geöffnet, aber sie sagt nichts. Sie starrt nur die Wand an.

69 INNEN MARTY 69

Er rollt zu ihrem Bett hinüber und legt etwas auf ihren Nachttisch. GERÄUSCH von Kleingeld und raschelndem Papier. Sie wälzt sich herum und sieht, daß er ungefähr drei Dollar hingelegt hat. Außerdem steht dort eine Dose gemischte Nüsse.

JANE

Wofür ist das Geld?

MARTY

Für eine neue Strumpfhose. Reicht es?

JANE

Ich will dein Geld nicht. Du bist 'ne Mißgeburt.

MARTY

Es war Bradys Idee, Jane. Ehrlich. Bitte, nimm das Geld. Ich will mich wieder mit dir vertragen.

Sie schaut ihn an und sieht, daß er es ernst meint – er wirkt aufrichtig zerknirscht. Sie wird weich. Vielleicht gibt es für diese beiden Kinder noch Hoffnung.

JANE

Unten in der Apotheke bekomme ich ein Paar für einen Dollar neunundvierzig. Hier.

Sie schiebt ihm das rechtliche Kleingeld hin und betrachtet die Dose. Neugierig nimmt sie sie in die Hand.

MARTY

Die ist auch für dich. Onkel Al hat sie mir gegeben –

JANE (verächtlich)

Dieser alte Säufer!

MARTY

– aber ich will, daß du sie bekommst

Er lächelt sie überaus freundlich an. Wenn dein kleiner Bruder nett zu dir ist, mußt du dich vorsehen – aber Janes Befürchtungen sind zerstreut. Sie fängt an, die Dose zu öffnen, dann sieht sie ihn fragend an.

MARTY

Ja, mach sie doch auf.

Sie nimmt den Deckel ab. Eine lange Papierschlange – in der eine Feder ist – springt heraus. Sie schreit.

JANE

Du Mißgeburt!

MARTY rollt mit dem Rollstuhl aus ihrer Reichweite.

MARTY (grinsend)

Sie war eigentlich für deinen Geburtstag bestimmt – probier sie doch an Brady aus. Der wird sich in die Hose machen.

JANE

Geh zur Hölle!

70 MARTY AN DER TÜR 70

MARTY (lächelnd)

Ich liebe dich, Janey.

71 JANE IM BETT 71

Sie wäre gern wütend auf ihn . . . aber sie bringt es nicht fertig. Wir werden noch feststellen, daß sowohl MARTY als auch ONKEL AL bei andern eine solche Reaktion hervorrufen. Sie lächelt ein wenig, als sie ihn anschaut.

72 INNEN MARTY 72

Er wendet seinen Rollstuhl und fährt aus dem Zimmer. Auch er lächelt ein wenig.

73 AUSSEN TARKER'S MILLS UNTER DEM VOLL- 73
MOND NACHT

Unten drängt sich ein kleines Häufchen Lichter.

GERÄUSCH: EIN HEULEN

74 AUSSEN EIN HAUS, EIN WENIG VON DER STADT 74
ENTFERNT GELEGEN

Unten brennt eine Lampe und oben eine weitere . . . unten sieht man das bläuliche Flimmern eines Fernsehgeräts.

An einer Seite des Hauses ein Gitterwerk mit Efeuranken.

GERÄUSCHE: Lachen und Dialog aus dem Fernseher.

75 INNEN DAS WOHNZIMMER IM HAUS DER RAN- 75
DOLPHS

STELLAS MUTTER. Sie ist vor dem Fernsehgerät eingeschlafen.

76 INNEN EINE HÜBSCHE PORZELLANSCHALE, 76
GROSSAUFNAHME

Jemand hat eine ganze Anzahl Kapseln hineingeworfen.

DIE KAMERA FÄHRT ZURÜCK und zeigt STELLA, die vor dem Spiegel ihrer Frisierkommode sitzt. Der Spiegel reflektiert den übrigen Raum, auch das Fenster. Wir sind im ersten Stock.

(ZUR BEACHTUNG: Es wäre gut, wenn der riesige Vollmond vor dem Fenster schwebte!)

Auf der Kommode neben der Schale mit den Pillen steht ein gerahmtes Bild von Stellas Ex-Freund. Stella stellt die leere Medikamentenflasche, der sie die Pillen entnommen hatte, neben dieses Bild. Auf der Flasche lesen wir deutlich die Aufschrift *Nembutol.* Auf der Frisierkommode steht außerdem ein Glas Wasser.

STELLA dreht das Bild mit der Vorderseite nach unten. Vielleicht weint sie, aber wahrscheinlich nicht. Sie nimmt etwa fünf Pillen und führt sie zum Mund.

Ein HEULEN draußen . . . näher als vorher.

STELLA schaut kurz hoch, dann nimmt sie die Pillen mit etwas Wasser. Sie macht eine Pause und betrachtet sich im Spiegel.

STELLA

Selbstmörderinnen kommen in die Hölle. Besonders, wenn sie schwanger sind. Aber das ist mir gleichgültig.

Sie nimmt noch fünf Pillen. Und noch fünf.

GERÄUSCHE: Raschelndes Laub.

77 AUSSEN DAS GITTERWERK MIT DEN EFEURANKEN NACHT 77

Klauenhände greifen hinein und klettern. Das GERÄUSCH rauher gutturaler Atemzüge

78 INNEN STELLA AN DER FRISIERKOMMODE 78

Sie nimmt noch eine Handvoll Pillen . . . und das Fenster hinter ihr wird klirrend und krachend eingeschlagen. Der Werwolf brüllt laut, als er sich ins Zimmer stürzt.

79 INNEN DAS WOHNZIMMER MIT DER MUTTER 79

Sie richtet sich erschrocken auf. Sie ist durch den Lärm wachgeworden.

Von oben: WIEDER EIN MARKERSCHÜTTERNDES BRÜLLEN . . . GEFOLGT VON EINEM SCHREI.

80 INNEN STELLAS ZIMMER MIT STELLA 80

Sie rennt . . . und eine riesige Klauenhand zerreißt den Rücken ihres Nachthemds.

81 INNEN DAS WOHNZIMMER MIT DER MUTTER 81

DIE MUTTER

Oh, du lieber Gott . . . Stella!

Sie rennt zur Tür und auf den Flur. Von oben kommen wirre GERÄUSCHE: Brüllen, zerbrechende Möbel, zersplitterndes Glas.

82 INNEN STELLAS BETT GROSSAUFNAHME 82

Eine dieser tödlichen Klauenhände fährt über das Bett und zerreißt die Laken . . . die Matratze . . . sogar die Sprungfedern

Behaarte, mit Schlamm bedeckte Füße mit hervorstehenden Klauen springen auf das Bett.

83 AUSSEN STELLAS FENSTER EXTREMER AUFWÄRTSWINKEL 83

Der Werwolf springt heraus – geschmeidig, wild, animalisch.

Die schwangere Stella Randolph (Wendy Walker) ist von ihrem Freund verlassen worden. Sie sieht nur einen Ausweg: Selbstmord. Doch der Werwolf kommt ihr zuvor . . .

Noch einmal erwacht der Lebenswille in Stella – doch es ist zu spät! Vor der Bestie gibt es kein Entrinnen.

GERÄUSCH: TRIUMPHGEHEUL

84 INNEN DER FLUR IM ERSTEN STOCK, DIE 84
MUTTER

Sie hat irgendwo eine alte Pistole gefunden und hält sie mutig in der Hand.

DIE MUTTER

Stella . . . Stella! Sie erreicht die geschlossene Tür zu Stellas Zimmer und steht einen Augenblick unentschlossen davor . . . dann stößt sie sie auf und geht hinein.

Stille, während die Kamera auf die Tür gerichtet ist.

DIE MUTTER SCHREIT AUF.

85 INNEN DAS GESICHT DER MUTTER EXTREME 85
GROSSAUFNAHME

Wieder schreit sie.

86 INNEN STELLAS ZIMMER TOTALANSICHT 86

Es liegt völlig in Trümmern, überall ist Blut verspritzt; der Spiegel ist zerbrochen, das Bild von DAN, ihrem treulosen Freund, ist zerbrochen; das Bett ist in zwei Teile gerissen. Auf den Überresten des Bettes sind die großen, schmutzigen Fußspuren eines Wolfes zu sehen.

Stella liegt halb aufgerichtet in der Ecke, und überall um sie herum sind Nembutol-Tabletten verstreut. Sie mag versucht haben, Selbstmord zu begehen, aber was hier geschah, war kein Selbstmord.

DIE MUTTER SCHREIT

87 AUSSEN TARKER'S MILLS SCHNELLE FOLGE 87
VON KURZSZENEN MORGEN

a.) MR. PELTZER stellt seinen Zeitungsständer nach draußen – heute morgen ist es nur der *Press-Herald*. Er ist schockiert und empört. Die furchterregende Schlagzeile: BRUTALER MORD ERSCHÜTTERT DAS WESTLICHE MAINE. Wir sehen STELLA'S Photo.

b). Durch das Fenster von Robertsons Imbißstube sehen wir den Besitzer BOBBY ROBERTSON, der sich ernst mit einigen Männern unterhält. Unter ihnen MILT STURMFULLER, OWEN KNOPFLER, VIRGIL CUTTS, BILLY McCLAREN und ELMER ZINNEMAN, einen Farmer, dem wir später begegnen werden.

c.) Bei Andy's Sporting Goods. ANDY FAIRTON hängt gerade ein großes handgeschriebenes Schild ins Fenster. Darauf steht: REMINGTON SCHROTFLINTEN SINGLE UND DOUBLE ACTION. SCHÜTZEN SIE SICH UND IHRE FAMILIE!

d.) Vor dem Pfarrhaus der Methodistenkirche rollt ein 53er Dodge langsam aus, und MUTTER RANDOLPH steigt weinend aus dem Wagen. LESTER LOWE kommt heraus und nimmt sie in die Arme.

88 AUSSEN EIN KLEINES KLINKERGEBÄUDE AN DER MAIN STREET 88

Auf dem Schild steht: STADTVERWALTUNG TARKER'S MILLS.

89 INNEN EIN KORRIDOR WIR SEHEN EINE TÜR MIT EINER MILCHGLASSCHEIBE 89

Auf der Tür steht in sauberer Schrift: REVIERWACHE TARKER' MILLS. Darunter: JOSEPH HALLER

JOE HALLER (Stimme)

Okay . . . ja . . . Ach, fahr zur Hölle!

90 INNEN DAS BÜRO DER REVIERWACHE MIT HALLER UND PETE SYLVESTER 90

Wütend knallt HALLER den Hörer auf die Gabel. Der Mann sieht aus, als hätte er die ganze Nacht nicht geschlafen. PETE, sein rundlicher Deputy, sieht aus wie ein High-School-Athlet, der plötzlich in der Weltserie mitspielen darf.

PETE

Was haben sie gesagt, Joe?

HALLER

Sie haben gesagt, daß sie zu Mittag hier sind

PETE (nervös)

Vielleicht war es keine so gute Idee, den Jungs von der Detective Division zu sagen, daß sie zur Hölle fahren können, Joe.

HALLER (mürrisch)

Er hatte schon aufgelegt. Mein Gott, was für ein Scheißdreck. Ich wollte, ich wäre bei der Armee geblieben. Laß uns hinfahren.

Er steht langsam auf.

91 AUSSEN DIE GESAMTSCHULE VON TARKER'S MILLS NACHMITTAG 91

Die Schule ist ein hübsches Klinkergebäude an einer Seitenstraße. Die Seiten sind mit Efeu bewachsen. Zwei oder drei Reihen Fahrräder stehen neben dem Gebäude.

GERÄUSCH: Eine Glocke erklingt

Wenig später fliegen die Türen auf, und eine Milliarde

Kinder quellen heraus. Der erste Schultag ist zu Ende, und sie sind aufgeregt. Die Kinder gehören allen Altersstufen an. Die meisten beeilen sich, nach Hause zu kommen. Sie fahren auf ihren Rädern weg oder gehen zu Fuß.

Sie haben alle ihre rosafarbenen Zeugnisse in der Hand.

92 AUSSEN EINE GRUPPE VON KINDERN MIT BRADY KINCAID UND TAMMY STURMFULLER 92

BRADY und TAMMY fahren mit dem Fahrrad. Jetzt ist das GERÄUSCH eines Benzinmotors zu hören, und MARTY holt die andern ein. Zum ersten Mal im Film hat er den Motor der Silberkugel angestellt. Später wird sich der Motor so laut anhören wie der eines Rennwagens, aber jetzt hört er sich so lahm an wie der Motor eines großen Rasenmähers mit einem Schalldämpfer. Aber es ist ein beeindruckendes Gefährt – helles Silber metallic mit einem Flammenemblem auf dem Motorgehäuse. Es sieht aus wie eine ganz neuartige Erfindung. Auf dem Nummernschild steht SILBERKUGEL.

BRADY

Vorsicht! Da kommt der verrückte Marty mit seiner Silberkugel!

TAMMY lacht.

BRADY

Bist du froh, daß du wieder im Knast bist, Marty?

MARTY

Klar – ich geh' gern zur Schule.

TAMMY

Du Mißgeburt.

MARTY

Das sagt meine Schwester auch immer. Ich werde bald in den Spiegel gucken, ob ich schon grün werde.

BRADY

Ich muß los – bis später, Marty . . . Tammy.

93 AUSSEN ECKE MAIN STREET UND WALNUT STREET, BREITER AUSSCHNITT NACHMITTAG 93

TAMMY und MARTY schauen zu, wie BRADY auf seinem Fahrrad davonsaust. MARTY betätigt die Handkupplung und bewegt einen kleinen Hebel. Er holpert über den Bordstein, und nebeneinander überqueren sie die Straße, TAMMY auf ihrem Fahrrad, MARTY in seinem Rollstuhl.

94 AUSSEN MARTY UND TAMMY AM GEGENÜBERLIEGENDEN BORDSTEIN, VON DER ANDEREN STRASSENSEITE GESEHEN 94

Mit einem heftigen Stoß holpert er über den Bordstein. Er betätigt die kleine Handkupplung und läßt den Motor aufheulen. Rrrrrummmmmm!

MARTY

Nicht schlecht, was? Mein Onkel Al hat den alten Schalldämpfer abgenommen und eine richtige Bombe eingebaut.

TAMMY

Was ist das?

MARTY

Aus Glasfasern. Er hat gesagt, daß er irgendwann im Sommer rüberkommen will, um den Motor zu frisieren ... aber ich weiß nicht recht. Er liegt in Scheidung, und mit meiner Mutter hat er dauernd Krach.

TAMMY

Weil er sich scheiden läßt?

MARTY

Nun ... es ist immerhin seine dritte Scheidung.

95 AUSSEN EINE STRASSE IN EINEM AUSSENBEZIRK DER STADT MIT MARTY UND TAMMY 95

Die anderen Kinder sind verschwunden; sie sind allein. Der Fußweg ist hier zu Ende, und sie rollen langsam den Straßenrand entlang. Sie schauen hinüber zum:

96 AUSSEN HAUS DER RANDOLPHS, AUS MARTYS UND TAMMYS BLICKWINKEL GESEHEN 96

Die Einfahrt ist durch einen Sägebock blockiert. Darauf stehen mit der Schablone aufgemalt die Worte: POLIZEILICHE ERMITTLUNGEN. Der Hof ist voller Polizeifahrzeuge – HALLERS Wagen und eine Anzahl von Fahrzeugen der State Police. Uniformierte kommen und gehen.

An der Tür sehen wir einen großen schwarzen Kranz.

97 AUSSEN MARTY UND TAMMY 97

TAMMY

Danke, daß du mitgekommen bist, Marty – ich hatte Angst, allein an dem Haus vorbeizugehen.

MARTY (sachlich)

Ja ... ein bißchen zum Fürchten ist es *schon.*

TAMMY

Dabei habe ich sie noch *gesehen.* Jeden Tag.

TAMMY hält ihr Fahrrad an. Sie ist den Tränen nahe.

TAMMY

Ich hab' sie *jeden Tag* gesehen, und sie hat keine Sekunde gewußt, was ihr passieren würde, und ich auch nicht. Ich weiß, wie dumm sich das anhört, aber . . .

MARTY

Heh! Beruhige dich doch. Ich weiß, was für ein Gefühl das für dich ist.

Er setzt die Silberkugel wieder in Bewegung, und sie muß in die Pedale treten, um nicht zurückzufallen.

98 AUSSEN AN DER EINFAHRT ZUM HAUS DER STURMFULLERS, MIT MARTY UND TAMMY 98

Sie bleiben stehen.

TAMMY

Und noch etwas ist zum Fürchten.

MARTY

Was denn?

TAMMY (zeigt)

Das.

99 AUSSEN EIN ALTES GEWÄCHSHAUS AUS MARTYS UND TAMMYS BLICKWINKEL GESEHEN 99

Es steht hinter dem Haus. Ein unheimlicher Ort. Viele der Glasscheiben sind zerbrochen; einige von ihnen – nicht sehr viele – sind durch Pappe ersetzt worden. Innen sind die Pflanzen zu einem Dschungel zusammengewachsen. Im

Vordergrund ist ein ungepflegtes Gartenbeet zu sehen, auf dem kaum etwas wächst.

100 AUSSEN MARTY UND TAMMY 100

Sie sieht sehr besorgt aus.

TAMMY

Ich hab' da drinnen Geräusche gehört.

MARTY

Was für Geräusche?

TAMMY

So ein Rascheln. Oder Rauschen.

MARTY

Ratten . . .

TAMMY

Mein Daddy sagt, es waren Kinder.
Aber es waren keine Kinder, und es waren auch keine Ratten.
Es war –

101 AUSSEN DAS HAUS DER STURMFULLERS MIT MILT 101

Vor uns sehen wir ohne Zweifel den Großen Amerikanischen Alkoholiker – in seiner ländlichen Ausgabe. MILT trägt eine Garnitur urinbefleckte Gesundheitswäsche. Er hat eine Baseballkappe mit der Aufschrift *Caterpillar* auf dem Kopf, und er hat eine Flasche Bier in der Hand (ich bin ziemlich sicher, daß es Rheingold, das klare Bier, ist). Mit der anderen Hand kratzt er sich zwischen den Beinen.

MILT

Tammy, du kommst rein und machst den Abwasch!

102 AUSSEN DAS GEWÄCHSHAUS 102

Unheimlich . . . gespenstisch

TAMMY (Stimme)

Ich muß jetzt gehen.

103 AUSSEN MARTY UND TAMMY 103

MARTY

Ich würde hinfahren, aber ich fürchte, die Silberkugel würde im Garten steckenbleiben. Er sieht schlammig aus.

Sie lächelt ihn an, beugt sich über ihn und küßt ihn auf den Mund. MARTY ist überrascht . . . aber glücklich.

TAMMY

Das würdest du wirklich tun, nicht wahr?

MARTY (ganz der Überlegene)

Klar. Überhaupt kein Problem.

TAMMY

Nun, wahrscheinlich ist es nichts weiter. Ich sehe wohl bloß Gespenster, seit . . . du weißt schon.

MARTY

Ja . . . aber wenn du wieder Geräusche hörst, mußt du es deinem Vater sagen. Okay?

TAMMY

Okay. Hast du noch genug Sprit, um nach Hause zu kommen, Marty?

MARTY (erschrocken)

Verdammt!

104 AUSSEN DAS »ARMATURENBRETT« DES ROLLSTUHLS, AUS MARTYS BLICKWINKEL 104

Es hat eine Tankanzeige, und die Nadel steht schon fast auf LEER.

105 AUSSEN MARTY UND TAMMY 105

MARTY

Das passiert mir immer wieder! Ich muß los, Tammy.

MILT (Stimme)

TAMMY!

TAMMY (ruft)

Ich komme, Daddy! (Zu MARTY) Bye ... nochmal vielen Dank, daß du mich nach Hause gebracht hast.

Sie winkt und fährt die Einfahrt hinunter, während MARTY zur Straße zurücksetzt und zur Stadt hin abbiegt.

106 AUSSEN TAMMY 106

Sie bringt ihr Fahrrad bei ihrem Vater zum Stehen.

MILT

Wird ja auch langsam Zeit. Warum hängst du bloß immer bei diesem Krüppel herum?

TAMMY

Ich mag ihn.

MILT

Diese verdammten Krüppel enden immer bei der Fürsorge. Die gehören alle auf den elektrischen Stuhl. Dann ist der verdammte Haushalt wenigstens ausgeglichen.

Nachdem er diese Weisheit von sich gegeben hat, geht er ins Haus. Diesmal kratzt er sich dabei am Hintern. TAMMY bleibt einen Augenblick stehen und schaut mit besorgtem und ängstlichem Gesicht in die Kamera.

107 AUSSEN DAS VERLASSENE GEWÄCHSHAUS 107
AUS TAMMYS BLICKWINKEL, GEHT ÜBER IN:

108 AUSSEN MARTY 108

Er brummt in Richtung Innenstadt, die noch ein gutes Stück entfernt ist, aber wenigstens hat er den Fußweg wieder erreicht.

MARTY (beschwörend)

Komm, Baby, komm –

Er schaut auf die:

109 AUSSEN TANKANZEIGE DES ROLLSTUHLS 109
AUS MARTYS BLICKWINKEL

Jetzt steht die Nadel ganz auf LEER.

110 AUSSEN VIRGILS TEXACO-STATION SPÄTER 110
NACHMITTAG

MARTY fährt vor. Der Rollstuhlmotor fängt an zu stottern und zu rucken. Der Stuhl schafft es gerade noch bis zur Zapfsäule, die der Straße am nächsten liegt, und bleibt dann stehen. VIRGIL CUTTS kommt herbei.

VIRGIL

Hallo, Marty! Ich sehe, du hast mal wieder Glück gehabt!

MARTY

Ja. Würden Sie bitte auffüllen, Mr. Cutts?

VIRGIL

Soll ich auch nach dem Öl sehen?

MARTY

Klar!

VIRGIL

Die Windschutzscheibe putzen und den Unfugpegel des Fahrers prüfen?

Marty lacht; Virgil läßt vorsichtig den Treibstoff in den kleinen Tank der Silberkugel laufen.

111 AUSSEN DAS HAUS DER COSLAWS ABEND 111

Am Himmel steht der Mond, drei Tage nach Vollmond.

ONKEL AL (Stimme)

Ich will deinen Carlton Fiske sehen, dann zeig' ich dir einen George Brett . . . einen Dave Kingman . . . und einen Rod Carew.

112 INNEN DER DURCHGANG ZUR KÜCHE, MIT NAN COSSLAW ABEND 112

Sie wischt sich die Hände an einem Geschirrtuch ab und sieht aus, als hätte sie gerade in eine Zitrone gebissen.

113 INNEN DAS GEMÜTLICHE WOHNZIMMER, MIT ONKEL AL UND MARTY 113

ONKEL AL ist das schwarze Schaf der Familie. Er ist dreißig, gutaussehend und verlottert. Jetzt ist er zusätzlich noch betrunken. Er hat Whiskey und Bier vor sich stehen. Ein Aschenbecher neben ihm läuft über vor Kippen.

Er und MARTY spielen Draw Poker mit MARTYS Baseballkarten. Jeder hat einen Talon vor sich liegen.

MARTY liebt seinen ONKEL AL ... seine Augen leuchten, wenn er ihn nur anschaut.

MARTY

Okay, okay. Ich komm raus.

Er wirft drei Baseballkarten auf den Tisch.

ONKEL AL

Moment mal! Moment mal!

Er nimmt eine von MARTYS Karten, deckt sie auf und wirft sie wieder auf den Tisch.

ONKEL Al

Ralph Houk!
Du kannst doch nicht den *Manager* rauslegen! Du bist wohl nicht bei Trost!

MARTY

Okay, okay; Dwight Evans.

ONKEL Al

Auf den kann man scheißen. Man kann auf *alle* Red Sox scheißen.

Er nimmt einen großen Schluck Whiskey und spült mit Bier nach.

114 INNEN DAS WOHNZIMMER, GRÖSSERER WINKEL 114

NAN kommt rasch herbei. Sie hat genug gesehen und gehört. Sie bedenkt ONKEL AL mit einem wütenden Blick. Dann schaut sie MARTY besorgt an.

NAN

Komm Marty – Schlafenszeit. Sie will ihn wegrollen.

MARTY

Mom –!

ONKEL AL

Laß den Jungen doch das Spiel zu Ende spielen, Nan. Betrunken oder nicht, damit ist es ihm ernst. Widerwillig rollt sie MARTY an den Tisch zurück.

NAN

Aber beeilt euch.
ONKEL AL legt sein Blatt auf den Tisch.

ONKEL AL

Drei Könige.

MARTY (erfreut)

Ich hab' 'ne Straße mit Dame

ONKEL AL

Du hast vielleicht ein Scheißglück!

NAN (empört)

Jetzt *reicht's* mir aber

MARTY (als seine Mutter ihn wegrollt)

Ach, Mom –!

115 INNEN DIE TREPPE IM HAUS DER COSLAWS 115

MARTY sitzt in einem Treppenstuhl, mit dem er zum ersten Stock hinauffährt. Er ist niedergeschlagen und mürrisch.

GERÄUSCH: NAN hält ihrem Bruder eine Standpauke. Wir können nicht jedes Wort verstehen, aber solche Frauen wie NAN kennen wir alle, und wir können das Fehlende ergänzen. »Christliches Haus . . . du kommst hier betrunken an und glaubst auch noch . . . hältst es nicht einmal für nötig, vorher anzurufen . . .« Etc, etc.

Auf dem Treppenabsatz im ersten Stock steht ein Rollstuhl. Dies ist keine Silberkugel. Dies ist ein ganz gewöhnlicher Rollstuhl, der mit Armkraft fortbewegt wird. Der Treppenstuhl hält mit einem Klicken an, und MARTY wechselt die Pferde. Er rollt durch den Flur zum Badezimmer.

Unten tobt NAN immer noch.

116 INNEN DAS WOHNZIMMER, MIT NAN UND ONKEL AL ABENDS 116

Vom Alkohol halb betäubt, räumt ONKEL AL auf – und er ist *wirklich* betrunken. Er raucht eine Zigarette; eine zweite schwelt im übervollen Aschenbecher vor sich hin. Er läßt einen Stapel Baseballkarten auf den Boden fallen, und als er sich bückt, um sie aufzuheben, knallt er mit dem Kopf gegen die Tischkante.

NAN

Ich will nicht, daß du trinkst, wenn MARTY dabei ist. Wenn du damit nicht aufhören kannst, bleib lieber weg.

AL richtet sich auf. Dieser Mann hat eine kraftvolle Ausstrahlung, und hier gelingt es ihm, sich so weit aus seiner abgrundtiefen Betrunkenheit zu lösen, daß wir das erkennen können.

ONKEL AL

Ich bin hergekommen, weil Marty einen Freund braucht.

NAN

Ja . . . das bist du für ihn immer gewesen. Aber wenn du deinen Schnaps nicht in der Höhle lassen kannst, die du deine Wohnung nennst, komm lieber gar nicht erst.

Dem Weinen nahe verläßt sie den Raum. ONKEL AL schaut ihr nach. Dann richtet sich seine Aufmerksamkeit auf den qualmenden Aschenbecher. Er schüttet Bier über das Ganze. Damit löscht er zwar die Glut, macht aber alles nur noch schlimmer. Betrunken versucht er weiter aufzuräumen.

ONKEL AL (im Selbstgespräch)

Wieder mal ein herrlicher Tag in Schwester Nans Haus! Hehhhh!

117 INNEN DAS BADEZIMMER DER COSLAWS IM ERSTEN STOCK 117

MARTY, jetzt im Pyjama, putzt sich die Zähne.
Jane kommt herein – sie trägt ein Nachthemd.

MARTY

Heute war Mom aber *wirklich* wütend auf ihn, was?

JANE

Was hast du denn erwartet? Er kommt her, stinkt wie 'ne Brauerei und sieht aus wie ein ungemachtes Bett!

MARTY

Hör auf damit.

Er stößt nach ihr, aber JANE weicht ihm geschickt aus. MARTY bekommt das Übergewicht und fällt aus seinem Rollstuhl. Seine Zahnbürste klappert über die Fliesen.

BOB COSLAW (verschlafen)

Heh! Was machst du da, Marty?

JANE

Alles in Ordnung, Dad!

Sie schaut sich rasch um und beugt sich zu ihm herab.

118 INNEN MARTY UND JANE DIE KAMERA FÄHRT NÄHER HERAN 118

MARTY mit einer Wange am Fußboden. Seine Augen sind geschlossen. Er weint.

JANE (leise)

Marty, ist alles in Ordnung?

MARTY

Ja. Verschwinde.

JANE

Laß mich dir helfen.

NAN (Stimme)

Marty?

GERÄUSCH: Sie steigt die Treppe hoch.

JANE wirft einen raschen Blick zur Tür und hilft dann MARTY in den Rollstuhl. Er zieht sich dabei am Waschbekken hoch. JANE hat gerade noch Zeit, MARTY etwas zuzuflüstern – »Bitte, nichts sagen.«

NAN kommt ins Badezimmer.

NAN

Jane, hast du schon wieder deinen Bruder geärgert?

MARTY

Das hat sie nicht, Mom – Ich habe meine Zahnbürste fallenlassen, und als ich sie aufheben wollte, fiel ich vornüber. Jane hat mir aufgeholfen.

Er zwinkert ihr zu.

MARTY (mit honigsüßer Stimme)

Jane ist *wunnnderbar.*

JANE hebt seine Zahnbürste auf.

JANE (sie reicht sie ihm)

Hier. Putz dir die Zähne gründlich. Marty. Vielleicht ist dir die Scheiße aus dem Kopf ins Maul gelaufen und vergiftet dich.

NAN

Jane Coslaw!

Aber JANE stolziert davon. MARTY grinst. Das war eine gelungene Vorstellung.

119 AUSSEN DAS HAUS DER STURMFULLERS NACHT 119

Hinter dem verfallenen Gewächshaus sehen wir den Mond am Himmel.

DIE KAMERA FÄHRT LANGSAM AN das Gewächshaus HERAN. Wir hören GERÄUSCHE: RASSELN ... RAUSCHEN ... und leise tierische GRUNZLAUTE.

120 INNEN TAMMYS SCHLAFZIMMER NACHT 120

Sie schläft fest.

121 INNEN DAS WOHNZIMMER NACHT 121

Im Fernsehen wird »Big-time Wrestling« gegeben.

GERÄUSCH: Eine Kühlschranktür wird zugeschlagen. MILT STURMFULLER kommt aus der Küche ins Wohnzimmer. Er trägt die Unterwäschegarnitur mit den Urinflekken, und in jeder Hand hat er eine Flasche Rheingoldbier. Er setzt sich und sieht fern.

MILT (betrunken)

Gib's ihm! Dreh ihm den Hals um!

122 AUSSEN DAS GEWÄCHSHAUS, NOCH NÄHER 122

Wieder Geräusche. Eine Weile herrscht Stille, dann fällt etwas herab und *zersplittert* –vermutlich einer dieser Tontöpfe für Pflanzen.

123 INNEN DAS WOHNZIMMER, MIT MILT 123

Er schaut kurz hoch – er hat etwas gehört –, aber die Menge auf dem Bildschirm gröhlt, und der Kampf nähert sich gerade seinem Höhepunkt.

MILT (wieder ganz Auge)

Gib ihm doch 'ne Schlaftablette, du verdammter Trottel!

124 AUSSEN DAS GEWÄCHSHAUS, JETZT NOCH NÄHER 124

EIN DUMPFES KNURREN. Die Pflanzen bewegen sich. Wieder ein Krachen, diesmal LAUTER.

125 INNEN MILT, IM WOHNZIMMER 125

Er schaut zum Fenster hinüber. Er steht auf, tritt ans Fenster und schaut hinaus.

126 AUSSEN DAS GEWÄCHSHAUS MITTLERE ENTFERNUNG (AUS MILTS BLICKWINKEL) 126

GERÄUSCH: wieder ein Krachen, und wieder bewegen sich die Pflanzen.

127 INNEN DER FLUR, MIT MILT 127

Er nimmt eine Schrotflinte von der Wand, knickt sie auf und schaut hinein.

MILT

Wenn ich euch eine Ladung Steinsalz in den Arsch gepustet habe, hört ihr wohl endlich auf, meine verdammten Töpfe zu zerdeppern!

128 INNEN STURMFULLERS GEWÄCHSHAUS NACHT 128

Die Tür an der einen Seite ÖFFNET SICH KNARREND, und MILT, die Schrotflinte in der Hand, kommt vorsichtig herein. Dieses Gewächshaus ist *tatsächlich* zugewachsen.

MILT dringt langsam in diesen Pflanzendschungel ein, und es kann nach Belieben gefilmt werden, um die Spannung aufzubauen. Ich könnte mir denken, daß die Pflanzen ihm ins Gesicht schlagen und daß sich Insekten – vielleicht sogar eine widerliche große Spinne – auf ihm niederlassen.

Er hört ein TRIPPELNDES GERÄUSCH und fährt herum.

MILT (schreit)

Wer ist da?

129 INNEN DER BODEN IM GEWÄCHSHAUS, AUS MILTS BLICKWINKEL NACHT 129

Eine Maus rennt über die Bodenbretter, die sich verzogen und auseinandergeschoben haben, so daß man tiefe Risse zwischen ihnen erkennt.

130 INNEN MILT NACHT 130

Er ist beruhigt und geht weiter. Wir warten die ganze Zeit darauf, daß *es* passiert, aber *es passiert* ganz einfach nicht.

Dann, als MILT zur Tür zurückgehen will, kommen zwei behaarte Arme *durch den Fußboden* hoch – sie brechen durch zwei dieser Risse hindurch und schieben die zersplitterten Bretter nach oben. Sie packen MILS Beine an den Knien.

GERÄUSCH: GRAUENHAFTES BRÜLLEN.

MILT kreischt laut und drückt auf den Abzug der Schrotflinte – unglücklicherweise zeigt der Lauf direkt nach oben. Ein Regen von Glassplittern fällt auf ihn herab. Er wird in das aufgerissene Loch gezogen – wir sehen ihn nur noch von den Knien aufwärts.

131 INNEN TAMMY STURMFULLERS SCHLAFZIMMER 131

Sie fährt im Bett hoch

GERÄUSCHE: BRÜLLEN und MILTS SCHREIE aus dem Gewächshaus.

MRS. STURMFULLER, im Nachthemd und mit Lockenwicklern im Haar, kommt in Tammys Zimmer gestürzt.

MRS. STURMFULLER

Tammy, wo ist dein Vater?

GERÄUSCH: Wieder ein SCHREI aus dem Gewächshaus.

132 INNEN DAS GEWÄCHSHAUS MIT MILT 132

Er steckt jetzt bis an die Hüften in dem Loch im Fußboden, umgeben von zersplitterten Brettern.

GERÄUSCHE: ZERREISSENDES FLEISCH, ZERKNACKENDE KNOCHEN, MILTS SCHREIE.

Er wird plötzlich weiter nach unten gerissen und von den Füßen aufwärts gefressen. Als er nach unten gerissen wird, dringt ihm eins der nach oben gerichteten, zersplitterten Bretter in die Brust. MILT bricht über dem Brett zusammen wie ein alter Römer, der sich in sein Schwert stürzt.

Ein behaarter Arm fährt hoch und packt ihn am Genick. MILT wird mitsamt den Brettern ganz in das Loch hineingerissen.

133 AUSSEN DAS GEWÄCHSHAUS VON TAMMYS 133
SCHLAFZIMMERFENSTER AUS GESEHEN

GERÄUSCHE: KNURREN UND GRUNZEN.

134 INNEN TAMMY UND MRS. STURMFULLER 134

Eng aneinandergeschmiegt stehen sie entsetzt am Fenster.

135 AUSSEN DAS HAUS DER STURMFULLERS MITT- 135
LERE ENTFERNUNG TAG

Jetzt sind die Polizeifahrzeuge *hier.* Außerdem ein Leichenwagen. Während wir zuschauen, nähert sich eine Anzahl von Polizisten – unter ihnen Joe Haller und Pete Sylvester – diesem Wagen. Einige tragen Leichensäcke aus Segeltuch.

136 AUSSEN DER HOF DER STURMFULLERS, WIR 136
SEHEN PETE SYLVESTER

Er läßt den blutbeschmierten Sack fallen, den er zum Wagen tragen wollte, rennt zu den Büschen und spuckt geräuschvoll seine letzte Mahlzeit aus.

137 AUSSEN TARKER'S MILLS SCHNELLE FOLGE 137
VON KURZSZENEN ABENDDÄMMERUNG

a.) In der Oak Street hastet MRS. THAYER nach Hause. Ihr ist unheimlich zumute. Immer wieder schaut sie sich um, und sie fliegt fast die Stufen zu ihrer Haustür hinauf. Dann fummelt sie endlos lange mit den Schlüsseln herum. Sie taumelt durch die Tür und knallt sie hinter sich zu.

b.) In der Main Street, vor der Amtswohnung des Priesters der Katholischen Kirche zur Heiligen Familie, macht Pater O'BANION die Fensterläden dicht und schließt sie ab.

c.) In einer Wohnstraße spielt ein kleiner Junge vor einem Jägerzaun mit ein paar Plastikautos. Von ihm abgesehen, liegt die Straße verlassen da. Seine Mutter kommt herbeigestürzt und holt ihn ins Haus.

d.) ANDY FAIRTON prüft in seinem Sportartikelgeschäft eine automatische Pistole und schnallt sie um. Er macht einen unangenehmen streitlustigen Eindruck.

e.) BILLY McCLAREN dreht das Schild an der Tür seines Friseurladens von GEÖFFNET zu GESCHLOSSEN um und schaut mißtrauisch die Straße entlang (vermutlich, um festzustellen, ob auch kein Psycho-Killer darauf wartet, daß man ihm die Haare schneidet). Dann schließt er die Tür ab und geht. DIE KAMERA FOLGT ihm an ein paar Schaufenstern vorbei bis zu Owen's Pub, den er kurz darauf betritt.

f.) Der Zeitungsstand vor Peltzers Drugstore. Die Schlagzeile des *Press-Herald* ist heute besonders fett: WAHNSINNIGER ERMORDET SEIN ZWEITES OPFER

138 AUSSEN MARTY UND BRADY KINCAID 138
BLAUE STUNDE

Sie lassen im Park Drachen steigen. Im Hintergrund sieht man in einiger Entfernung den Orchesterpavillon.

MARTY läßt seinen Drachen natürlich von der Silberkugel aus steigen. Die Jungs haben einen Mordsspaß.

DIE KAMERA SCHWENKT LANGSAM WEG von den beiden zu Owen's Pub auf der anderen Straßenseite hinüber und FÄHRT NÄHER HERAN.

Im Fenster hängt ein Plakat mit folgendem Text: $ *10 000* BELOHNUNG FÜR ANGABEN, DIE ZUR ERGREIFUNG DES MANNES (ODER TIERES) FÜHREN, DER (ODER DAS) STELLA RANDOLPH UND MILT STURMFULLER GETÖTET HAT.
Und ganz unten steht: BÜRGERKOMITEE VON TARKER'S MILLS.

ANDY FAIRTON kommt ins Bild. Er geht in den Pub.

139 INNEN OWEN'S PUB 139

An einem Tisch im Vordergrund: VIRGIL CUTTS, BOBBY ROBERTSON, ELMER ZINNEMAN und sein Bruder PORTER ZINNEMAN. Hinter ihnen an der Bar sehen wir PETE SYLVESTER, der zusammen mit BILLY McCLAREN ein Bier trinkt. Wenn wir um die Bar herumschauen, werden wir Pater LESTER LOWE sehen, der an einem unauffälligen Ecktisch vor seinem Bier sitzt und aufmerksam der Unterhaltung folgt.

ELMER (zu VIRGIL)

Du kannst *mir* doch nicht erzählen, daß ein Tier es nicht schafft, einen Mann so zu zerfetzen, wie es mit Milt passiert ist!

VIRGIL

Aber das Bett der Frau wurde direkt in der Mitte *einfach durchgerissen*. Dafür braucht man eine Motorsäge!

PORTER

Verdammt richtig!

ELMER

Halt's Maul, Porter. (Zu VIRGIL) Und was ist mit den Spuren?

ANDY FAIRTON ist zur Gruppe getreten. Ungebeten nimmt er Platz.

VIRGIL

Das war vielleicht nur ein Versuch, die Polizei auf eine falsche Fährte zu locken. Und das tun keine *Tiere.*

ANDY FAIRTON

Die Polizei, die wir hier haben, auf eine falsche Fährte zu locken ist ein *Kinderspiel.*

Bei diesen Worten schaut PETE sich um. Er ist hier schließlich der Deputy Constable, und da er von Natur aus unfähig ist, ist er auch entsprechend empfindlich.

ANDY (zutiefst angewidert)

Joe Haller könnte seinen eigenen Arsch nicht finden, wenn man ihn mit Radium füllt und ihm einen Geigerzähler gibt.

PETE SYLVESTER (kommt herüber)

Kann es sein, daß ich jemanden kenne, der stinksauer ist, weil er wegen dieses kleinen Unfalls draußen auf der Ridge Road im letzten Jahr zweihundert Dollar Strafe zahlen mußte?

ANDY

Kann es sein, daß *ich* einen alten Fettsack kenne, der das Maul halten sollte, bevor es ihm jemand stopft?

Ich zahle Joe Hallers Gehalt, damit er für die Sicherheit unserer Leute sorgt, und genau das tut er nicht.

140 INNEN BILLY McCLAREN AN DER BAR 140

Er schaut zu dem Tisch hinüber, an dem die FAIRTON-Gruppe sitzt.

BILLY (freundlich)

Im letzten öffentlichen Bericht warst du mit deinen Steuern im Rückstand, Andy. Dann mußt du ja inzwischen bezahlt haben.

141 INNEN DER FAIRTON-TISCH 141

ANDY

Und du solltest auf dein freches Maul achten.

OWEN KNOPFLER kommt herüber.

OWEN

Wenn ihr den Thermostat nicht ein bißchen runterdreht, Jungs, schmeiß ich euch alle raus. Und was wollt ihr trinken?

ANDY (mürrisch)

Bring mir ein Schlitz.

142 AUSSEN EIN BAUM, IN DEM BRADYS GELBER DRACHEN HÄNGT ABEND-DÄMMERUNG 142

GERÄUSCH: KEUCHEN

MARTY kommt ins Bild. Er zieht sich mit den Armen an einem Ast hoch. Er hat sehr kräftige Arme, wenn auch seine Beine schlaff herabhängen (wie der Schwanz eines

Drachens). Er setzt sich auf den Ast, löst den Drachen und die Leine aus den Zweigen und schaut nach unten.

MARTY (ruft)

Ich hab' ihn.

143 AUSSEN BRADY AM FUSS DES BAUMES 143

BRADY

Wirf ihn runter.

Während der Drachen herabflattert, kommt JANE mit dem Fahrrad angefahren.

JANE

Marty Coslaw, komm sofort aus dem Baum runter!

144 Er klettert an den Händen herunter, bis er am untersten Ast 144
hängt.

MARTY

Schieb die Kugel rüber, Jane, okay?

145 AUSSEN MARTY UND JANE 145

JANE (macht noch keine Anstalten)

Wir haben schon vor einer Stunde gegessen, du Trottel.

MARTY (hängt am Ast)

Mein Gott! Ich hab' gar nicht auf die Zeit geachtet! Ist sie sehr wütend?

JANE

Sie sind *beide* wütend. Auf mich, weil ich dich nicht

rechtzeitig geholt habe. Ich sollte dich hängenlassen, bis du runterfällst.

Aber sie schiebt den Stuhl heran, und MARTY läßt sich hineinfallen. Er betätigt den Starter, und der Motor der Silberkugel springt an.

146 AUSSEN BRADY, DER IM PARK SEINEN DRA- 146
CHEN STEIGEN LÄSST ABENDDÄMMERUNG

MARTY (Stimme)

Heh, Brady! Kommst du nicht mit?

BRADY (schaut zum Himmel auf)

Gleich!

BRADY ist es scheißegal, ob MARTY Ärger bekommt. Er winkt nur. Er ist versessen darauf, noch eine Weile seinen Drachen steigen zu lassen.

147 AUSSEN MARTY UND JANE 147

Er schaut unentschlossen zum Park hinüber und runzelt die Stirn.

JANE

Komm jetzt endlich, Marty.

Sie fährt mit dem Fahrrad weg. MARTY fährt hinterher, bleibt noch einen Augenblick stehen und sieht:

148 AUSSEN BRADY AUF DEM RASEN ABENDDÄM- 148
MERUNG

DIE KAMERA SCHWENKT LANGSAM NACH OBEN UND ZEIGT den gelben Drachen am bläulichpurpurnen Himmel.

149 INNEN OWEN'S PUB SPÄTE ABENDDÄMME- 149
RUNG

Außer LOWE, BILLY McCLAREN und BOBBY ROBERTSON sind die Gäste von vorhin noch alle da. Viele andere sind dazugekommen. Unter ihnen sehen wir MR. ASPINALL, den Schulrektor, und PELTZER, den Inhaber des Drugstores. NORMA, die Serviererin, macht mit Bier und anderen Getränken die Runde.

Da wir gerade von Bier sprechen, ANDY FAIRTON hat ein gutes Quantum Schlitz getrunken. Es hat ihn aber nicht milder gestimmt; er ist streitsüchtiger als je zuvor.

ANDY (schwadroniert)

Die ganzen Ermittlungen haben nicht mehr gebracht als 'ne polnische Feuerwehrübung! Es –

PETE (mutig)

Von dir hab' ich jetzt genug gehört, Andy. Und wenn du nicht das Maul hältst, werde ich es dir stopfen.

150 INNEN DIE TÜR ZU OWENS'S PUB 150

Sie öffnet sich, und ein Mann im Straßenanzug – HERB KINCAID – kommt herein. Er trägt eine Aktentasche und sieht sehr besorgt aus.

151 INNEN DIE GRUPPE AM FAIRTON-TISCH 151

ANDY (verblüfft)

Wa-wa-was hast du gesagt?

152 INNEN DIE BAR MIT OWEN KNOPFLER 152

OWEN

Jesus hat geweint

Er greift unter den Tressen und holt einen Baseballschläger hervor. Das Wort *peacemaker* ist so in den Schläger eingebrannt, daß es vertikal am Griff zu lesen ist. Owen kommt mit dem Ding hinter der Bar hervor.

153 INNEN DIE FAIRTON-GRUPPE 153

PETE steht vor ANDY,

PETE

Du hast gehört, was ich gesagt hab', Großmaul.

ANDY steht wütend auf. Es sieht aus, als sollte es zu einer Schlägerei kommen. Hinter ihnen ist HERB KINCAID an dem Tisch. HERB hat nicht einmal bemerkt, was hier vor sich geht; er hat seine eigenen Probleme.

154 INNEN HERB KINCAID 154

Er räuspert sich. Er ist ein freundlicher, aber ein wenig schüchterner Mann – er äußert sich nicht gern in der Öffentlichkeit, schon gar nicht in einer Kneipe, aber jetzt erfordert es die Situation.

HERB (sehr laut)

Hat einer der Anwesenden vielleicht meinen Sohn Brady gesehen?

155 DIE KNEIPE, AUS EINER ANDEREN PERSPEKTIVE 155

Alle schauen HERB an, und jede Unterhaltung verstummt. ANDY und PETE stehen mit erhobenen Fäusten da, wie zwei Kinder, die Denkmal spielen. OWEN steht in einiger Entfernung von ANDY und PETE. Er hat immer noch den Peacemaker in der Hand.

156 AUSSEN DER STADTPARK, BREITER AUS-SCHNITT 156

Jetzt ist es völlig dunkel, und am Horizont geht ein großer rötlicher Sommermond auf.

GERÄUSCH: DAS LANGGEZOGENE GEHEUL EINES WOLFES ... LAUT.

157 INNEN OWEN'S PUB 157

Jetzt redet niemand mehr. Alle haben sich zur Tür und zu den Fenstern umgedreht; alle hören das HEULEN. In jedem Gesicht liegt nackte Angst.

NORMA läßt ihr Tablett fallen. Gläser und Flaschen zersplittern.

158 INNEN DER HAUPTKORRIDOR DES GEBÄUDES DER STADTVERWALTUNG 158

JOE HALLER kommt in aller Eile aus seinem Büro und läßt die Tür gegen die Wand knallen. Er schnallt sich den Revolvergürtel um.

159 AUSSEN DER ORCHESTERPAVILLON 159

BRADYS ein einigen Stellen zerrissener Drachen liegt auf den Stufen, die zum Pavillon hinaufführen, und flattert im Wind. Das gelbe Gesicht, mit dem der Drachen bemalt ist, grinst unheimlich in der Dunkelheit. Es ist mit Blut beschmiert.

160 INNEN OWEN'S PUB 160

HERB

Brady!

Er rennt zur Tür. ANDY FAIRTON hält ihn fest.

HERB

Geht aus dem Weg!

Er stößt ANDY zur Seite. HERB ist schon aus der Tür, und PETE und einige andere rennen hinter ihm her.

161 AUSSEN DER ORCHESTERPAVILLON NACHT 161

JOE HALLER (mit leiser Stimme)

Oh, Maria voller Gnaden, der Herr ist bei dir. Gesegnet bist du unter den Frauen . . .

Er kommt aus dem Schatten heraus, und die gezogene Waffe hängt an seiner Seite. Dieser Mann hat einen äußerst schweren Schock erlitten. Die Beine seiner Uniformhosen sind blutbespritzt. Er schafft noch zwei Stufen und setzt sich schwer auf die Reste von BRADYS lächelndem blutigen Drachen. Er schaut direkt geradeaus, aber er sieht nichts.

HALLER (leise)

. . . und gesegnet ist Jesus, die Frucht deines Leibes. Heilige Maria, Mutter Gottes, bete jetzt für uns arme Sünder . . . jetzt . . .

Er betrachtet den Drachen und schaut gleich wieder weg. Er hält eine Hand vors Gesicht und fängt an zu weinen.

162 AUSSEN DER PARK MIT BLICK ZUR MAIN STREET HINÜBER NACHT 162

Eine Anzahl von Männern – nicht alle, die in Owen's Pub gesessen hatten, aber ein guter Teil von ihnen – rennen auf den Orchesterpavillon zu. HERB KINCAID führt sie an und schreit immer wieder den Namen seines Sohnes.

GERÄUSCH:
EIN LANGGEZOGENES HEULEN, jetzt in einiger Entfernung.

163 AUSSEN DER ORCHESTERPAVILLON MIT HALLER UND KINCAID 163

Als HERB KINCAID näherkommt:

HALLER

Bleib vom Orchesterpavillon weg, Herb.

HERB

Ist es mein Junge? Ist es Brady?

HALLER

Geh nicht rauf –

HERB (schießt an ihm vorbei)

Brady! Brady!

Er verschwindet in der Dunkelheit. HALLER hält den Kopf gesenkt.

HERB

Bra – (VERSTUMMT)

Die andern Männer kommen an, PETE als erster, HALLER schaut nicht auf.

PETE

Joe, ist es –

HALLER (schaut immer noch nicht auf) Pssst.

PETE

Ist es Kincaids Jun –

HALLER (schaut immer noch nicht auf)

Pssst, habe ich gesagt.

Die Männer schauen HALLER betroffen an. ANDY FAIRTON drängt sich vor.

ANDY

Was zum Teufel geht hier v –

GERÄUSCH: HERB SCHREIT. Eine Pause. Wieder schreit HERB. Die Männer fahren zusammen. HALLER schaut nicht auf. Jetzt hört man HERB in der Dunkelheit im Orchesterpavillon LACHEN. Wieder zucken die Männer zusammen. In ihren Gesichtern malt sich Entsetzen.

HERB (Stimme; er lacht)

Wir werden seine *Schuhe* beerdigen.

Jetzt steht HALLER auf und stellt sich zu den andern.

HERB (Stimme; er lacht)

Das müssen wir tun; wir werden seine *Schuhe* beerdigen. Vielleicht in ein paar Zigarrenkisten.

164 AUSSEN DER ORCHESTERPAVILLON VOM BLICKPUNKT DER MÄNNER NACHT 164

HERB KINCAID erscheint. Er lacht. Er ist mit dem Blut seines Sohnes beschmiert. In jeder Hand hält er einen der Schuhe seines Sohnes.

HERB

Wir werden seine *Schuhe* beerdigen, denn seine *Füße* stecken noch drin, und sie sind der einzige Teil von ihm, den man noch erkennen kann.

HERB lacht noch lauter.

HERB

Das wird die billigste Beerdigung, die diese Stadt je erlebt hat!

HERB SCHREIT VOR LACHEN. DIE KAMERA FÄHRT HERAN UND ZEIGT BRADYS DRACHEN IN GROSSAUFNAHME.

165 AUSSEN DER MOND GROSSAUFNAHME 165

GERÄUSCH: HERB SCHREIT

BILD GEHT ÜBER IN:

166 AUSSEN KIRCHE ZUR HEILIGEN FAMILIE TAG 166

GERÄUSCH: Eine Orgel spielt die schöne alte Hymne »wir bringen die Ernte ein.«

Vor der Kirche parken eine Menge Autos, aber da ist noch ein freier Platz, der für ONKEL ALS MG ausreicht. MARTYS Silberkugel ist hinten auf den Wagen geschnallt.

JANE (Stimme eingeblendet)

Meine Mutter und mein Vater – besonders meine Mutter – mochten Onkel Al nicht besonders ...

167 INNEN KIRCHE ZUR HEILIGEN FAMILIE TAG 167

MARTYS Stuhl ist hinten in der Kirche. Die meisten Trauergäste weinen. MRS. BOWIE spielt die Orgel. BRADYS Sarg steht vorn auf einer Bahre – geschlossen natürlich. Der Sarg ist von einem Blumenmeer umgeben.

JANE (Stimme weiter eingeblendet)

... aber wenn es um so unangenehme Pflichten ging, wie Marty zur Beerdigung seines besten Freundes zu fahren ...

168 INNEN ONKEL AL, MARTY, TAMMY und MRS. 168
STURMFULLER IN EINER BANKREIHE

Wenn wir sie von vorn anschauen, sitzen von links nach rechts: ONKEL AL, MARTY, TAMMY, MRS. STURMFULLER

ONKEL AL zieht unauffällig eine kleine silberne Flasche

aus seiner Hüfttasche. In alten englischen Buchstaben ist auf ihr das Wort *Fusel* eingraviert. Er dreht die Kappe ab und nimmt einen schnellen Schluck. Er wartet eine Weile und schaut dabei MARTY an, der ganz entsetzt ist.

JANE (Stimme weiter eingeblendet)

... spannten sie ihn gern ein. Was nun die Art von Trost anbetrifft, die Onkel Al ihm spenden konnte ...

ONKEL AL reicht MARTY die Flasche. MARTY sieht ihn einen Augenblick fragend an, dann trinkt er. Nun schaut MARTY TAMMY an, die wirklich entsetzlich aussieht. Ihre Mutter schaut gerade weg. MARTY stößt sie an. Sie dreht sich zu ihm um. Er bietet ihr die Flasche an, und sie reißt erstaunt die Augen auf.

JANE (Stimme weiter eingeblendet)

... so glaube ich, daß die beiden das lieber für sich behalten sollten.

Nach kurzem Überlegen nimmt TAMMY die Flasche und trinkt einen großen Schluck. Sie reicht MARTY die Flasche zurück, der sie rasch an ONKEL AL weiterreicht, als TAMMY anfängt zu husten. Ihre Mutter schaut zu ihr hinüber ... dann zu MARTY und ONKEL AL. ONKEL AL lächelt freundlich und versteckt die Flasche hinter einer Hand, als wollte er sagen »Ist das nicht wirklich schrecklich?« Zerstreut widmet sich MRS. STURMFULLER wieder dem Gottesdienst.

JANE (Stimme weiter eingeblendet)

... oder besser noch alle drei.

Als die Orgel aufhört zu spielen, steckt ONKEL AL gerade die Flasche weg.

169 INNEN DIE KANZEL MIT PATER LOWE 169

LOWE

Mr. und Mrs. Kincaid haben darum gebeten, daß hier heute nachmittag keine Messe gelesen wird. Es wird für Brady Kincaid jedoch am Sonntag eine Totenmesse geben. Sie baten mich allerdings, Ihnen allen ein Wort des Trostes zu sagen, wenn ich dazu in der Lage sei.

Er läßt seine Blicke über die Versammelten schweifen.

170 INNEN DIE VERSAMMELTE GEMEINDE 170

Die Leute erwidern LOWES Blicke und hoffen, daß er ihnen helfen kann, diese entsetzlichen Dinge zu begreifen.

171 INNEN LOWE ÜBER DEM SARG 171

LOWE

Wenn es ein Wort des Trostes gibt, das ich euch sagen könnte, ist es nur dieses: Eines Tages wird man das Gesicht der Bestie erkennen, und dann wird die Zeit der Bestie vorbei sein.

An dieser Stelle hat er große Mühe; er ringt nach Worten.

LOWE

Es gibt Zeiten, da wir uns fürchten und allein sind, da wir uns vorkommen wie winzige Geschöpfe in der Dunkelheit, und das sind die Zeiten, da wir uns einander zuwenden müssen, um Trost zu finden und neue Hoffnung zu schöpfen. Wir müssen uns dem Nachbarn zuwenden, uns auf die Gemeinschaft und unsere Liebe zueinander verlassen. Ich allein kann Herb und Naomi Kincaids Schmerz nicht lindern, noch kann ich euren Schmerz lindern oder ihr den meinen. Aber wenn ich etwas glaube, dann ist es dies: wir können einander trösten. Wir können einander helfen. Wir können unseren Weg gemeinsam weitergehen.

172 INNEN DIE GEMEINDE MIT MARTY UND TAMMY 172

Die Kinder weinen. MARTY legt einen Arm um TAMMY, und sie legt ihren Kopf an seine Schulter.

173 INNEN PATER LOWE 173

LOWE

Die Bibel sagt uns, daß wir den Schrecken nicht fürchten sollen, der uns bei Nacht befällt, und nicht den, der uns am Mittag packt, und doch tun wir das . . . wir tun es. Weil es so vieles gibt, was wir nicht wissen, und weil wir uns so klein fühlen. *Aber wir dürfen nicht alleinsein.* Wir dürfen nicht *zulassen,* daß wir allein sind, denn die Pforte zur Hölle des Schreckens steht weit offen. Nehmt euch in eurem Leid bei den Händen und denkt daran, daß das Gesicht der Bestie irgendwann bekannt sein wird. (Pause) Die Zeit der Bestie geht irgendwann vorbei. (Pause) Laßt uns beten.

174 AUSSEN DIE TRAUERGÄSTE MIT MARTY 174

MARTY und TAMMY schauen sich traurig an. TAMMY fängt an zu weinen – genauso sehr um ihren Vater wie um BRADY, möchte man meinen –, und sie und MARTY umarmen sich.

175 AUSSEN ONKEL AL GROSSAUFNAHME 175

Mit Mitgefühl und Liebe schaut er zu den Kindern hinüber.

176 AUSSEN EINE LANDSTRASSE NACHMITTAG 176

ONKEL ALS Sportwagen fährt an der Kamera vorbei.

177 INNEN DER WAGEN MIT MARTY UND ONKEL AL 177

ONKEL Al

Alles in Ordnung, Marty?

MARTY

Ja.
ONKEL AL.
Es gibt einen Spruch – irgendein Kerl ist immer noch besser als ein Stich ins Auge. Hast du den schon mal gehört?

MARTY

Nein.

ONKEL AL

Nun, dieser war es *nicht.* Mein Gott! Sie müssen den Kerl greifen, und zwar verdammt schnell!

MARTY

Onkel Al, wenn es nun gar kein *Kerl* war?

ONKEL AL

Was?

MARTY

Wenn es so eine Art Ungeheuer war?

ONKEL AL (lacht)

Mein Gott, Marty! Hör auf!

178 AUSSEN ONKEL ALS WAGEN IN DER MAIN STREET 178

Er fährt an Owen's Pub vorbei. Davor parken einige Wagen, aber wir sehen auch ein paar Kleinlaster.

179 INNEN DER WAGEN MIT MARTY UND ONKEL AL 179

MARTY

Was ist bei Owen's los, Onkel Al?

ONKEL AL

Ein paar Männer wollen so tun, als seien sie Clint Eastwood . . . Marty, hat dir nie jemand erzählt, daß es Ungeheuer nur in Drive-in-Kinos gibt?

180 AUSSEN DAS HAUS DER COSLAWS SPÄTER NACHMITTAG 180

ONKEL ALS Wagen biegt in die Einfahrt ein und bleibt stehen.

181 INNEN DER WAGEN MIT MARTY UND ONKEL AL 181

MARTY

TAMMY sagte, sie hätte Geräusche in diesem Gewächshaus gehört. Knurrende Geräusche, wie von einem großen Tier. In *der Nacht* wurde ihr Vater umgebracht.

ONKEL AL schaut ihn eine Weile zweifelnd an, aber doch so, als glaubte er ihm fast. Dann schüttelte er den Kopf.

ONKEL AL

Marty, das mußt du dir aus dem Kopf schlagen. Psychotiker werden besonders bei Vollmond aktiv, und dieser Kerl ist Psychotiker. Es wird sich herausstellen, daß er ein Mensch ist, genau wie du und ich. (Pause) Sozusagen. Laß uns reingehen.

Er öffnet die Tür und steigt aus.

182 INNEN MARTY GROSSAUFNAHME 182

Er möchte ONKEL AL so gern glauben . . . er glaubt ihm aber nicht.

183 INNEN OWEN'S PUB SPÄTER NACHMITTAG 183

ANDY FAIRTON

Okay, ihr wißt alle, zu welcher Gruppe ihr gehört und welches Gebiet ihr absuchen sollt, richtig?

PORTER ZINNEMAN

Verdammt richtig!

ELMER ZINNEMAN

Halt's Maul, Porter. Die Männer tragen alle Jagdkleidung. Rotschwarzkarierte Hemden, orangefarbene Kappen etc. Alle haben Gewehre. Unter ihnen sind auch ein paar Frauen, die hart und entschlossen wirken. Wir sehen fast alle, die wir bisher kennengelernt haben. Auch Lowe ist anwesend und scheint zutiefst besorgt.

ANDY FAIRTON steht auf der Bar. Diese Leute hat er für seine Bürgerwehr rekrutiert. Er strahlt jenes männliche Macho-Selbstvertrauen aus, das man auch bei einem Football-Coach finden kann. Er hat die Menge hypnotisiert. Die Leute glauben tatsächlich, daß sie ein großes Treiben veranstalten und die Bestie zur Strecke bringen werden.

ANDY

Die Gruppen eins bis vier suchen in den Wäldern nördlich von Sturmfullers Haus. Fünf und sechs westlich von Carson Creek.

Die Tür im Hintergrund öffnet sich. HALLER und PETE kommen herein. JOE HALLER ist in äußerst schlechter Verfassung. Er hat sich von dem Mord an BRADY noch nicht erholt. Er laboriert an einer Art geistiger Krise. Wir wollen zwar nicht in die Einzelheiten gehen – schließlich ist dies ein Horror-Film und kein Regiewerk von John Cassavetes –, aber wir erkennen deutlich, daß seine Autorität schwer angeschlagen ist.

ANDY (fährt fort)

Mondaufgang um acht Uhr zweiundfünfzig abends.

Seine Worte werden mit nervösem Gelächter quittiert. Inzwischen arbeiten sich HALLER und PETE nach vorn durch, bis sie HERB KINCAID erreicht haben, der mit versteinertem Gesicht in der ersten Reihe steht.

ANDY (fährt fort)

Wenn er heute abend rauskomt, um im Mondschein spazierenzugehen, haben wir das arme Schwein.

184 INNEN DIE BÜRGERWEHR MIT ELMER UND PORTER 184

PORTER (fröhlich)

Verdammt richtig!

ELMER

Halt's Maul, Porter.

185 INNEN ANDY FAIRTON 185

ANDY

Denkt daran, wir wollen den Psycho erwischen, nicht uns gegenseitig. Paßt also auf, bevor ihr –

186 Die Menge mit HALLER 186

HALLER

Ich will, daß ihr alle nach Hause geht!

Verärgertes Murren unter den Leuten. HALLER tritt ein Stück vor und dreht sich zu ihnen um.

HALLER

Ich erinnere mich nicht, irgendeinen von euch zum Deputy ernannt zu haben!

187 INNEN ANDY FAIRTON 187

ANDY

Stimmt, Joe – der einzige Deputy, den du hast, ist dieser Sack voll Scheiße neben dir, und keiner von euch beiden hat auch nur das geringste dazu getan, diesen Fall aufzuklären.

Zustimmendes Gemurmel.

188 INNEN EIN ETWAS BREITERER AUSSCHNITT MIT ANDY UND HALLER 188

Andy hüpft von der Bar herunter und baut sich direkt vor HALLER auf. Im Hintergrund sehen wir HERB KINCAID (KINCAID sollte übrigens einen schwarzen Trauerflor tragen – er kommt direkt von der Beerdigung seines Sohnes).

HALLER (ohne besonderen Nachdruck)

Wir werden ihn schon einfangen.

ANDY

Du könntest dir noch nicht mal 'ne Erkältung einfangen.

HALLER schaut ihn einen Augenblick an und dreht sich dann wieder zu den andern um. Die Menge macht den Eindruck eines Pöbels, der zur Lynchjustiz bereit ist. Die Gesichter der Leute verraten Scham und Entschlossenheit zugleich. HALLER spricht in einer Art verstörter und hoffnungsloser Verzweiflung.

HALLER

Das Gesetz hat einen Namen für das, was ihr plant, Leute. Es ist Selbstjustiz, und Selbstjustiz ist etwa anderthalb Schritte von Lynchjustiz und willkürlichem Hängen entfernt. Ich bin kein J. Edgar Hoover, aber hier in Tarker's Mills vertrete ich das Gesetz, *und ich will, daß ihr nach Hause geht.*

Die Leute scharren unruhig mit den Füßen; viele schauen nach unten. Seine Worte sind bei den Leuten angekommen.

ANDY

Laßt euch von diesem Kerl doch keine Angst machen! Was hat *er* denn getan, seit dieses Ding anfing? Er hat nur überall sein Gesicht gezeigt.

Es funktioniert nicht.

Die Leute scheinen von Andy genauso angewidert wie von sich selbst.

ANDY

Er hat noch nicht einmal einen *Fingerabdruck!*

OWEN KNOPFLER

Ach, halt's Maul, Andy.

ANDY

Du kannst mir doch nicht sagen, daß –

HERB

Ja. Ganz richtig. Halt's Maul.

Andy tut es. Er ist höchst überrascht. HERB dreht sich um und starrt JOE HALLER finster an. HALLER kann HERBS Blick kaum ertragen.

HERB (ruhig)

Ich komme gerade von der Beerdigung meines Sohnes.

HALLER

Herb . . . ich weiß, wie erregt – wie bekümmert Sie sein müssen . . . aber –

HERB (ruhig)

Er wurde in Stücke gerissen.

Jetzt herrscht in Owens Laden Totenstille. Die andern starren nur fassungslos vor sich hin.

HALLER

Ja, ja, aber –

HERB (immer noch ruhig)

Erregt, sagen Sie. Bekümmert, sagen Sie. Constable Haller, Sie wissen nicht, was diese Worte bedeuten. Mein Sohn wurde in Stücke gerissen. In *Stücke!*

HERB dreht sich zu den andern in der Kneipe Anwesenden um. Tränen laufen ihm übers Gesicht.

HERB

Mein Sohn wurde in Stücke gerissen!(wieder an HAL-

LER gewandt) Sie kommen hier rein und erzählen diesen Leuten etwas von Lynchjustiz. Wie können Sie das wagen? Constable Haller, warum gehen Sie nicht raus zum Harmony Hill und graben aus, was von Brady noch übrig ist? Dann können Sie ihm das mit der Selbstjustiz erklären. Würden Sie das tun?

HALLER erwidert nichts. Er starrt auf seine Schuhspitzen.

HERB

Nein. Das glaube ich nicht
(zu den anderen)
Bleibt doch hier, wenn ihr wollt. Ich würde niemals von euch verlangen, daß ihr etwas gegen euer Gewissen tut. Aber was mich betrifft . . . ich gehe raus. Ich will versuchen, ein bißchen Selbstjustiz zu üben.

Andy ist wieder obenauf. Hämisch grinst er HALLER an, der völlig in sich zusammengesunken ist. Er verläßt gleich nach HERB KINCAID die Kneipe. Andere Männer schließen sich ihnen an.

189 AUSSEN OWEN'S PUB 189

Die Männer drängen sich durch die Tür und steigen in ihre Kombiwagen oder Kleinlaster. Motoren springen an. Während die anderen noch aus der Kneipe kommen, fahren die ersten schon los. Einige stoßen sogar Freudenschreie aus. Sie stehen unter Dampf . . . und sie sind unterwegs.

190 INNEN OWEN'S PUB 190

LESTER LOWE ist außerordentlich bestürzt. Er beeilt sich, die Tür zu erreichen, und DIE KAMERA FOLGT IHM. Er schnappt sich BILLY McCLAREN.

LOWE

Billy . . . Billy, das ist keine gute Idee. Joe kann . . .

BILLY (ohne LOWE anzuschauen)

Joe hat seine Chance gehabt, Pater. Lassen Sie mich los.

Er eilt nach draußen. LOWE schaut wild um sich; Man sieht es ihm am Gesicht an, daß er kaum glauben kann, was hier geschieht. Er schnappt sich PORTER ZINNEMAN, dann, als PORTER sich losreißt, ein paar andere. Er wird immer verzweifelter.

HALLER geht zu LOWE, während die Kneipe sich allmählich leert. Er zieht ihn zur Seite.

HALLER

Lassen Sie sie gehen.

LOWE

Aber –

HALLER

Das ist der Gemeinschaftsgeist, den Sie gepredigt haben. Großartig, nicht wahr? Vielleicht erschießen sie einen Anhalter oder sowas, und Andy kann den Kopf verlosen. Natürlich zugunsten des Notarztwagens.

HALLER lacht.

LOWE

Können wir denn *gar nichts* tun?

OWEN KNOPFLER hastet an ihnen vorbei; er trägt sein Gewehr umgehängt, und er hält den Peacemaker-Schläger.

HALLER

Klar. Wir können zum Herrn beten, daß keiner von ihnen zu Tode kommt.

191 AUSSEN VOR OWEN'S PUB 191

Weitere Autos und Kleinlaster fahren davon. Vor dem Haus steht noch ein großer alter Ford-Kombiwagen, und ANDY FAIRTON wartet ungeduldig an der Fahrerseite. BILLY McCLAREN und BOBBY ROBERTSON sind bei ihm, außerdem eine große kräftige Frau namens MAGGIE ANDREWS. Owen kommt heraus und geht zum Kombi.

ANDY

Wurde auch verdammt Zeit!
Bis wir draußen sind, haben sie sein Fell schon an irgendein Scheunentor genagelt.

Die Männer drängen sich in den Wagen. Andy setzt sich ans Steuer, legt den Gang ein und fährt rückwärts auf die Main Street hinaus.

192 AUSSEN DIE MAIN STREET AUS EINEM ANDEREN BLICKWINKEL 192

Wir sehen eine Wagenkolonne zum Stadtausgang fahren.

193 INNEN PATER LESTER LOWE 193

Er steht am Bordstein und sieht die Wagenkolonne davonfahren. Einige hupen, andere lärmen fröhlich. Pater Lowes hageres Gesicht verfinstert sich.

194 AUSSEN DER VOLLMOND GROSSAUFNAHME NACHT 194

195 AUSSEN ELMER UND PORTER ZINNEMAN NACHT 195

ELMER liegt auf dem Bauch unter einem Stacheldrahtzaun. Er sitzt mit dem Hosenboden fest. Die Brüder befinden sich am Rand eines bewaldeten Gebiets. Unten um die Baumstämme kriecht Bodennebel.

ELMER

Verdammt nochmal, Porter, hilf mir doch!

PORTER packt ELMERS rechten Arm und zieht. Es gibt ein REISSENDES GERÄUSCH. ELMER schreit.

ELMER

Zieh doch nicht so! Willst du mir den halben Arsch abreißen?

PORTER

Weißt du, Elmer, es gibt Leute, die sagen, daß du immer schon ein halber Arsch warst –

ELMER

Machst du mich jetzt los, oder willst du weiter dumme Sprüche klopfen?

Porter bemüht sich, den Stacheldraht von Elmers Hose zu lösen.

196 AUSSEN IM WALD REVEREND O'BANION UND VIRGIL CUTTS NACHT 196

O'BANION sieht in seiner Jagdkleidung ziemlich lächerlich aus – als ginge der Pfarrer aus *Der Exorzist* auf Safari.

GERÄUSCH: EIN HEULEN, RECHT LAUT.

VIRGIL

Gottverdammt, das war aber nahe. Äh, entschuldigen Sie bitte, Reverend.

O'BANION

Kommen Sie. Aber seien Sie vorsichtig.

Sie gehen langsam weiter, O'BANION immer ein Stück

voraus. DIE KAMERA FOLGT, als der Reverend in kniehohes Gebüsch eindringt.

GERÄUSCH: EIN METALLISCHES KLIRREN, dem ein KLATSCHENDES GERÄUSCH FOLGT.

O'BANION schreit auf und fängt an zu zappeln.

VIRGIL

Reverend! Was ist los?

O'BANION (schreiend)

Mein Fuß! Mein *Fuuuß!*

Virgil stürzt zu ihm hinüber und schaut nach unten.

197 AUSSEN O'BANIONS FUSS AUS VIRGILS BLICKWINKEL 197

Die rostigen Zacken eines mittelgroßen Tellereisens – mit dem man vielleicht eine Wildkatze oder einen streunenden Hund fangen könnte – haben sich tief in die Knöchel des Geistlichen gegraben.

198 AUSSEN O'BANION UND VIRGIL 198

O'BANION (schreiend)

Nehmen Sie mir das ab! Nehmen Sie mir das ab!

VIRGIL (aufgeregt)

Natürlich . . . okay . . .

Er kniet nieder.

199 AUSSEN VIRGIL 199

Nur mit Mühe gelingt es ihm, die Eisen auseinanderzubiegen.

200 AUSSEN O'BANION 200

Er atmet erleichtert auf.

GERÄUSCH: DAS HEULEN EINES WOLFES GANZ IN DER NÄHE.

201 AUSSEN VIRGIL 201

Erschrocken und durch das Geheul völlig entnervt, läßt er die Falle los, und die Eisen schließen sich wieder um O'BANIONS zerfetzte Knöchel.

202 AUSSEN REVEREND O'BANION 202

Er schreit.

203 AUSSEN DER MOND GROSSAUFNAHME 203

Er verschwindet hinter einer Wolke.

GERÄUSCH: WOLFSGEHEUL.

204 AUSSEN ANDY FAIRTONS GRUPPE 204

Zu ANDY, BILLY McCLAREN, OWEN KNOPFLER und MAGGIE ANDREWS sind zwei weitere Männer gestoßen – MR. ASPINALL und EDGAR ROUNDS.

Sie stehen dicht zusamengedrängt und lauschen dem WOLFSGEHEUL, das jetzt AUSKLINGT. Man sieht es ihren ängstlichen Gesichtern an, daß der Abend ihnen kein rechtes Vergnügen mehr bereitet.

Sie stehen am Rand einer Senke, in der Bodennebel liegt. Die Spitzen einiger Büsche ragen daraus hervor. Auf der gegenüberliegenden Seite liegt Wald.

ANDY (zeigt hinüber)

Es kam von dort drüben.

BOBBY ROBERTSON

Nach meinem Gehör kann es von *überall* gekommen sein.

ANDY

Wir bilden eine Schützenlinie. Wenn der Kerl versucht, an uns vorbeizukommen, werden wir ihn hören.

BOBBY

Ich weiß nicht recht –

MAGGIE

Ich glaube, Bobby Robertson macht sich Limonade in die Hose. Sind Eiswürfel in der Limonade, Bobby?

ANDY FAIRTON und EDGAR ROUNDS lachen, ASPINALL und BILLY McCLAREN lächeln nur.

OWEN (leise)

Laß ihn, Maggie. Ich habe selbst Angst.

BOBBY (forsch)

Ich habe keine Angst.

ANDY

Okay. Verteilt euch. Zwei Meter Abstand.

205 AUSSEN ANDYS GRUPPE VOM GRUND DER SENKE AUS GESEHEN 205

Wir sehen von rechts nach links: OWEN KNOPFLER (immer noch das Gewehr umgehängt und den Peacemaker-Baseballschläger in der Hand), BOBBY ROBERTSON,

ASPINALL, ANDY FAIRTON, BILLY McCLAREN, EDGAR ROUNDS und MAGGIE ANDREWS.

Sie kommen langsam den Abhang herab auf die DIE KAMERA zu, aufmerksam und auf alles gefaßt –*glauben* sie jedenfalls.

206 AUSSEN ANDYS GRUPPE IM WINKEL AUFGENOMMEN 206

Sie erreichen den tiefstgelegenen Teil der Senke und wollen die andere Seite erreichen. Die halbe Strecke haben sie schon zurückgelegt. Der Nebel reicht bis etwa in Brusthöhe.

GERÄUSCH: ANHALTENDES LEISES KNURREN GANZ IN DER NÄHE.

Alle bleiben erschrocken stehen.

BILLY McCLAREN

Woher kommt das? Von der anderen Seite?

BOBBY

Nein – es ist *hinter* uns. Ich *sagte* euch doch, daß man das nicht genau ausmachen kann –.

ASPINALL

Es ist auf *beiden* Seiten.

ANDY

Das kann doch nicht –

ASPINALL schaut sich um, und seine Augen weiten sich vor Angst.

ASPINALL

Es ist unter dem Nebel. Direkt hier *BEI* uns

Das KNURREN HÖRT AUF. Eine Weile herrscht Stille. Dann:

GERÄUSCH: KNURREN . . . UND EIN REISSENDES GERÄUSCH, als das Dinner serviert wird.

GERÄUSCH: LAUTERS KREISCHEN

207 AUSSEN EDGAR ROUNDS GROSSAUFNAHME 207

Er ist, der kreischt, und wenn er uns an O'BANION erinnert, ist das oky, denn auch *er* hat sich in einer Falle gefangen. Er versucht wegzurennen, stolpert und versinkt im Nebel. Er schreit immer noch.
Ein paar Sekunden lang können wir seinen Rücken sehen. Dann verschwindet er.

KNACKENDE UND SCHMATZENDE GERÄUSCHE.

ROUNDS SCHREIT. Eine Hand stößt aus dem Nebel hoch wie die Hand eines Ertrinkenden. Dann ist sie verschwunden. ROUNDS ist verschwunden.

208 AUSSEN DIE SCHÜTZENLINIE 208

Sie stehen bis an die Brust in Nebel und wo EDGAR gestanden hat, ist eine auffällige Lücke.

209 AUSSEN BOBBY ROBERTSON GROSSAUFNAHME 209

BOBBY (stöhnend)

Ich kann mich nicht bewegen. Oh, mein Gott, ich kann mich nicht bewegen!

210 AUSSEN DIE SCHÜTZENLINIE IN DER SENKE 210
AUS EINEM ANDEREN BLICKWINKEL

DAS KNURREN IST WIEDER ZU HÖREN. DIE

KAMERA FÄHRT LANGSAM DIE SCHÜTZENLINIE ENTLANG. Die Nebelschwaden bewegen sich und bedekken, was immer sich unter ihnen verbirgt.

211 AUSSEN ASPINALL GROSSAUFNAHME 211

ASPINALL (leise)

Ich finde, wir sollten uns zurückziehen, Andy. Ganz langsam. Ganz –

Das LEISE KNURREN wird lauter. Und aus dem Nebel hervor, knurrend und animalisch, aber verständlich und ASPINALLS Stimme nachäffend:

WERWOLF (Stimme)

»Ganz langsam! Ganz langsam! Ganz langsam!«

GERÄUSCH: EIN KLATSCHEN

ASPINALL SCHREIT AUF und versucht wegzurennen. Er stürzt in den Nebel. Wieder ist ein KLATSCHEN zu hören. Als er wieder hochtaumelt, ist sein halbes Gesicht verschwunden.

WERWOLF (Stimme)

»Ganz langsam! Ganz langsam!«

Ein behaarter Arm greift aus dem Nebel hoch und reißt ASPINALL nach unten.

212 AUSSEN ANDYS GRUPPE 212

Sie geraten in wilde Panik und rennen davon, MAGGIE, BILLY und ANDY zur einen, BOBBY und OWEN zur andern Seite.

213 AUSSEN OWEN, VOM WERWOLF AUS GESEHEN 213

DIE KAMERA FÄHRT RASCH DURCH DEN

BODENNEBEL – das Ganze ist etwa so, als flöge ein Flugzeug durch den oberen Teil einer Wolke.

WERWOLF (Stimme; lachend)

»Ganz langsam! Ganz langsam! Ganz langsam!«

214 AUSSEN OWEN KNOPFLER 214

Er erhält einen *Stoß*, etwa wie ein unglücklicher Schwimmer von einem Hai angestoßen wird. Er fährt herum und hebt den Peacemaker-Schläger

OWEN

Komm nur! Willst du Rock and Roll mit mir tanzen?

215 AUSSEN DER BODENNEBEL AUS OWENS BLICKWINKEL 215

Einen Augenblick lang ist nichts zu sehen – und dann hebt sich der Werwolf aus dem Nebel empor, mit funkelnden grünen Augen, die Schnauze und das Fell mit Blut beschmiert.

WERWOLF

»GAAAAANZ LANGSAM!«

216 AUSSEN MAGGIE UND ANDY 216

MAGGIE (kreischend)

Schau dir das an! Mein Gott, Andy, schau dir das *Ding an!*

ANDY (vor Angst stöhnend)

Ich will es nicht sehen.
Er rennt davon, während MAGGIE wie hypnotisiert hinüberschaut.

217 AUSSEN OWEN UND DER WERWOLF 217

Der WERWOLF dringt auf OWEN ein, der ihm einen kräftigen Schlag mit dem Peacemaker versetzt. Der WERWOLF will ihn packen. OWEN duckt sich und schlägt noch einmal zu. DER WERWOLF brüllt vor Wut.

OWEN

Komm her, komm her! Willst du Bebop tanzen? Ich werd's dir zeigen, du verdammtes Vieh! Komm nur!

Der WERWOLF verschwindet im Bodennebel.

Unsicher will OWEN sich zurückziehen und hält dabei noch den Peacemaker in der Hand. Plötzlich wird OWEN in den Nebel hinabgerissen. Er SCHREIT. Der Peacemaker fährt aus dem Bodennebel hoch und saust herab. Ein dumpfer Schlag, und der WERWOLF brüllt vor Schmerzen. Ein KLATSCHENDES GERÄUSCH. OWEN kreischt auf.

OWEN (Stimme)

Komm her, du verdammtes Miststück!

Wieder fährt der Peacemaker aus dem Nebel hoch. Die Hände, die ihn halten, sind blutbeschmiert, und auch am Schlägergriff läuft Blut herab. Wieder saust der Peacemaker herab. Ein DUMPFES GERÄUSCH, und wieder brüllt der WERWOLF. OWEN stößt einen GURGELNDEN SCHREI aus ... und dann ein seltsames SPLITTERNDES GERÄUSCH, als der WERWOLF seine Reißzähne in den Schläger gräbt.

218 AUSSEN DIE SENKE 218

DIE KAMERA verfolgt die Bewegungen des WERWOLFS, der im Nebel den Hang hinunter verschwindet.

Pause. GERÄUSCHE IM HINTERGRUND – leise,

aber allmählich immer lauter singt eine Gemeinde die Hymne »Wir bringen die Ernte ein.« Dazu spielt eine Orgel.

WERWOLF (mit leiernder Stimme)

Wir bringen die Ernte ein ... wir bringen die Ernte ein ... und wir werden jauchzen ... wir bringen die Ernte ein ...

Der WERWOLF SINGT IMMER LEISER; menschliche Stimmen singen dieselbe Hymne und übertönen die Stimme des WERWOLFS.

DAS BILD GEHT ÜBER IN:

219 INNEN DIE KATHOLISCHE KIRCHE ZUR HEILIGEN FAMILIE VON DER KANZEL AUS GESEHEN MORGEN 219

Es ist eine fast genaue Wiederholung der Szene 167. Die meisten Trauergäste weinen; MRS. BOWIE spielt die Orgel; MARTYS Rollstuhl parkt hinten. Wir sehen ONKEL AL, MARTY, TAMMY und MRS. STURMFULLER. Es ist die gleiche Sitzordnung wie bei BRADY KINCAIDS Beerdigung. Die Szene scheint exakt nachgestellt, mit einem Unterschied. BRADYS Sarg ist nicht da. Er ist schon unter der Erde.

220 INNEN PATER LOWE AUF DER KANZEL 220

LOWE

Mr. und Mrs. Kincaid haben darum gebeten, daß hier heute nachmittag keine Messe gelesen wird. Sie baten mich allerdings, Ihnen allen ein Wort des Trostes zu sagen, wenn ich dazu in der Lage sei.

221 INNEN DIE GEMEINDE MIT HERB KINCAID 221

Er sitzt in der ersten Reihe, und in seinem Kummer sieht er wie tot aus.

HERB

Es gibt keinen Trost, Pater. Es gibt nur Selbstjustiz.

222 INNEN LOWE AUF DER KANZEL 222

Er hat den Faden verloren und fängt an zu schwitzen. Er wirkt wie ein Schauspieler, der krampfhaft versucht, sich an seinen Text zu erinnern.

LOWE

Äh, wenn es ein Wort des Trostes gibt, das ich euch sagen könnte, ist es nur dieses: Eines Tages wird man das Gesicht der Bestie erkennen, und dann ...

Er schaut nach unten, und seine Augen weiten sich vor Angst.

223 INNEN DIE SÄRGE AUS LOWES BLICKWINKEL 223

Ja, es sind *Särge* –Plural. Wo BRADYS Sarg vorher gestanden hat, stehen jetzt sechs Särge in einem Meer von Blumen.

224 INNEN LOWE AUF DER KANZEL 224

Er hat jetzt entsetzliche Angst; der Schweiß läuft ihm über das Gesicht.

LOWE

Eines Tages ... eines Tages ... geht die Zeit der Bestie vorbei. Es gibt Antworten ... Möglichkeiten ... Möglichkeiten ... damit fertigzuwerden, wenn wir uns einander zuwenden ...

HERB (mit der Stimme eines Tieres)

Pater –

LOWE schaut hin:

225 INNEN ERSTE SITZREIHE MIT HERB KINCAID AUS LOWES BLICKWINKEL 225

HERB hält etwas in den Händen und betrachtet es. Jetzt schaut er auf, und wir sehen, daß sein Gesicht die Züge einer Tierfratze angenommen hat. Seine Augen sind grün. Während wir ihn beobachten, setzt sich die Verwandlung fort. Er verwandelt sich in einen Werwolf.

HERB (knurrend)

Er hat ihm das Herz ausgerissen.

Und richtig, HERB KINCAID hält BRADYS tropfendes Herz mit Händen hoch, die sich zusehends in Klauen verwandeln.

226 INNEN LESTER LOWE AUF DER KANZEL 226

Entsetzt taumelt er ein paar Schritte zurück

LOWE (kreischt)

Nein!

227 INNEN DIE GEMEINDE AUS LOWES BLICKWINKEL 227

MRS. BOWIE bringt auf der Orgel noch ein wenig mehr Ernte ein, und die Gemeinde fängt an zu singen.

GEMEINDE

Wir säen am Morgen/ die Saat der Liebe/ wir säen am Mittag/ und am taufeuchten Abend . . .

Die KAMERA fährt an den Gesichtern entlang und verharrt bei JOE HALLER. Jetzt geschieht mit JOES Gesicht etwas Seltsames.

Es schwillt an, verändert sich. Er schaut von seinem

Gesangbuch auf, und seine Augen glitzern grün. Die Pupillen sind Schlitze. Er grinst und zeigt riesige Zähne.

Alle verändern sich. Unter anderem sehen wir:

PETE SYLVESTER, der Diakon ist, eilt den Gang hinunter. Dabei verändert er sich und fängt an zu knurren. Er packt ANDY FAIRTON, und die beiden balgen sich im Gang.

Eine JUNGE FRAU mit einem Baby im Arm schlägt die Decke zurück, die das Gesicht des Babys bedeckt, und wir sehen, daß es ein junger Wolf ist; auch die Hände der JUNGEN FRAU verwandeln sich schon in Klauen.

TAMMY STURMFULLER verändert sich; PELTZER, der Besitzer des Drugstores, verändert sich; die BRÜDER ZINNEMAN verändern sich.

MRS. BOWIE an der ORGEL ist jetzt ein in Fetzen eines Seidenkleids gehüllter Werwolf; sie trägt noch ihren Hut mitsamt dem Schleier auf dem Kopf und bearbeitet mit ihren Klauen heftig die Orgeltasten. Sie spielt wie Jerry Lee Lewis, wenn er besonders in Form ist. Und jetzt verklingt die Hymne »Wir bringen die Ernte ein«, und die Melodie geht in den Rheingold-Song über.

GEMEINDE (knurrender Gesang)

Mein Bier ist Rheingold, das klare,
kaufst du Rheingold, dann hast du das Wahre . . .

228 INNEN LOWE 228

Wieder gerät PATER LOWE ins Taumeln. Er läßt sein Gesangbuch fallen. Den Mann hat höchstes Entsetzen gepackt.

REVEREND LOWE

Nein! Nein! Nein!

Die Bewohner von Tarker's Mills glauben an die Taten eines Geisteskranken. Wie könnten sie auch ahnen, daß sie mit Knüppeln und Gewehren nichts ausrichten gegen einen Werwolf?

Ein schrecklicher Alptraum: Mitten in der heiligen Messe verwandeln sich die Einwohner des kleinen Städtchens in reißende Bestien. Der Wahnsinn beginnt . . .

229 INNEN DIE GEMEINDE AUS LOWES BLICKWINKEL 229

Einige zerreißen ihre Gesangbücher und bewerfen sich damit. Ein Mann – vielleicht BILLY McCLAREN – schleudert seins durch ein buntes Kirchenfenster. Einige der Werwölfe – jetzt haben sich alle in Werwölfe verwandelt – verbeißen sich ineinander oder kopulieren auf dem Gang. Die übrigen wiegen sich im Takt, grinsen wild und singen:

GEMEINDE (knurrender Gesang)

Rheingold rinnt durch die Kehle wie das Glück durch die Seele ...

230 INNEN LOWE 230

Er schaut auf:

231 INNEN DEN MRS.-BOWIE-WERWOLF AN DER ORGEL 231

Sie grinst wild zu ihm hinauf, und mit ihren Klauenhänden spielt sie auf der Orgel den Rheingold-Song. Jetzt quillt Blut zwischen den Tasten hervor.

MRS. STURMFULLER UND ALLE ANDEREN

Sei kein Tier, kaufe dir ...

232 INNEN DIE GANZE GEMEINDE 232

Die Kirche ist ein wildes Durcheinander von torkelnden, streitenden und singenden Werwölfen. Es ist wie bei einer Silvester-Party in der Hölle.

DIE GEMEINDE (großes Finale)

... *Rheiiiingold-Bier!*

Plötzlich fährt eine Klauenhand durch einen der Sargdeckel

hoch. ANDY FAIRTON, der jetzt genauso wölfisch aussieht wie alle andern, beißt sie ab.

233 INNEN REVEREND LOWE AUF DER KANZEL 233

Mehr, als er schon gesehen hat, kann er nicht ertragen. Er stürzt nach hinten zu einer kleinen Tür. Er reißt sie auf ... und ein BRADY-KINCAID-Werwolf, halb auseinandergerissen, aber dennoch irgendwie am Leben (ein Zombie-Werwolf, wenn Sie wissen, was ich meine) springt heraus und packt LOWE.

BRADY schlägt seine Zähne in LOWES HALS.

234 INNEN LESTER LOWE EXTREME GROSSAUFNAHME 234

Er sitzt mit dem Blick auf DIE KAMERA und SCHREIT. Schweiß läuft ihm über das Gesicht. Er starrt uns einen Augenblick an, einen irren Blick in den hervorquellenden Augen ... die er dann schließt. Als er das tut, liegt ein Ausdruck unsagbarer Erleichterung in seinem Gesicht.

LOWE (betet)

Laß es zu Ende gehen, Herr. Laß es zu Ende gehen. Bitte, laß es zu Ende gehen.

235 AUSSEN DIE MAIN STREET TAG 235

Eine alte Limousine fährt langsam die Straße herunter. ANNE und TAMMY STURMFULLER sitzen vorn im Wagen. Er ist mit Hausrat beladen und zieht einen kleinen ebenfalls vollgepackten Anhänger.

236 AUSSEN HALLER UND PETE 236

HALLER (gleichgültig)

Anne Sturmfuller und ihre kleine Tochter

PETE

Ja . . . aber was haben sie vor?

HALLER

Wenn ich mir meine Sherlock-Holmes-Mütze aufsetze, deduziere ich, daß sie die Stadt verlassen.

237 AUSSEN DER WAGEN DER STURMFULLERS AUS DEM BLICKWINKEL DER POLIZISTEN TAG 237

Sie fahren tatsächlich aus der Stadt hinaus, aber was uns vielleicht ganz besonders auffällt, ist, wie *leer* der Ort jetzt ist.
In der Main Street sieht es aus wie in einer Geisterstadt.

238 AUSSEN JOE HALLER UND PETE SYLVESTER AUF DEM BÜRGERSTEIG 238

HALLER

Sie sind nicht die einzigen. Viele Leute verlassen die Stadt. Und ich denke, wenn wir ein Bier trinken wollen, müssen wir es zu Hause tun.

Er macht eine Kopfbewegung hinüber zu:

239 AUSSEN OWEN'S PUB AUS PETES UND HALLERS BLICKWINKEL 239

An der Tür hängt ein Schild: GESCHLOSSEN, darüber ein großer schwarzer Kranz.

240 AUSSEN HALLER UND PETE 240

PETE

Joe, was ist los mit dir? So habe ich dich noch *nie* gesehen.

HALLER (nachdenklich)

Ich habe keinen Mut mehr

PETE (erschrocken)

Unsinn!

HALLER

Es war der Junge, Brady Kincaid. Ich sah ihn . . . und da spürte ich, wie es passierte. Es war nichts Besonderes. Nicht schlimmer, als wenn man sich am Bein runterpißt. Hast du das schon mal gemacht? Vielleicht wenn du richtig Angst hattest?

PETE ist bedrückt, und er antwortet nicht.

HALLER

Eine Minute vorher hatte ich noch Mut – jedenfalls soviel wie jeder andere auch – und dann, ssst. Weg.

PETE schaut ihn fast entsetzt an.

PETE

Joe . . . du wirst dich wieder besser fühlen. Dieses . . . dieses Gefühl, das du hast . . . es wird vergehen.

JOE

Bist du sicher?

Er geht weg, zum Gebäude der Stadtverwaltung zurück (ein Plakat am Gebäude fordert dazu auf, die Kampagne für den Notarztwagen zu unterstützen). Pete schaut mit sorgenvollem Gesicht hinter ihm her.

241 AUSSEN EIN VERGNÜGUNGSPARK TAG 241

Der Park liegt verlassen da. Die Karussells liegen still. Auf den Wagen ist kein Mensch zu sehen.

DIE KAMERA SCHWENKT HINÜBER zu einem

•

Schild: GALAFEST IM VERGNÜGUNGSPARK TARKER'S MILLS. AM 1. OKTOBER BEI EINBRUCH DER DUNKELHEIT GROSSES FEUERWERK. 10 CENTS AUS JEDEM DOLLAR GEHEN AN DEN HILFSFONDS FÜR DEN NOTARZTWAGEN!

Eine vielversprechende Ankündigung, wäre nicht ein Papierstreifen diagonal darübergeklebt: DAS FEUERWERK FÄLLT AUS.

MARTY (Stimme)

Das ist unfair.

242 INNEN DER KOMBIWAGEN DER FAMILIE COSLAW TAG 242

Er parkt auf der gegenüberliegenden Straßenseite.

JANE (Stimme)

Das hat die Welt noch nicht gesehen! Marty der Große hat einmal nicht bekommen, was er wollte!

Sie sitzen in der gleichen Anordnung wie in einer früheren Szene. Jeder von ihnen hat eine Tüte Eis. Sie kommen gerade von einem Familienausflug zurück.

NAN COSLAW

Hör auf damit, Jane.

JANE

Ich sehe einfach nicht ein, warum alle zusammenbrechen und anfangen zu heulen, wenn er mal nicht –

BOB

Hast du nicht gehört, was deine Mutter gesagt hat?

Sie haben nur kurz gehalten, um das Schild zu lesen; jetzt

lenkt Bob den Wagen wieder auf die Straße, und die Familie fährt nach Hause.

243 INNEN MARTY UND JANE AUF DEM RÜCKSITZ 243

JANE steckt ihm die Zunge raus. MARTY schaut weg

244 AUSSEN BLICK AUF DIE GARAGE DER COS-LAWS TAG 244

ONKEL ALS Sportwagen parkt in der Einfahrt. Wir hören, wie innen ein Schraubenschlüssel auf den Betonboden fällt.

245 INNEN DIE GARAGE TAG 245

ONKEL AL und MARTY arbeiten am Motor der Silberkugel. ONKEL AL hat einen Sechserpack Bier, den es zu bewältigen gilt.

Er und MARTY sitzen auf dem Fußboden. Während sie miteinander sprechen, löst ONKEL AL die letzte Schraube am Vergaser und nimmt ihn ab.

MARTY

Das Ungeheuer hat nicht nur die vielen Leute umgebracht – *Brady* umgebracht. Jetzt fällt deswegen auch noch das Fest aus.

ONKEL AL

Und das Feuerwerk. Gib mir die Schachtel, Marty.

MARTY reicht ihm einen mittelgroßen Karton, auf dem die Worte *Speed Shop* gedruckt sind.

MARTY

Ja, auch das Feuerwerk. Jane denkt, daß ich nur deshalb wütend bin, aber das stimmt nicht. Daß sie das tun, ist nur ein . . . ein . . .

ONKEL AL

Es ist nur ein äußeres Symbol für alles, was in dieser Stadt nicht stimmt. Nicht schlecht, was? Ich habe am College Sherwood Anderson gelesen und kann die Scheiße auswendig herbeten.

MARTY

Das gefällt mir ja gerade so gut, ONKEL Al. Du hast für alles das richtige Wort.

ONKEL AL

Ich werde dir die Telefonnummern meiner Ex-Ehefrauen geben, mein lieber Junge – die wären sehr interessiert, das zu erfahren.

MARTY

Du sollst mich nicht lieber Junge nennen.

ONKEL AL

Aber das bist du doch – du *bist* doch mein lieber Junge.

Er gibt MARTY einen Kuß und lächelt ihn an. MARTY lächelt zurück.

ONKEL AL

Schau mal.

Er nimmt einen ganz neuen Vergaser aus dem Karton – er ist verchromt und hat vier Ansaugkrümmer.

ONKEL AL

Dies Ding macht aus deinem Rollstuhl eine verdammte F-14, Marty.

Er schaut sich schuldbewußt um.

ONKEL AL

Deine Mutter ist doch nicht in der Nähe?

MARTY

Sie und Dad sind hinten und heizen den Grill an. Und Jane läuft rum wie Graf Rotz.

ONKEL AL

So-so. Aber in ihrem Fall würde ich doch lieber *Gräfin* Rotz sagen. Gib mir den Schraubenschlüssel.

MARTY tut es. ONKEL AL schiebt den Vergaser auf die Dichtung und schraubt ihn fest.

ONKEL AL

Der Kerl hat deinen besten Freund umgebracht, deine Freundin aus der Stadt vertrieben und dir den zweitschönsten Feiertag des Jahres verdorben. Sehe ich das richtig?

MARTY (traurig)

Das siehst du richtig, Onkel Al.

ONKEL AL

In Winesburg, Ohio, war das alles anders . . . aber ich habe etwas, was dich vielleicht ein wenig aufheitert.

MARTY

Was?

ONKEL AL

Abwarten, mein Jung. Abwarten. Gib mir die Zange.

246 AUSSEN ONKEL AL NEBEN DEM HAUS DER 246
COSLAWS TAG

Er schaut zum Hof hinüber.

247 AUSSEN DER HOF AUS ONKEL ALS BLICKWINKEL 247

BOB und NAN machen sich am Grill zu schaffen. JANE schlägt einen Badminton-Ball

248 AUSSEN DIE STRASSE VOR DEM HAUS DER COSLAWS MARTY 248

MARTY sitzt in der Silberkugel.

ONKEL AL verläßt seinen Beobachtungsposten und eilt herbei.

ONKEL AL

Die Luft ist rein Marty-Junge. Fahr los.

MARTY startet. Der Motor springt sofort an, aber der Klang ist ganz anders. Früher schnurrte MARTYS Rollstuhl wie eine Katze. Jetzt dröhnt der Motor wie der eines Sportwagens, der vor einer Ampel hält.

MARTY ist fast erschrocken.

ONKEL AL (grinsend)

Gib Gas.

MARTY gibt Gas. Der Motor *heult auf.*

ONKEL AL

Mein Gott! Nicht so viel!

MARTY (beeindruckt)

Wau!

ONKEL AL

Hast du einen Pilotenschein, Marty?

MARTY

Brauche ich den?

ONKEL AL

Das werden wir feststellen. Fahr die Straße runter und wieder zurück, aber sei vorsichtig.

MARTY legt den Gang ein und fährt los.

249 AUSSEN MARTY IN DER SILBERKUGEL 249

DIE KAMERA FOLGT IHM die Straße hinunter. Zuerst fährt er langsam, aber dann gibt er ein wenig mehr Gas. Jetzt bewegt sich das Fahrzeug wirklich schnell – dreißig, vielleicht vierzig Meilen in der Stunde. Der Fahrtwind bläst ihm die Haare aus der Stirn. Er grinst. Man sieht, daß es ihm Spaß macht.

250 AUSSEN ONKEL AL SCHAUT ZU 250

Er trinkt einen Schluck Bier. Er grinst, denn er freut sich für MARTY.

251 AUSSEN MARTY IN DER SILBERKUGEL 251

Er bremst ab, wendet, hält an. Er läßt den Motor aufheulen. WMMMM! WMMMM!

252 AUSSEN DER MOTOR DER SILBERKUGEL GROSSAUFNAHME 252

Hier hat es einige Veränderungen gegeben. Er sieht jetzt fast aus wie der eines Motorrads. Der verchromte Vergaser fällt besonders auf.

GERÄUSCH: WWMMMMMMM!

253 AUSSEN MARTY GROSSAUFNAHME 253

Er grinst und schaut hinüber zum:

254 AUSSEN HAUS DER COSLAWS AUS MARTYS BLICKWINKEL 254

Es ist etwa eine viertel Meile entfernt.

255 AUSSEN MARTY IN DER SILBERKUGEL 255

Er gibt Gas und läßt die Kupplung los. Die Silberkugel beschleunigt nicht nur, sie fegt geradezu davon. Die Karosserie neigt sich auf den Rädern nach hinten, und MARTY sitzt wie ein Astronaut beim Countdown. Die Silberkugel sieht aus wie ein Motorrad, das nur auf dem Hinterrad fährt. MARTY hat ein breites Grinsen im Gesicht.

256 AUSSEN DIE SILBERKUGEL AUS MITTLERER ENTFERNUNG 256

Mit fünfzig Meilen in der Stunde rast sie die Straße entlang, und der Auspuff stößt blauen Qualm aus. MARTY wird in den Sitz gedrückt, und die Fußraste steht in einem Winkel nach oben. MARTY lacht wie ein Verrückter.

257 AUSSEN ONKEL AL ER HÄLT DIE HAND VORS GESICHT UND SCHAUT DURCH DIE FINGER 257

ONKEL AL (zu sich selbst)

Der Junge bringt sich noch um. Was habe ich nur getan?

(schreit

Langsamer, Marty!

258 AUSSEN MARTY IN DER SILBERKUGEL 258

Er zieht die Handbremse an. GERÄUSCH: Bremsgeräusch und quietschendes Gummi.

Marty Coslaw in seiner »Silberkugel« – ein motorisierter Rollstuhl. Onkel Al hat ihn gerade umgebaut zu einem »Düsenjet auf Rädern«.

259 AUSSEN MARTY UND ONKEL AL 259

Kreischend und schleudernd kommt die Silberkugel dicht neben ONKEL AL zum Stehen. Noch einmal läßt MARTY den Motor aufheulen, dann dreht er sich im Leerlauf.

ONKEL AL

Ich habe einen Herzanfall bekommen, Marty. Ich sterbe. Hoffentlich bist du glücklich, denn du siehst einen Mann vor dir, der schon so gut wie tot ist.

MARTY

Er fährt wirklich schnell. Vielen Dank, Onkel Al.

ONKEL AL

Ja, ja, er fährt schnell – und wenn deine Mutter erst sieht, *wie* schnell er fährt, Marty, dann habe ich einen neuen Job. Dann singe ich Sopran bei den Wiener Sängerknaben.

MARTY

Das habe ich nicht verstanden.

ONKEL AL

Das kann ich mir denken. Aber dies muß unter uns bleiben. Das verstehst du doch wenigstens, nicht wahr?

MARTY

Klar.

ONKEL AL

Gut.

260 AUSSEN DER NÄCHTLICHE HIMMEL VOLL-MOND 260

Das letzte Tageslicht verschwindet.

261 AUSSEN DER HOF DER COSLAWS 261

Die Grill-Party ist vorbei. BOB und JANE tragen die Gartenstühle auf die hintere Veranda. MARTY, NAN und ONKEL AL sehen wir im Vordergrund.

ONKEL AL

Ich muß gehen, Nan – es hat mir sehr gut bei euch gefallen.

Er küßt sie liebevoll auf die Wange, und sie lächelt ihn an.

NAN

Ich fand es auch schön . . . ich wünschte, es könnte immer so sein.

ONKEL AL

Bring mich zu meinem Wagen, Marty, und paß auf, daß ich wenigstens so lange keinen Mist mache.

MARTY

Okay.

MARTY und ONKEL AL gehen zur Einfahrt hinunter. NAN schaut ihnen liebevoll besorgt nach.

262 AUSSEN DIE EINFAHRT DER COSLAWS MIT MARTY UND ONKEL AL 262

ONKEL AL

Ich sagte dir doch, daß ich dir etwas mitgebracht habe. Erinnerst du dich?

MARTY

Ja! Was ist es?

AL öffnet den Kofferraum seines Wagens und nimmt eine Einkaufstüte aus Papier heraus. Er legt sie auf MARTYS Schoß. MARTY öffnet die Tüte, aber es ist schon zu dunkel, als daß er den Inhalt erkennen könnte. Er greift hinein und hat eine Handvoll Feuerwerkskörper in der Hand – Böller, Luftpfeifer, Leuchtraketen, Rauchbomben etc.

MARTYS Gesicht strahlt, als er den Inhalt der Tüte prüft.

ONKEL AL

Du wirst den Vierten Juli im Oktober feiern, Marty. Aber paß auf, daß dir der Kopf nicht wegfliegt. (Pause) Und denk daran, es geht nicht nur um das Feuerwerk. Ich will ganz einfach nicht, daß irgendein Verrückter anständigen Leuten in die Quere kommt, wenn du das kapierst.

MARTY (respektvoll)

Ich habe es kapiert – danke, Onkel Al! Recht vielen Dank!

ONKEL AL

Aber bleib um Gottes willen in der Nähe des Hauses. Irgend jemand läuft frei herum, der Menschen umbringt. Weißt du, ich muß verrückt sein, dir das Feuerwerk zu geben.

MARTY

Ich weiß. Es ist phantastisch!

ONKEL AL

Einer der Gründe, warum ich dich so gernhab, Marty,

ist, daß du fast genauso verrückt bist wie ich. Aber zünde heute abend nichts an, was knallt. Nur die bunten. Kannst du sie unterscheiden?

MARTY

Ja . . . natürlich.

ONKEL AL

Heb dir diese bis zuletzt auf.

Er holt eine kurze Rakete mit Stummelflügeln am hinteren Ende aus der Tasche. Aus dem vorderen Ende ragt eine dicke Zündschnur.

MARTY

Was ist das?

ONKEL AL

Eine Leuchtspurrakete. Sie wird dir gefallen.

MARTY

Vielen Dank, Onkel Al.

ONKEL AL

Gern geschehen, Marty. Steck die Sachen vorläufig ins Gebüsch.

MARTY fährt zur Garage hinüber, wo einige Büsche stehen, und versteckt dort seine Tüte. ONKEL AL steigt in seinen Wagen und läßt den Motor an. MARTY kommt von den Büschen zurück.

ONKEL AL (grinsend)

Amüsier dich gut, mein lieber Junge. Und hüte dich vor Werwölfen.

Er fährt weg. MARTY sitzt im Rollstuhl und winkt.

263 AUSSEN DIE RÜCKSEITE DES HAUSES DER COS- 263
LAWS NACHT

Neben einem der Fenster im oberen Stockwerk läuft von der Dachrinne ein Fallrohr nach unten. Jetzt öffnet sich das Fenster, und MARTY lehnt sich heraus. Er hält sich am Fallrohr fest und klettert daran nach unten. Das erscheint uns durchaus möglich, denn wir haben in einer vorangegangenen Szene ja schon gesehen, daß MARTY sehr kräftige Arme hat. Seine Beine hängen schlaff herab, aber er schafft es. Als er unten angekommen ist, sacken seine Beine unter ihm zusammen. Er benutzt seine Arme, um sich bis zur hinteren Veranda vorzuarbeiten.

MARTY zieht sich über das Verandageländer. Hier steht unter einer Persenning die Silberkugel. MARTY schiebt das geteerte Leinen zur Seite und steigt ein. Er benutzt die Hände, um sein Fahrzeug von der Veranda zu rollen, denn er will keinen Lärm machen. Unten angekommen, schaut er hoch und sieht:

264 AUSSEN EIN FENSTER IM OBEREN STOCKWERK 264
AUS MARTYS BLICKWINKEL NACHT

Er hat vergessen, das Licht auszumachen.

265 AUSSEN MARTY IN DER SILBERKUGEL 265

MARTY (flüstert)

Scheiße!

Er denkt kurz nach und rollt die Silberkugel mit der Hand zum Weg zwischen dem Haus und der Garage.

266 AUSSEN DER WEG ZWISCHEN DEM HAUS UND 266
DER GARAGE

Langsam fährt MARTY den Weg entlang. Vor Anstrengung

stöhnt er leise; er dreht die Räder immer noch mit der Hand, damit niemand ihn hört, und das ist Schwerarbeit. Bei den Büschen hält er an und greift sich die Tüte mit den Feuerwerkskörpern. Er stellt sie auf seinen Schoß und rollt weiter.

267 AUSSEN DIE EINFAHRT DER COSLAWS VON DER STRASSE AUS GESEHEN 267

Die Einfahrt hat ein leichtes Gefälle, und MARTY rollt ohne Schwierigkeiten zur Straße hinunter. Er biegt nach rechts ab und rollt langsam am Straßenrand entlang. Er benutzt dabei immer noch die Hände. Wir sehen, daß oben immer noch das Licht brennt. MARTY schaut zurück, um sich zu vergewissern; dann fährt er weiter. Er wird sich sein Vergnügen nicht entgehen lassen.

268 AUSSEN MARTY 268

Er weiß, daß er weit genug vom Haus entfernt ist, und drückt auf den Anlasserknopf. Der Motor dreht leer, spuckt, dreht wieder leer, aber er springt nicht an. MARTY runzelt die Stirn und zieht an einem Draht – ich vermute eine primitive Starterklappe. Wieder drückt er auf den Anlasserknopf, und wieder springt der Motor nicht an.

MARTY läßt den Draht los und sieht jetzt sehr besorgt aus. Aber er versucht es noch einmal. Und jetzt springt der Motor an.

MARTY (leise)

Na endlich!

Er legt den Gang ein und fährt los.

269 AUSSEN DIE STRASSE MIT MARTY EXTREME ENTFERNUNG 269

Wir sehen einen winzigen Jungen in einem winzigen Rollstuhl unter einem gewaltigen Sternenhimmel eine einsame Straße entlangfahren, die wie ein schmales Band aussieht.

GERÄUSCH IN DER FERNE: Der Motor der Silberkugel

270 AUSSEN EINE AUSWEICHSTELLE AN DER STRASSE NACHT 270

GERÄUSCH: Schnellfließendes Wasser.

Der Boden an der Ausweichstelle ist festgestampft. Im Hintergrund stehen Bäume, dazwischen Picknicktische. Ganz im Vordergrund ist ein Schild angebracht. Oben steht: RASTPLATZ; in der Mitte: AUGER FALLS; und ganz unten: GEMEINDE TARKER'S MILLS.

GERÄUSCH: Der Motor der Silberkugel, die sich rasch nähert.

MARTY biegt von der Straße ab und fährt auf dem Rastplatz ganz nach hinten. Er hält an einem der Picknicktische und legt die Tüte mit den Feuerwerkskörpern darauf. Er läßt sich bei der Auswahl Zeit – wie ein Weinkenner, in dessen Keller edelste Provenienzen lagern, unter denen er aussuchen kann. Endlich entscheidet er sich für einen Luftpfeifer. Er nimmt die Streichhölzer aus seiner Pyjamajacke und zündet ihn an.

Als das Ding anfängt zu zischen, wirft MARTY es hoch in die Luft.

MARTY (leise)

Einer für die anständigen Leute!

271 AUSSEN DER FEUERWERKSKÖRPER 271

Er fliegt im Bogen über den Hang.

272 AUSSEN DER FEUERWERKSKÖRPER VOM UNTEREN RAND DES BILDES 272

DIE KAMERA ZEIGT, wie er zwischen den Felsen am Rand des Auffangbeckens unter dem Wasserfall landet.

GERÄUSCH: Knurren.

273 AUSSEN DER BACH MIT DEM WERWOLF 273

Er hat aus dem Bach getrunken. Jetzt sieht er mehr als halb wie ein Mensch aus – gewiß würden wir ihn erkennen, aber sein Gesicht liegt im Schatten. Er wendet sich vom Bach ab und richtet sich auf den Hinterbeinen auf.

274 AUSSEN DER FEUERWERKSKÖRPER ZWISCHEN DEN FELSEN 274

Seine Reste verglimmen. Eine Pfotenhand berührt sie und zieht sich rasch zurück.

GERÄUSCH: Wütendes Schmerzgeheul.

275 AUSSEN MARTY AUF DEM RASTPLATZ 275

Er will gerade eine Lichtkaskade anzünden, aber er hält inne und schaut zum Hang hinüber. Er hat etwas gehört, aber der Wasserfall neutralisiert das Geräusch. Er zündet die Kaskade an und stellt sie auf den Boden. Dann rollt er mit der Silberkugel ein Stück zurück.

Der Feuerwerkskörper versprüht einen bunten Funkenregen.

MARTY (erfreut)

Sehr schön!

276 AUSSEN DER HANG ZUM TALEINSCHNITT MITTLERE ENTFERNUNG 276

Im Hintergrund ist der Wasserfall zu sehen.
Der WERWOLF klettert den steinigen Hang hinauf.

277 AUSSEN DER FEUERWERKSKÖPRER GROSS-AUFNAHME 277

Er verlischt.

278 AUSSEN MARTY 278

Er rollt zum Picknicktisch hinüber und nimmt eine Leuchtrakete. Er schiebt den Stock in die Erde und zündet die Schnur an. Die Rakete schießt in den Himmel.

279 AUSSEN DIE RAKETE 279

Sie zerplatzt und versprüht buntes Licht.

280 AUSSEN DER WERWOLF IST DEN HANG FAST 280
GANZ HINAUFGESTIEGEN MITTLERE ENTFERNUNG

Er KNURRT . . . und reckt drohend die Fäuste zum Himmel, wo die Reste der Rakete gerade verglimmen.

281 AUSSEN MARTY 281

Er hält wieder eine Kaskade in der Hand, die Streichhölzer in der anderen. Er schaut zum Wasserfall hinüber.

282 AUSSEN DER WERWOLF FAST GANZ OBEN 282

Er bleibt wie erstarrt stehen und KNURRT LEISE

283 AUSSEN MARTY 283

Achselzuckend zündet er die Kaskade an und stellt sie auf den Boden, wie gehabt.

284 AUSSEN HINTER DEN BÄUMEN AM RAND DES 284
HANGES ZUM TALEINSCHNITT

Klauenhände greifen von unten über den Rand.

285 AUSSEN DIE KASKADE GROSSAUFNAHME 285

Sie versprüht einen bunten Funkenregen und verlischt.

286 AUSSEN MARTY 286

Er prüft das Zeug auf dem Tisch, um seine nächste Wahl zu treffen, und hört deutlich ein GERÄUSCH: EIN KNAKKENDER, SPLITTERNDER AST.

287 AUSSEN DIE BAUMGRUPPE MIT DEM WERWOLF 287

Er ist gegen einen tiefhängenden Ast gelaufen. Anstatt ihn zur Seite zu schieben oder sich zu ducken, reißt er ihn einfach vom Baum ab. Obwohl der Ast ziemlich dick ist, tut der WERWOLF das mit derselben Leichtigkeit, mit der etwa ein hungriger Mann einer Pute eine Keule abreißt. Er wirft den Ast zur Seite und geht weiter, gebückt, aber auf zwei Beinen.

288 AUSSEN MARTY 288

MARTY (entsetzt)

Wer ist da?

289 AUSSEN DIE BAUMGRUPPE AM HINTEREN ENDE DES RASTPLATZES AUS MARTYS BLICKWINKEL 289

Zwischen den Bäumen ist dunkles Schattenland.

290 AUSSEN MARTY 290

Er betätigt den Anlasser der Silberkugel. Der Motor dreht leer. Er springt nicht an. MARTY zieht den Draht der Starterklappe. Abwechselnd starrt er entsetzt zur Baumgruppe hinüber und auf sein primitives Armaturenbrett.

291 AUSSEN DIE BAUMGRUPPE AUS MARTYS BLICKWINKEL 291

Jetzt taucht *es* aus den Schatten auf und kommt näher.

292 AUSSEN MARTY 292

Wie besessen bearbeitet er den Anlasser . . . aber der Motor springt immer noch nicht an.

293 AUSSEN MIT FELL BEDECKTE KLAUENFÜSSE 293

294 AUSSEN MARTY 294

Er gibt jeden Versuch auf, den Motor zu starten, und betrachtet die Feuerwerkskörper auf dem Picknicktisch. Er nimmt die Leuchtspurrakete in die Hand und holt die Streichhölzer aus der Brusttasche seines Pyjamas. Prompt fallen sie ihm auf den Schoß. Hastig sucht er sie.

295 AUSSEN DER WERWOLF AUS MARTYS BLICKWINKEL 295

Wir können sein Gesicht nicht erkennen, aber es ist näher . . . viel näher.

296 AUSSEN MARTY 296

Er versucht, die Leuchtrakete mit einer Hand festzuhalten und gleichzeitig ein Streichholz anzuzünden. Er schafft es nicht, denn dafür braucht er mindestens eine zusätzliche Hand. Er nimmt die Rakete zwischen die Zähne und versucht es noch einmal.

297 AUSSEN DAS STREICHHOLZHEFT UND MARTYS HÄNDE 297

Er reißt ein Streichholz an . . . zu heftig! Der Kopf bricht ab.

MARTY (aufstöhnend)

Oh, bitte . . .

298 AUSSEN DER WERWOLF ÖFFNET UND SCHLIESST SEINE KLAUENHÄNDE 298

299 AUSSEN MARTY 299

Sein Gesicht spiegelt nacktes Entsetzen.

300 AUSSEN DAS STREICHHOLZHEFT UND MARTYS HÄNDE GROSSAUFNAHME 300

Er bricht ein neues Streichholz ab und reißt es an. Es brennt.

301 AUSSEN DER WERWOLF 301

Er fährt zurück – von seinem Gesicht sehen wir immer noch nur vage Umrisse.

(ZUR BEACHTUNG: Ich betone immer wieder das im Schatten liegende Gesicht, denn dies ist *keine* Vollmondnacht. Ich gehe von der Annahme aus, daß der Kerl jetzt erst seine volle Wolfsgestalt annimmt, mitsamt Zähnen und Fell, und diese Veränderung geschieht ganz allmählich. Beginnend etwa im zweiten Viertel. Wenn wir den Angreifer also jetzt schon deutlich sehen könnten, würden wir ihn wahrscheinlich erkennen.)

302 AUSSEN MARTY IN DER SILBERKUGEL 302

Er nimmt die Leuchtspurrakete aus dem Mund und hält das Streichholz daran. Die Rakete fängt an zu zischen.

303 AUSSEN MARTY UND DER WERWOLF AUS GRÖSSERER ENTFERNUNG 303

Der WERWOLF ist keine sechs Meter von MARTY entfernt. Die Leuchtspurrakete flammt hell auf und schießt aus MARTYS Hand, eine orangefarbene Rauchspur hinter sich ziehend. Das Projektil fliegt auf den Kopf des WERWOLFES zu.

304 AUSSEN DER WERWOLF 304

Die Leuchtrakete trifft ihn im Gesicht, und wir sehen einen Feuerblitz. Der WERWOLF schreit auf und taumelt davon.

305 AUSSEN MARTY IN DER SILBERKUGEL 305

Er betätigt wieder den Anlasser. Der Motor dreht leer.

306 AUSSEN DER MOTOR DER SILBERKUGEL 306

Der Motor spuckt und zündet; eine blaue Flamme springt aus dem neuen Vergaser auf . . . und der Motor springt an.

307 AUSSEN DER WERWOLF 307

BRÜLLEND und HEULEND stolpert er davon. Die Rakete steckt wie ein Indianerpfeil in seinem Gesicht – genauer, in seinem linken Auge. Der WERWOLF schlägt ein paar Äste aus dem Weg.

308 AUSSEN MARTY IN DER SILBERKUGEL 308

Er wendet und fährt auf die Straße hinaus. Dabei stöhnt und weint er vor Angst.

309 AUSSEN DER WERWOLF IN DER BAUMGRUPPE 309

Er taumelt zwischen den Bäumen hindurch. Mit einem TIERISCHEN SCHREI zieht er sich die Rakete aus dem Auge und läßt sie fallen.

310 AUSSEN DIE LEUCHTSPURRAKETE GROSS-AUFNAHME 310

Qualmend liegt sie auf dem Boden. An ihrem Ende klebt Blut.

311 AUSSEN DIE STRASSE MIT MARTY 311

Die Silberkugel fährt sehr schnell. MARTY keucht. Er ist völlig außer Atem und hat immer noch schreckliche Angst.

312 AUSSEN DER WALD MIT DEM WERWOLF 312

Wir sehen ihn dahinstolpern. Er hält sich die Hände vors Gesicht, und zwischen seinen Fingern quillt Blut hervor.

WERWOLF (mit knurrender Stimme)

Verdammter Marty! Verdammter Martry! Ich bringe dich um! Gaaaanz langsam!

313 AUSSEN DIE EINFAHRT DER COSLAWS MIT MARTY 313

Er fährt hinein und hinter das Haus. Vielleicht hat er soviel Geschwindigkeit, daß er den Motor abstellen kann.

314 INNEN MARTYS SCHLAFZIMMER 314

Sein Bett steht am Fenster. MARTYS Hände erscheinen auf der Fensterbank, und er zieht sich hoch. Er läßt sich auf sein Bett fallen und bleibt dort zitternd und völlig erschöpft liegen.

315 AUSSEN DAS HAUS DER COSLAWS SEHR FRÜH AM MORGEN 315

GERÄUSCH: RUFZEICHEN DES TELEFONS (SCHWACH)

316 INNEN DAS WOHNZIMMER DER COSLAWS MIT MARTY 316

Er sitzt in seinem »Hausrollstuhl« im Wohnzimmer und hält den Hörer ans Ohr, während wir weiter das RUFZEICHEN HÖREN.

Ein KLICKEN, als am andern Ende abgenommen wird.

ONKEL AL (mit verschlafener Stimme)

Heh? Ach, geh.

MARTY

Es ist ein Werwolf! Ich habe ihn *gesehen!* Gestern abend –

317 INNEN ONKEL ALS SCHLAFZIMMER 317

Kein besonders eleganter Ort – der Stil der Einrichtung ist Früher Amerikanischer Alkoholismus. Eine fast ausgezogene Dame schläft auf der einen Seite des Bettes. ONKEL AL sitzt in seiner Unterwäsche auf der anderen Seite, den Hörer am Ohr. Überall stehen Flaschen und volle Aschenbecher herum, und Onkel Al hat einen gewaltigen Kater.

ONKEL AL

Das hast du geträumt, Marty.

MARTY (Stimme)

Nein! Ich bin gestern abend rausgefahren – und –

ONKEL AL

Es gibt keine Werwölfe. Bitte, mein lieber Junge, hab Mitleid mit mir.

Er legt auf und läßt sich auf das Bett zurückfallen.

MÄDCHEN (undeutlich)

Wwerwwardas?

ONKEL AL

Irgendein obszöner Anrufer. Schlaf weiter.

318 AUSSEN DIE HINTERE VERANDA MIT MARTY 318

Er sitzt in der Silberkugel und schaut auf den Hof hinaus. JANE kommt heraus.

JANE

Marty? Ist alles in Ordnung? Du sitzt schon den ganzen Morgen hier.

MARTY

Wo ist Mom?

JANE

Zum Einkaufen. Warum?

MARTY

Janey, ich muß mit dir sprechen.

JANE (mißtrauisch)

Worüber?

MARTY

Ich brauche deine Hilfe. Onkel Al will mir nicht glauben. Und wenn du mir nicht hilfst, dann . . . dann . . .

MARTY kann nicht weitersprechen. Er weint fast.

JANE (besorgt)

Marty, was ist denn?

319 AUSSEN MAIN STREET MITTLERE ENTFERNUNG MIT JANE 319

JANE schiebt den Einkaufswagen eines Supermarkts mit lauter Bier- und Sodaflaschen. Am Wagen ist seitlich ein Schild angebracht: FLASCHEN- UND DOSENAKTION FÜR DEN NOTARZTWAGEN – dazu die gezeichneten Umrisse des Fahrzeugs.

JANE (Stimme eingeblendet)

Er hat mir etwas wirklich Unglaubliches erzählt ... und doch, irgendwie glaube ich ihm fast alles. Und eines habe ich ganz klar verstanden: Marty *selbst* glaubt *alles*.

Sie biegt in einen Hof ein und zieht ihren Wagen bis zu einer Haustür. Sie geht die Stufen hoch und klingelt.

320 AUSSEN DIE VERANDA MIT JANE AUS KÜRZERER ENTFERNUNG AUFGENOMMEN 320

Neben der Tür schiebt sich ein Vorhang zur Seite, und ein ängstliches Gesicht – das von Mrs. Thayer – schaut heraus. Dann hören wir, wie Riegel zurückgeschoben und Schlösser – mindestens drei – aufgeschlossen werden. Die Lady geht kein Risiko ein.

MRS. THAYER

Jane?

JANE (höflich)

Ich sammle Pfandflaschen und -dosen für die Aktion Notarztwagen, Mrs. Thayer – ich wollte mal fragen, ob Sie vielleicht welche haben?

Ihr Mann kommt den Flur entlang.

MR. Thayer

Wer ist da?

MRS. THAYER

Jane Coslaw

321 AUSSEN JANE GROSSAUFNAHME 321

Wir sehen hauptsächlich ihre Augen – helle, fragende Augen.

JANE

Hallo, Mr. Thayer

322 INNEN LON THAYER EXTREME GROSSAUFNAHME 322

Wir sehen hauptsächlich seine braunen Augen.

THAYER

Hallo, Jane

323 AUSSEN DIE VERANDA MIT JANE UND MRS. THAYER 323

MRS. THAYER

Bring deinen Wagen nach hinten, Jane – wir wollen in der Garage nachschauen.

JANE

Danke.

Sie kommt die Stufen herunter, und

DAS BILD GEHT ÜBER IN:

324 AUSSEN JANE IN DER MAIN STREET TAG 324

Es ist erstaunlich, wie verlassen Tarker's Mills wirkt. JANE schiebt ihren Wagen. Jetzt liegen noch mehr Flaschen darin.

JANE (Stimme eingeblendet)

Onkel Al hatte ihm nicht geglaubt, aber Onkel Al war in jenem Sommer schon fünfunddreißig und ich erst vierzehn ... mit vierzehn kann man noch das Unglaubliche glauben, wenn diese Fähigkeit auch allmählich einrostet und eines Tages ganz verschwindet.

Sie kommt an der Kirche zur Heiligen Familie und der Amtswohnung des Priesters vorbei. LESTER LOWE ist draußen vor dem Haus und gräbt in seinem Blumengarten. Er hat sein schwarzes Hemd ausgezogen und achtlos über einen Busch gehängt. Er dreht JANE und uns den Rücken zu.

JANE (ruft)

Hallo, Pater Lowe

LOWE (ohne sich umzudrehen)

Einen wunderschönen guten Morgen, Jane Coslaw!

JANE

Ich bringe in ungefähr einer Stunde eine Riesenladung Flaschen!

LOWE (gräbt weiter)

Großartig, Jane ... ich erwarte dich.

325 AUSSEN JANE WEITER UNTEN IN DER MAIN STREET 325

Sie bleibt vor Robertson's Imbißstube stehen, läßt ihren Wagen draußen und geht hinein. DIE KAMERA SCHWENKT ZUM FENSTER HINÜBER; wir sehen JANE, die BOBBY von der Flaschenaktion erzählt, während einige Männer am Tresen sitzen und zuhören.

326 INNEN JANE EXTREME GROSSAUFNAHME 326

Wieder sehen wir hauptsächlich ihre weit geöffneten Augen.

327 INNEN BOBBY ROBERTSON EXTREME GROSS- 327
AUFNAHME

Hauptsächlich Augen.

328 INNEN ROBERTSON'S IMBISSLADEN MIT JANE 328

Während sie sich abwendet, schaut sie zu den Männern am Tresen hinüber.

329 INNEN DIE MÄNNER AUS JANES BLICKWINKEL 329

Einige – wie PELTZER und VIRGIL CUTTS – kennen wir schon, andere nicht. DIE KAMERA FÄHRT DICHT AN IHRE GESICHTER HERAN UND ZEIGT IHRE AUGEN.

330 AUSSEN VOR ROBERTSON'S IMBISS MIT JANE 330

Sie packt den Griff des Einkaufswagens und geht weiter die Main Street entlang. Sie geht in den Friseurladen.

JANE (Stimme eingeblendet)

Marty hatte gesehen, wo die Leuchtspurrakete getroffen hatte, und an diesem Tag sammelte ich nicht nur Flaschen und Dosen – ich suchte einen Mann – oder eine Frau – mit nur einem Auge.

331 INNEN DER FRISEURLADEN TAG 331

Als JANE hereinkommt, schneidet BILLY McCLAREN gerade einem Mann die Haare. Ein anderer Mann sitzt zurückgelehnt und hat ein Handtuch um den Kopf gewikkelt. Zwei oder drei weitere Männer aus der Stadt lesen Illustrierte, während sie auf ihre Verschönerung warten.

Natürlich ist keiner darunter, der nur ein Auge hat. JANE prüft jeden einzelnen Anwesenden.

BILLY

Ich weiß, weshalb du kommst, Jane, aber du hast Pech. Der kleine Tommy Whittislaw war gestern hier, und ich habe ihm alles mitgegeben

JANE

Nun ja . . . okay.

Aber ihr Blick bleibt an dem Mann mit dem Handtuch über dem Gesicht hängen, der auf dem anderen Stuhl sitzt. Sie geht zu ihm hinüber.

332 INNEN JANE UND DER MANN MIT DEM HAND- 332
TUCH AUS KURZER ENTFERNUNG

JANE

Sind Sie es, Mr. Fairton?

ANDY FAIRTON (mit erstickter Stimme)

Nein – ich bin Ronald McDonald. Ich wollte mich rasieren lassen und einen Burger essen.

Die Männer lachen. JANE lächelt höflich und zieht ANDY das Handtuch von den Augen. Von *beiden* Augen.

JANE (liebenswürdig)

Haben Sie Flaschen, Mr. Fairton?

ANDY

Nein!

JANE (genauso liebeswürdig)

Nun ja . . . okay.

Sie legt das Handtuch zurück, und DIE KAMERA FOLGT IHR, als sie zur Tür geht.

JANE

'Bye, Mr. McClaren.

BILLY (amüsiert)

'Bye, Jane.

ANDY (mit erstickter Stimme

Mein Gott!

JANE geht hinaus.

333 AUSSEN JANE VOR DER AMTSWOHNUNG DES PRIESTERS 333

Sie schiebt den Einkaufswagen bis zur Pforte, öffnet sie und geht den Weg hinauf zu den Stufen vor LOWES Veranda. Dort läßt sie den Wagen stehen und geht auf die Veranda.

334 AUSSEN JANE AUF DER VERANDA 334

Die äußere Tür mit dem Fliegendraht ist geschlossen, aber die innere Holztür ist geöffnet.

335 INNEN DER KORRIDOR DER WOHNUNG AUS JANES BLICKWINKEL 335

Dunkel und leer.

GERÄUSCHE in der Küche. ESSGERÄUSCHE vielleicht – aber vielleicht erkennen wir es auch nicht genau.

336 AUSSEN JANE AUF DER VERANDA 336

Sie klopft an die äußere Tür.

JANE

Pater Lowe? Ich möchte meine Flaschen und Dosen abliefern!

337 INNEN DIE KÜCHE 337

LOWE steht vor der geöffneten Kühlschranktür. Er hat eine rohe Lammkeule in der Hand und nagt daran. Das Lammblut beschmiert ihm das Gesicht und läuft ihm an den Armen herunter. Er sieht so menschlich aus wie du und ich (sozusagen, wie Onkel Al es formulieren würde), aber als JANE ihn anspricht, reißt er den Kopf hoch, und sein Auge funkelt. Das andere ist von einer Augenklappe verdeckt.

JANE (Stimme)

Pater?

LOWE

Schieb deinen Wagen nach hinten in die Garage und lade ab, Jane. Dann bringst du mir deine Zählliste!

338 AUSSEN JANE AUF DER VERANDA 338

JANE

Okay!

Sie geht die Stufen hinunter und schiebt den Wagen hinter das Haus.

339 AUSSEN JANE AUS GRÖSSERER ENTFERNUNG 339

Sie schiebt den Wagen nach hinten.

340 INNEN DIE KÜCHE MIT LOWE 340

Er geht zum Fenster über die Küchenspüle und schaut nach draußen. Dabei hat er immer noch das blutige Stück Fleisch in der Hand.

341 AUSSEN JANE AUS LOWES BLICKWINKEL 341

Sie schiebt den Wagen zu einer mit einem Lagerschuppen kombinierten Garage hinter dem Haus.

342 INNEN DIE KÜCHE MIT LOWE 342

Während er JANE immer noch beobachtet, fängt er wieder an, gierig an dem Stück Fleisch zu nagen.

343 AUSSEN JANE BEI DER GARAGE MIT DEM 343
SCHUPPEN

Sie öffnet die Tür und schiebt den Wagen hinein.

344 INNEN DIE LAGERSCHUPPEN-GARAGE MIT 344
JANE

Es ist ein unheimlicher Ort, der jetzt mit Flaschen und Dosen vollgepackt ist, die überall herumliegen. JANE gefällt es hier ganz offensichtlich nicht. Rasch leert sie ihren Einkaufswagen, wobei sie Zahlen vor sich hinmurmelt.

GERÄUSCH: EIN QUIEKEN

JANE schaut nach unten.

345 INNEN DER FUSSBODEN DER LAGER- 345
SCHUPPEN-GARAGE

Eine große Maus kommt unter einem Flaschenstapel hervor und läuft über JANES Schuh.

346 INNEN JANE 346

Sie stößt einen leisen Schrei aus und springt zurück, wobei sie hart auf die Wand trifft. So hart, daß von einem oben angebrachten Bord etwas auf die Flaschen fällt, so daß mehrere ZERBRECHEN. Wieder schreit JANE – nicht sehr laut – und bückt sich dann langsam nach dem Gegenstand und hebt ihn auf.

JANE hält den Gegenstand in der Hand. Sie ist erstaunt und verängstigt zugleich.

347 AUSSEN DIE HINTERTÜR DES HAUSES 347

JANE geht darauf zu. Sie hält ein Stück Papier in der Hand – ihre Zählliste. Sie klopft an. Wartet. Keine Antwort. Sie klopft noch einmal. Wartet. Keine Antwort. Sie faßt an die Tür. Sie läßt sich öffnen.

JANE

Pater Lowe?

Keine Antwort. Nach einigem Überlegen betritt JANE die Küche.

348 INNEN JANE IN DER KÜCHE DER AMTSWOHNUNG 348

Sie schaut sich um. Es ist niemand da. Aber auf dem Tisch sieht sie einen großen Blutfleck – LOWE muß seine schauerliche Mahlzeit hier für einen Augenblick abgelegt haben. Langsam geht sie durch die Küche in den dunklen Flur.

JANE

Pater Lowe? . . . hier ist meine Zählliste . . .

Sie geht noch ein paar Schritte. Eine Hand legt sich auf ihre Schulter.

LOWE (Stimme)

Sehr gut, Jane!

Sie fährt zusammen und wir auch. Sie dreht sich um und schaut auf zu:

349 INNEN PATER LOWE EXTREME GROSSAUFNAHME 349

Man sieht hauptsächlich seine Augen – vielmehr sein *eines* Auge. Das andere ist von einer schwarzen Augenklappe verdeckt.

LOWE (grinst)

Gut, Jane. Sehr . . . sehr gut.

Er streckt die Hand aus, und wie im Traum reicht JANE ihm die Zählliste. Sie kann den Blick nicht von dieser schwarzen Augenklappe abwenden, die ihr alles verrät.

350 INNEN DER FLUR MIT JANE UND LOWE 350

LOWE (besorgt)

Jane! Du zitterst ja!

JANE

Ich . . . ich fühle mich nicht so besonders. Vielleicht war ich zu lange in der Sonne.

LOWE

Möchtest du dich im Wohnzimmer einen Augenblick hinlegen? Oder möchtest du ein kühles Getränk? Ich habe etwas Soda –

JANE

Nein! (leiser) Das heißt, ich muß nach Haus und meiner Mutter in der Küche helfen.

LOWE

Ich fahre dich rasch nach Hause!

JANE geht durch den Flur zur Vordertür.

JANE

Nein – sie . . . sie wollte mich auf dem Markt treffen. Bemühen Sie sich nicht.

351 INNEN LOWE GROSSAUFNAHME 351

Wieviel weiß er? Wieviel hat er erraten? Seinem mit der Augenklappe finster wirkenden Gesicht ist es nicht anzusehen.

LOWE

Grüß deinen Bruder, Jane.

352 INNEN JANE AUF DEM FLUR IN DER NÄHE DER VERANDA 352

JANE

Vielen Dank, ich werde es ausrichten.
Sie eilt davon.

353 INNEN LOWE IM FLUR 353

DIE KAMERA ZEIGT IHN. Stumm und mit rätselhaftem Gesichtsausdruck bleibt er dort noch eine Weile stehen.

LOWE (leise)

Ganz langsam.

354 AUSSEN DER HINTERE HOF DER COSLAWS MIT MARTY 354

Er macht ganz große Augen und lehnt sich in seinem Rollstuhl nach vorn.

MARTY (fast stöhnend)

Oh, mein Gott! Und was hast du dann gemacht?

355 AUSSEN JANE UND MARTY 355

Sie trägt jetzt Shorts und eine Bluse.

JANE

Ich bin schneller gerannt als je in meinem Leben – oder was denkst du blöder Ochse? Als ich hier ankam, glaubte ich schon, ich würde in Ohnmacht fallen. (Pause) Was sollen wir tun, Marty? Wenn wir das den Leuten erzählen – Erwachsenen, meine ich –, lachen sie uns aus. Was sollen wir also tun?

MARTY

Ich glaube, das weiß ich schon.

356 INNEN EIN BOGEN LINIERTES PAPIER AUS EINEM SCHULHEFT GROSSAUFNAHME 356

Eine Hand – MARTYS Hand – kommt ins Bild und schreibt in Druckbuchstaben: ICH WEISS WER SIE SIND, UND ICH WEISS WAS SIE SIND.

357 MARTYS ZIMMER MIT MARTY 357

Er sitzt an seinem Schreibtisch, und der Strahl seiner Lampe fällt auf den Bogen Papier, den er vor sich liegen hat. Er denkt eine Weile nach und fängt wieder an zu schreiben.

358 INNEN DER BOGEN PAPIER GROSSAUFNAHME 358

Er fügt hinzu: WARUM BRINGEN SIE SICH NICHT UM?

359 INNEN MARTY AN SEINEM SCHREIBTISCH 359

Er schaut den Text noch einmal an und scheint zufrieden. Nun öffnet er eine Schublade und nimmt einen Umschlag heraus. Er faltet den Bogen und schiebt ihn in den Umschlag.

360 AUSSEN JANE IN DER MAIN STREET 360

Sie hat den Brief in der Hand. Sie geht zum Briefkasten, öffnet die Klappe und betrachtet noch einmal den Umschlag.

361 AUSSEN DER UMSCHLAG AUS JANES BLICKWINKEL 361

Die Adresse ist mit Bleistift geschrieben und lautet:
PATER LESTER LOWE/KIRCHE ZUR HEILIGEN FAMILIE/149 MAIN STREET/TARKERS'S MILLS, MAINE.

362 AUSSEN JANE AM BRIEFKASTEN 362

Sie läßt den Brief in den Briefkasten fallen wie ein Mädchen, das gerade die Lunte zu einem Pulverfaß angezündet hat. Sie macht sich auf den Weg nach Hause.

363 INNEN DAS WOHNZIMMER DER AMTSWOHNUNG DES PRIESTERS MIT LESTER LOWE 363

Er steht am Fenster und schaut nach draußen. Der aufgerissene Briefumschlag liegt neben ihm auf einem kleinen Tisch. Er hält den linierten Bogen Papier in der Hand. Sein Gesicht ist von Haß verzerrt, und er zerknüllt den Bogen in der Faust.

364 AUSSEN JANE IN DER MAIN STREET AM BRIEFKASTEN 364

Sie steckt wieder einen Brief ein und geht davon.

JANE (Stimme eingeblendet)

Am nächsten Tag gab ich für Marty wieder einen Brief

auf ... am Tag darauf einen dritten. Dann, am Samstag ...

365 AUSSEN DER STADTPARK VON TARKER'S MILLS GROSSER AUSSCHNITT 365

Am Bordstein parkt ONKEL ALS Sportwagen.

JANE (Stimme eingeblendet)

... erzählten wir Onkel Al, was wir unternommen hatten. (Pause) Seine Reaktion war alles andere als freundlich.

366 AUSSEN ONKEL AL, JANE UND MARTY IM STADTPARK 366

ONKEL AL

Verdammt nochmal, seid ihr denn des TEUFELS?

JANE

Onkel Al –

ONKEL AL (zu JANE)

Von *ihm* hätte ich es erwartet. Manchmal glaube ich, daß sein Verstand genauso gelähmt ist wie seine Beine. Aber *du,* Jane! *Du!* Wo du sonst immer so praktisch denkst!

JANE (leise)

Du verstehst es eben nicht.

ONKEL AL (wütend)

Oh, ich verstehe eine ganze *Menge.* Ich erfahre jetzt zum Beispiel, daß meine Nichte und mein Neffe dem örtlichen Priester kleine Liebesbriefe schicken, in denen sie ihn auffordern, mit Glühbirnensplittern zu gurgeln oder ein Rattengiftomelett zu essen!

MARTY

Die Bestie hat mich angegriffen. Ich habe ihr ins Auge geschossen, und jetzt trägt der Priester eine Augenklappe.

ONKEL AL

Ich habe auf dem Weg hierher mit Peltzer gesprochen. Pater Lowe kam vor zwei Tagen in seinen Laden, um sich eine Flasche otische Lösung zu holen. Das ist ein vornehmer Ausdruck für Augentropfen. Er hat eine Hornhautentzündung.

MARTY

Hatte er ein Rezept?

ONKEL AL

Wieso ist *das* denn wichtig?

MARTY

Er hatte kein Rezept – ich wette, daß er keins hatte. Denn um ein Rezept zu bekommen hätte er zum Arzt gehen müssen.

ONKEL AL

Marty, Marty, du solltest dich mal reden hören.

MARTY

Nun . . . *war* es ein Rezept?

ONKEL AL

Ich weiß es nicht. Aber ich weiß, daß du neulich nachts

keinen Werwolf gesehen hast. Es war ein Traum, weiter nichts. Ein äußerst realistischer Alptraum, der auf das zurückzuführen ist, was hier in der Stadt geschehen ist.

MARTY

Und was ist mit dem Baseballschläger, den Jane in seinem Schuppen gesehen hat? Weißt du, wer einen solchen Baseballschläger hatte? Mr. Knopfler! Er war so stolz darauf, daß er ihn sogar zur Parade am vierten Juli getragen hat. Jane sagt, er sieht aus, als hätte der Grüne Riese ihn als Zahnstocher benutzt.

ONKEL AL

Wollt ihr wissen, was ich glaube?

MARTY

Nein – wir haben dich nur hergebeten, weil wir dein hübsches Gesicht sehen wollten.

ONKEL AL

Sei bloß vorsichtig, mein Junge. Ich glaube, es war eine Halluzination. Wahrscheinlich war es nur ein Besen oder sowas Ähnliches.

JANE (empört)

Das *stimmt* nicht! Soll ich dir den Schläger zeigen? Komm mit! Ich habe keine Angst! Ich zeige ihn dir sofort!

ONKEL AL

Nein, Jane, vielen Dank, ich bin ein wenig zu alt für das Spiel: Die Mutigen Jungs jagen den katholischen Werwolf.

JANE stampft mit dem Fuß auf. Sie ist wütend auf ONKEL AL.

MARTY

Mach dir nichts daraus, Jane. Er hat ihn inzwischen wohl ohnehin verschwinden lassen.

367 AUSSEN VOR ROBERTSON'S IMBISS 367

Die Silberkugel steht vor dem Haus. Die Tür öffnet sich, und ONKEL AL, JANE und MARTY kommen heraus. ONKEL AL trägt MARTY huckepack. MARTY hat eine Tüte Eis, JANE hat zwei. ONKEL AL beugt sich herab und setzt MARTY in die Silberkugel. MARTY läßt den Motor an, während Jane ONKEL AL seine Tüte · Eis reicht. Die drei setzen sich die Straße hinauf in Bewegung, und DIE KAMERA FOLGT IHNEN.

JANE

Wenn Pater Lowe ein unschuldiges kleines Lamm ist, warum hat er dann nicht den Hörer aufgenommen und Constable Haller angerufen, um ihm zu sagen, daß Marty ihm bösartige anonyme Briefe schreibt?

ONKEL AL

Ich akzeptiere einfach nicht, daß er weiß, wer dieser Briefschreiber ist, Jane. Ich weigere mich zu glauben, daß es einen großen, bösen Wolf gibt, der Marty in seinem Rollstuhl gesehen hat.

JANE

Warum hat er dann nicht Constable Haller angerufen, um ihm zu sagen, daß *irgendwer* ihm bösartige anonyme Briefe schreibt?

ONKEL AL stutzt. Daran hat er nicht gedacht. Er schaut hinüber zur:

368 AUSSEN AMTSWOHNUNG DES KATHOLISCHEN 368
PRIESTERS BREITER AUSSCHNITT ONKEL ALS BLICKWINKEL

LESTER LOWE mäht seinen Rasen und trägt dabei die Augenklappe.

369 AUSSEN DIE MAIN STREET MIT ONKEL AL, 369
MARTY UND JANE

ONKEL AL (ein wenig durcheinander)

Nun ... das hat er wahrscheinlich getan. Ich meine, er könnte sich ja beschwert haben, ohne das gleich in die Zeitung zu setzen, nicht wahr?

MARTY

Ich wette einen Vierteldollar, daß er für diese Augentropfen kein Rezept hatte, und ich wette noch einen Vierteldollar, daß er Mr. Haller nichts gesagt hat.

ONKEL AL

Marty, siehst du den Mann, den du verdächtigst?

370 AUSSEN DER RASEN VOR DEM HAUS MIT 370
LESTER LOWE

Er mäht weiter.
BILLY McCLAREN fährt vorbei und winkt. LOWE winkt zurück.

371 AUSSEN DIE MAIN STREET MIT ONKEL AL, 371
MARTY UND JANE.

MARTY (grimmig)

Ja, ich sehe ihn.

ONKEL AL

Glaubst du wirklich, daß ein Mann, der vor drei Tagen eine Rakete ins Auge bekommen hat, seinen Rasen mähen könnte? Er wäre entweder im Hospital . . . oder tot.

MARTY

Ich habe ihn nicht getroffen, als er ein Mensch war. Ich habe ihn getroffen, als er –

ONKEL AL

Als er ein Werwolf war. Ja. Richtig. Mein Gott, Jane, du glaubst doch diesen Schwachsinn nicht, oder?

JANE

Ich weiß nicht genau, *was* ich glaube. Aber ich *weiß*, daß ich einen Baseballschläger gesehen habe und keinen Besenstiel. Ich *weiß*, daß das Haus an dem Tage sehr selten gerochen hat. Es roch wie die Höhle eines Tieres. Und ich glaube an Marty. Nun ja – es gibt Zeiten, wo er mich so wütend macht, daß ich ihn umbringen könnte, aber trotzdem glaube ich an ihn. (Pause) Du hast doch auch immer an ihn geglaubt, Onkel Al.

Für ein paar Sekunden sieht Onkel Al aus, als schämte er sich. Dann hebt er angewidert die Hände.

ONKEL AL

Kinder!

Er geht voraus. MARTY wirft JANE einen außerordentlich freundlichen Blick zu.

Sie geht mißmutig weiter. MARTY beschleunigt die Silberkugel, um die andern einzuholen.

372 AUSSEN EIN FELD IN EINEM RANDBEZIRK DER STADT TAG 372

Es ist mitten am Nachmittag. Ein paar Kinder spielen Baseball. Ganz im Vordergrund sehen wir einen kleinen Jungen – MARTY –, der sich in seinem Rollstuhl zurücklehnt und zuschaut.

373 AUSSEN EINE ALTE LIMOUSINE 373

Sie fährt langsam die von Bäumen gesäumte Straße entlang und hält an. Am Steuer sitzt LESTER LOWE.

GERÄUSCHE: DAS BASEBALLSPIEL NIMMT SEINEN FORTGANG

374 AUSSEN DAS BASEBALLFELD UND MARTY AUS LOWES BLICKWINKEL 374

DIE KAMERA SCHWENKT AUF MARTY EIN. WIR SEHEN MARTY VON HINTEN.

375 AUSSEN LESTER LOWE 375

LOWE (leise)

Kleines Miststück.

376 AUSSEN EIN FLUGBALL 376

377 AUSSEN DAS FELD EIN BREITERER AUSSCHNITT 377

Das Feld-Team kommt herein. Die Jungs machen sich allmählich auf den Heimweg und strömen zur Stadt zurück.

378 AUSSEN MARTY 378

Der AUSSENFELDSPIELER, der den Flugball erwischt hatte, schlendert vorbei und schaut in seine Richtung.

AUSSENFELDSPIELER

Kommst du mit zu Robertson's, eine Soda trinken, Marty?

MARTY

Nein – ich denke, ich werde nach Hause fahren.

Ich meine, wir erkennen bei MARTY jetzt eine seiner seltenen Depressionen – sie können laufen und spielen, er kann es nicht.

AUSSENFELDSPIELER

Okay – bis später!

MARTY

Ja . . bis später

Er läßt den Motor an und fährt allein davon.

379 AUSSEN LOWES LIMOUSINE 379

Er läßt den Motor an.

380 AUSSEN MARTY AUS LOWES BLICKWINKEL 380

Er holpert einen grasbewachsenen Hang zur geteerten Straße hinauf. Die anderen Kinder sind schon auf dem Weg zur Stadt. MARTY ist allein.

381 AUSSEN LOWES LIMOUSINE 381

Er fährt von der Spur, in der er geparkt hat, auf die Straße hinaus.

382 AUSSEN MARTYS ROLLSTUHL AUS LOWES BLICKWINKEL 382

MARTY dreht uns den Rücken zu. LOWE folgt dem Rollstuhl, der sich rasch DER KAMERA nähert.

383 INNEN LOWE, AM STEUER SEINES WAGENS 383

Er beugt sich über das Steuer und grinst sadistisch.

LOWE (flüstert)

Du Schwein.

384 AUSSEN MARTY IN DER SILBERKUGEL 384

Er träumt vor sich hin – vielleicht spielt er in Gedanken im Mittelfeld für die Dodgers.

GERÄUSCH: Der aufheulende Motor eines Wagens. MARTY schaut sich um.

385 AUSSEN LOWES LIMOUSINE AUS MARTYS BLICKWINKEL SIE RAST AUF DIE KAMERA ZU 385

386 AUSSEN MARTY UND LOWES LIMOUSINE 386

MARTY gibt Gas, und die Silberkugel schleudert über die Straße. Die Stoßstange der Limousine streift sie leicht. MARTY wird durchgeschüttelt, und fast hätte sein Rollstuhl sich überschlagen.

LOWES Wagen gerät auf das Bankett und rutscht halb in den Straßengraben.

387 INNEN LOWE AM STEUER SEINES WAGENS 387

LOWE

Oh, du verdammter Hund!

Er tritt das Gaspedal ganz durch.

388 AUSSEN DIE RÄDER DER LIMOUSINE 388

Sie drehen durch und schleudern den Sand hoch.

389 AUSSEN MARTY IN DER SILBERKUGEL 389

Er rast an LOWES Wagen vorbei und macht eine lange Nase.

390 INNEN LOWE IN SEINEM WAGEN 390

LOWE ist von rasender Wut gepackt. Er legt den Rückwärtsgang ein und tritt wieder das Gaspedal durch.

391 AUSSEN DIE LIMOUSINE 391

Mit aufheulendem Motor und in eine Staubwolke gehüllt, springt der Wagen wieder auf die Straße zurück. Mit kreischenden Reifen nimmt LOWE die Verfolgung der rasch davonziehenden Silberkugel wieder auf.

392 AUSSEN DIE SILBERKUGEL MIT MARTY 392

Er hört hinter sich IMMER LAUTER LOWES Wagen und schaut sich um.

393 AUSSEN DIE LIMOUSINE 393

Rast auf DIE KAMERA zu.

394 AUSSEN MARTY IN DER SILBERKUGEL 394

Er gibt noch mehr Gas, und die Silberkugel reagiert.

395 AUSSEN DIE JAGD IN EINER SCHNELLEN 395
FOLGE KURZER SZENEN

Dem Aufnahmeleiter ist einige Freiheit gelassen – die Basis ist simpel. LOWE jagt MARTYS frisierten Rollstuhl mit einer Geschwindigkeit von annähernd fünfzig Meilen in der Stunde die Landstraße entlang. Er sollte MARTY mehrere Male knapp verfehlen, und vielleicht sollten wir MARTY einmal einen anderen Wagen überholen lassen. An einer

Stelle sollte die Rückseite von LESTER LOWES Limousine ins Bild kommen. Sie hat an ihrer hinteren Stoßstange zwei Aufkleber: BESUCHEN SIE IHRE KIRCHE UND UNTERSTÜTZEN SIE SIE und HUPEN SIE, WENN SIE JESUS LIEBEN!

Im Verlauf der Jagd wird offenbar, daß LOWE gewinnen muß. MARTY wird immer verzweifelter. Und jetzt schaut er nach unten auf:

396 AUSSEN DIE TANKANZEIGE DER SILBERKUGEL 396
AUS MARTYS BLICKWINKEL

Die Nadel steht auf LEER

397 AUSSEN MARTY 397

Er stöhnt. DAS MOTORENGERÄUSCH der Limousine ist immer LAUTER zu hören.

398 AUSSEN DIE LIMOUSINE UND DIE SILBER- 398
KUGEL

LOWE beschleunigt und verringert rasch die Distanz. MARTY schleudert von der einen Straßenseite zur andern und kann LOWE ausweichen, aber fast hätte er sich dabei überschlagen.

Sie fahren jetzt an einem Fluß entlang – es ist der Auger River.

399 AUSSEN DIE TANKANZEIGE DER SILBERKUGEL 399

Die Nadel ist schon über LEER hinweggeglitten

400 AUSSEN MARTY 400

MARTY

Komm, Baby . . . komm . . .

Er sieht etwas und scheint neue Hoffnung zu schöpfen:

401 AUSSEN EIN SCHILD AN DER STRASSE AUS MARTYS BLICKWINKEL 401

AUGER RIVER ÜBERDACHTE BRÜCKE
600 METER VORAUS FÜR KRAFTFAHRZEUGE GESPERRT.

402 AUSSEN MARTY IN DER SILBERKUGEL 402

Er fummelt verzweifelt an seinem Armaturenbrett. Die Limousine jagt ihn – und jetzt fängt der Motor der Silberkugel an zu STOTTERN.

403 AUSSEN DIE BRÜCKE AUS MARTYS BLICKWINKEL 403

Sie ist ziemlich baufällig. Auf einem großen orangefarbenen Schild neben der Brücke steht: EINSTURZGEFAHR! FÜR KRAFTFAHRZEUGE ABSOLUT GESPERRT!

404 AUSSEN DIE SILBERKUGEL 404

MARTY bremst, fährt über das Bankett, und irgendwie gelingt es ihm abzubiegen. Er klammert sich an seinem Lenker fest, als die Silberkugel die unbefestigte Straße zum Brückeneingang hinunterholpert.

405 AUSSEN LOWES LIMOUSINE 405

LOWE schießt an der Abfahrt zur Brücke vorbei und hält mit quietschenden Bremsen. Er setzt zurück und fährt zum Brückeneingang hinunter.

406 AUSSEN DIE SILBERKUGEL 406

Sie holpert die leichte Steigung zum Brückeneingang hinauf. DER MOTOR STOTTERT UND SPUCKT.

407 AUSSEN DIE LIMOUSINE 407

Rutschend und Staub aufwirbelnd kommt sie zum Stehen.

408 INNEN LOWE HINTER DEM STEUER 408

In seinem Gesicht liegt so viel Haß und Frustration, daß er aussieht wie ein Wasserspeier.

409 AUSSEN DAS VERBOTSSCHILD FÜR KRAFT- 409
FAHRZEUGE AUS LOWES BLICKWINKEL

410 AUSSEN/INNEN DIE ÜBERDACHTE BRÜCKE 410
MIT DER SILBERKUGEL

Hier unten ist es finster und unheimlich. Durch Risse zwischen den Brettern an den Seitenwänden dringen Fetzen von Tageslicht herein. Auch durch den Boden dringt Licht ein. Die Bodenbretter haben sich verworfen und sind uneben. MARTYS Rollstuhl schwankt wie betrunken von einer Seite zur anderen. Die ganze Länge des abgedeckten Teils der Brücke beträgt etwa zwanzig Meter.

Als er die halbe Strecke zurückgelegt hat, spuckt und stottert die Silberkugel noch ein allerletztes Mal. Mit ihrem letzten Schwung rollt sie noch ein Stück weiter.

411 AUSSEN DAS ANDERE ENDE DER BRÜCKE AUS 411
MARTYS BLICKWINKEL

DIE KAMERA FÄHRT NÄHER HERAN, und wir hören die Räder der Silberkugel über die Bretter rollen. Wir hören auch das Wasser des Auger Rivers unter der Brücke.

412 AUSSEN MARTY VON VORN 412

Die Silberkugel nähert sich DER KAMERA. Sie rollt jetzt noch langsamer und bleibt schließlich stehen. MARTY ist schweißgebadet. Seine Haare sind zerzaust, und er keucht. Jetzt schaut er hinüber zu:

413 AUSSEN DER WEG, DER VON DER BRÜCKE 413
WEGFÜHRT AUS MARTYS BLICKWINKEL

Es ist eine sehr ländliche Straße. Ganz hübsch, aber kaum der Ort, wenn einem ein Teilzeitwerwolf und hauptberuflicher mordlustiger Irrer im Nacken sitzt.

414 AUSSEN MARTY AM ANDEREN BRÜCKENAUSGANG 414

LOWE (mit leiser Stimme)

Marty . . .

MARTYS Kopf fährt herum.

415 AUSSEN DAS ENTFERNTE ENDE DER BRÜCKE AUS MARTYS BLICKWINKEL 415

Wir sehen ein helles Quadrat, wo das Tageslicht einfällt, und in diesem Quadrat steht LOWES Silhouette. Die Silhouette bewegt sich. Wir hören das GERÄUSCH seiner Schritte auf den losen Bodenbrettern der überdachten Brücke.

416 INNEN LOWES SCHUHE 416

Solide schwarze Oxfords.

LOWE

Dies tut mir alles sehr leid. Ich weiß nicht, ob du es glaubst, aber es stimmt. Ich würde niemals freiwillig einem Kind etwas tun. Du hättest mich in Ruhe lassen sollen, Marty.

Das GERÄUSCH seiner Schritte setzt wieder ein.

417 AUSSEN MARTY 417

Er ist vor Entsetzen wie gelähmt – aber selbst wenn er das nicht wäre, würde er mit der Silberkugel ohne Antrieb wohl nicht weit kommen.

418 INNEN LOWE IM SCHATTEN 418

LOWE (leise, tröstend)

Ich *kann* mich nicht umbringen, Marty. Weißt du, unsere Religion lehrt, daß Selbstmord die größte Sünde ist, die ein Mann oder eine Frau begehen kann. Stella Randolph wollte Selbstmord begehen; wenn sie es getan hätte, würde sie jetzt in der Hölle schmoren. Indem ich sie umbrachte, nahm ich ihr das physische Leben, aber rettete sie für das ewige Leben. Verstehst du das, Marty? Verstehst du, daß alles nur dem Willen und dem Plan Gottes dient? Verstehst du das, du naseweises kleines Miststück?

Er geht weiter auf Marty zu.

419 AUSSEN LOWE AUS MARTYS BLICKWINKEL 419

Er hat die Brücke schon halb überquert, aber er geht langsam und ohne jede Eile.

LOWE

Du wirst einen schrecklichen Unfall erleiden, Marty. Du wirst in den Fluß stürzen.

GERÄUSCH: DER MOTOR EINES TRAKTORS. LOWE bleibt stehen. Er ist sich sofort der möglichen Gefahr bewußt.

420 AUSSEN MARTY 420

DAS GERÄUSCH DES TRAKTORS WIRD LAUTER

In MARTYS Gesicht ist die neu aufkeimende Hoffnung zu lesen. Er wendet sich von LOWE ab und sieht:

421 AUSSEN DER WEG AUS MARTYS BLICKWINKEL 421

DAS GERÄUSCH DES TRAKTORS wird noch lauter,

und es erscheint ELMER ZINNEMAN auf seinem John Deere. Der Traktor zieht einen fast leeren Düngerstreuer.

422 AUSSEN MARTY 422

MARTY (gestikuliert wild)

Mr. Zinneman! Mr. Zinneman!

423 INNEN DIE ÜBERDACHTE BRÜCKE MIT LOWE 423

Er zieht sich ein Stück zurück, und sein Gesicht sieht aus wie das eines listigen Tieres. In seinem Kopf arbeitet es. Soll er bleiben und einen Bluff versuchen, oder soll er verschwinden?

424 AUSSEN ELMER UND MARTY 424

ELMER fährt mit dem Traktor dicht an MARTY heran und wendet. Marty dreht sich um und sieht:

425 INNEN DIE ÜBERDACHTE BRÜCKE AUS MARTYS BLICKWINKEL 425

Leer.

DAS GERÄUSCH EINES ANFAHRENDEN WAGENS, SCHWACH

426 AUSSEN MARTY UND ELMER 426

MARTY schaut wieder zu ELMER hinüber.

MARTY

Mir ist der Sprit ausgegangen.

ELMER

Unheimlich da unten, was?

MARTY (mit Überzeugung)

Das kann man wohl sagen.

Er schaut sich noch einmal um:

427 AUSSEN/INNEN DIE ÜBERDACHTE BRÜCKE 427
AUS MARTYS BLICKWINKEL

DIE KAMERA zeigt noch einmal diesen dunklen, unheimlichen Ort und

DAS BILD GEHT ÜBER IN:

428 AUSSEN DER HINTERE HOF DER COSLAWS 428
TAG

MARTY spricht mit ONKEL AL. Im Hintergrund schlägt JANE Krocketbälle durch die auf dem hinteren Rasen aufgestellten Tore.

MARTY schaut ONKEL AL aufgeregt an, als JANE sich zu ihnen gesellt.

ONKEL AL

Nun . . . man kann es sehr viel leichter glauben, wenn nicht von Fell und von geifernden Kiefern die Rede ist. Außerdem habe ich mich wegen der otischen Lösung erkundigt. Diese Augentropfen sind frei verkäuflich, also ohne Rezept zu haben.

MARTY

Das *sagte* ich dir doch!

ONKEL AL

Halt den Mund, mein Junge – keine Schadenfreude.

JANE (setzt sich)

Hast du mit dem Constable gesprochen?

ONKEL AL

Nachdem MARTY mir die neueste Schauergeschichten am Telefon erzählt hat, bin ich natürlich hingegangen. (Pause) Er hat keine Beschwerden über anonyme Briefe bekommen.

MARTY

Habe ich dir das nicht gesagt?

JANE

Halt's Maul, Marty.

ONKEL AL (zögernd)

Da ist noch etwas anderes.

MARTY
Was denn?

JANE
Und das wäre?

ONKEL AL

Wahrscheinlich sollte ich es euch gar nicht sagen. Was diese Sache betrifft, seid ihr ohnehin schon hysterisch. Ich komme mir vor wie ein Tanzlehrer für Veitstanzkranke.

MARTY

Onkel Al, wenn du mir das nicht erzählst –
Er deutet ein paar Würgegriffe an.

ONKEL AL (zögernd)

Ich bin zu diesem Rastplatz gefahren.

MARTY (triumphierend)

Du hast die Leuchtspurrakete gefunden!

ONKEL AL

Nein . . . aber ich habe Blut gefunden. Es klebte an einem der Baumstämme.

MARTY

Was habe ich dir gesagt?

ONKEL AL

Das kann alle möglichen Ursachen haben.

MARTY

Und daß Pater Lowe mit seinem Wagen hinter mir hergefahren ist und versucht hat, mich anzufahren?

Hältst du das etwa *auch* für einen Traum?

ONKEL AL

Nein.

ONKEL AL tritt zu JANE auf die andere Seite der Silberkugel und schaut nach unten:

429 AUSSEN DIE KAROSSERIE DER SILBERKUGEL 429

Sie hat Kratzer und eine Delle, wo LOWE sie mit seiner Stoßstange eingebeult hat. Außerdem sind Farbspuren zu sehen.

430 AUSSEN ONKEL AL UND JANE 430

ONKEL AL

Lowes Wagen –?

JANE

Blau. *Dieses* Blau.

ONKEL AL

Mein Gott.

431 AUSSEN DER NACHTHIMMEL MIT DEM MOND 431

Dreiviertel voll.

DIE KAMERA SCHWENKT zum Gebäude der Stadtverwaltung von Tarker's Mills hinüber. ONKEL ALS Sportwagen parkt vor dem Gebäude.

432 AUSSEN DIE REVIERWACHE MIT HALLER UND ONKEL AL 432

HALLER sitzt auf seinem Stuhl zurückgelehnt an seinem Schreibtisch und hält die Hände hinter dem Kopf verschränkt. Er schaut ONKEL AL an. Die Stille dehnt sich endlos, und ONKEL AL fühlt sich immer unbehaglicher.

HALLER

Das ist nun wirklich die verrückteste Geschichte, die ich je gehört habe, Al.

ONKEL AL

Ich weiß. Ich hätte das *komplett* Bescheuerte herausredigieren können, aber ich wollte dir das Zeug unverdünnt servieren.

HALLER

Das weiß ich zu würdigen. Jetzt die nächste Frage. Glaubst du das Ganze? Ich möchte es fast annehmen.

ONKEL AL

Sagen wir lieber, ich glaube, daß man Lester Lowe überprüfen sollte.

HALLER steht auf.

HALLER

Das läßt sich arrangieren.

Sie schütteln sich die Hände.

433 AUSSEN DIE AMTSWOHNUNG DES PRIESTERS NACHT

Ein Chevrolet mit der Aufschrift TARKER'S MILLS CONSTABLE in Goldfarbe an der Seite hält vor dem Haus. JOE HALLER steigt aus, und wir beobachten, wie er sich die Hosenbeine über die Stiefel zieht – hübsche bestickte Cowboystiefel, nicht die schwarzen Schuhe eines Polizisten. Wir wollen, daß die Zuschauer diese Stiefel bemerken, sich an sie erinnern – vielleicht sollte HALLER sie während des ganzen Films tragen. Er geht den Weg zum Haus hinauf.

HALLER klingelt.

Niemand kommt. HALLER klingelt noch einmal. Wartet. Niemand kommt. Er beugt sich vor und schaut durch das seitliche Fenster.

434 INNEN FLUR UND WOHNZIMMER DES HAUSES AUS HALLERS BLICKWINKEL

Niemand dort.

Er geht die Stufen wieder hinunter, bleibt eine Weile vor dem Haus stehen und geht dann nach hinten zu der Garage mit dem Lagerraum. Er öffnet die Tür und schaut hinein.

435 AUSSEN DIE GARAGE AUS HALLERS BLICKWINKEL

436 INNEN DIE GARAGE AUS HALLERS BLICKWINKEL

LOWES Limousine steht darin. Sie hat zwischen den schattenhaft erkennbaren Haufen von Dosen und Flaschen gerade noch Platz.

437 INNEN DIE GARAGE MIT HALLER 437

Er geht zum vorderen Ende des Wagens und hockt sich nieder. Im Hintergrund: ein Berg von Bier- und Sodadosen aus Aluminium.

HALLER nestelt an seiner Brusttasche und holt ein Feuerzeug heraus. Er zündet es an und sieht:

438 INNEN DIE LIMOUSINE GROSSAUFNAHNE 438

An einem der Blinker ist das Glas zerbrochen. In der Farbe sind Kratzer, und an der Stoßstange ist eine Delle zu erkennen. HALLERS Finger kommen ins Bild. Sie betasten die Kratzer. DIE KAMERA fährt an einen schmalen Streifen Silberfarbe heran. Wie MARTY einen Streifen blauen Autolack an seinem Rollstuhl hat, so hat Lowe einen Kratzer mit Silberfarbe an seinem Wagen.

439 INNEN HALLER 439

Seine Augen weiten sich.

GERÄUSCH: LAUTES BRÜLLEN und das KLIRREN und RASSELN von neuntausend Dosen, als LOWE aus dem Haufen von Aluminiumschrott hinter HALLER hervorbricht. Er ist halb Mensch, halb Werwolf und mit Sicherheit eine bestialische Ausgabe von LOWE. Er hält die Überreste von OWEN KNOPFLERS Peacemaker in der Hand. HALLER will sich umdrehen, und LOWE läßt den Schläger auf ihn niedersausen. Die KAMERA ist auf LOWE GERICHTET und zeigt, wie der Schläger immer wieder hochgerissen wird und herabfährt. Wir können HALLER nicht sehen, und das ist wahrscheinlich gut so, aber wir hören, wie der Schläger ihn immer wieder trifft.

440 AUSSEN DER RASTPLATZ AUGER FALLS MIT MARTY, AL UND JANE TAG 440

Heute hat ONKEL AL den Kombiwagen der Familie Coslaw genommen. Sie sitzen jetzt alle drei in der kleinen Baumgruppe.

MARTY

Mr. Haller sagte, er wollte ihn überprüfen, und jetzt? Seitdem hat ihn kein Mensch gesehen.

ONKEL AL

Und was soll ich nach deiner Meinung dabei machen, mein Junge?

MARTY nimmt sein St.-Christophorus-Medaillon ab und reicht es ONKEL AL

MARTY

Ich möchte, daß du mir eine Silberkugel machst.

ONKEL AL

Das ist doch nicht dein Ernst?

MARTY

Ich weiß genau, was ich gesehen habe.

ONKEL AL

Marty, es war nicht einmal Vollmond.

JANE (leise)

In den erfundenen Geschichten verwandelt sich der Betreffende nur bei Vollmond in einen Werwolf. Aber vielleicht ist er in Wirklichkeit fast die ganze Zeit so, aber wenn es Vollmond wird ...

MARTY (führt den Satz zu Ende)

... wird der Kerl noch wölfischer.

JANE (reicht AL ihr Kruzifix)

Hier. Nimm meins auch.

MARTY

Jane, das ist doch nicht nötig.

JANE

Du brauchst mir nicht zu sagen, was ich zu tun oder zu lassen habe, du Schwachkopf.

MARTY

Wollen wir nicht heiraten, Jane?

ONKEL AL

Wollt ihr Kinder mir nicht lieber sagen, warum dieser Lowe überhaupt zum Werwolf wurde?

JANE

Das weiß ich nicht. Vielleicht weiß er das *selbst* nicht.

MARTY

Die Leute wissen auch nicht, wie Krebs entsteht. Sie wissen nicht einmal genau, was es ist – aber dennoch glauben sie daran.

ONKEL AL

Der Bengel ist elf Jahre alt und redet schon wie ein Jesuit. Ein *französischer* Jesuit.

MARTY

Ich glaube, er hat es auf mich abgesehen. Nicht nur, weil ich weiß, wer er ist, sondern weil ich ihn verletzt habe.

Ich glaube aber nicht, daß er es noch einmal als Lowe versuchen wird.

ONKEL AL

Mein lieber Junge, du bist total verrückt geworden.

MARTY

Wirst du es tun? Unentschlossen und ein wenig verwirrt schaut ONKEL AL ihn an.

441 AUSSEN EINE LANDSTRASSE MIT DEM KOMBIWAGEN DER COSLAWS TAG 441

ONKEL AL fährt die Kinder nach Hause – DIE KAMERA FOLGT dem Wagen eine Zeitlang. Dann schauen wir einen kurzen Weg entlang und in eine Kiesgrube. RASCH FÄHRT DIE KAMERA auf die hintere Wand der Grube zu. An der Wand sehen wir einen Cowboystiefel aus dem Sand ragen. Er ist blutbeschmiert und zerbissen.

442 AUSSEN DIE EINFAHRT DER COSLAWS TAG 442

Der Wagen fährt hinein.

443 INNEN DER WAGEN MIT MARTY, JANE UND ONKEL AL 443

MARTY

Bitte, Onkel Al.

JANE

Wirst du es tun?

Die St.-Christophorus-Medaille und das Kruzifix hängen an feinen silbernen Ketten am Rückspiegel. ONKEL AL nimmt die Medaille herab und betrachtet sie.

ONKEL AL

Okay, ich gebe auf. Ja.

MARTY
Gut! Danke!

JANE
Vielen Dank, Onkel Al!

ONKEL AL

Wenn ihr beiden irgendwem erzählt, ich hätte auch nur ein *Stück* von eurer Geschichte geglaubt, dann sind Werwölfe für euch noch das geringste Problem.

444 AUSSEN/INNEN SILBERKUGEL EINE SCHNELLE FOLGE VON KURZSZENEN 444

a.) ONKEL AL hält vor einem Laden im Geschäftsviertel einer anderen Stadt. Auf dem Schild im Schaufenster steht: MAC'S WAFFEN UND MUNITION. Er nimmt die St.-Christophorus-Medaille, betrachtet sie und schüttelt den Kopf, als bereute er seine Dummheit und Leichtgläubigkeit. Er geht hinein.

JANE (Stimme eingeblendet)

Onkel Als Freund Mac war mehr als ein Büchsenmacher; er war, wie Onkel Al sagte, ein Könner der alten Schule und, was Waffen anbetrifft, ein wahrer Hexenmeister.

b.) Im Innern des Waffengeschäfts sehen wir ONKEL AL mit MAC sprechen, der auch tatsächlich wie ein alter weißhaariger Hexenmeister aussehen sollte. Im Fenster im Hintergrund sehen wir ein Skelett aus Pappe und Papierlaternen: das erste Anzeichen, daß Allerheiligen nicht mehr fern ist. ONKEL AL redet lebhaft und nimmt dabei oft die Hände zur Hilfe; wir kennen die Geschichte nicht, die er dort erzählt, aber es muß ein gewaltiges Ding sein. Im Verlauf des Gesprächs gibt er MAC die Medaille und das Kruzifix. MAC schlingt sich die Silberkettchen um die Finger und betrachtet sie.

JANE (Stimme weiter eingeblendet)

Gott weiß, was für eine Geschichte mein Onkel ihm erzählte, aber ich kann mir denken, daß Männer, die so oft verheiratet waren wie Onkel Al, darauf spezialisiert sind, in kürzester Frist alles mögliche zu erfinden.

c.) Wir sehen, wie MAC in seiner Werkstatt Bor auf die Medaille tropft und aufmerksam den entstandenen Fleck betrachtet.

JANE (Stimme immer noch eingeblendet)

Der Büchsenmacher bestätigte den hohen Silbergehalt von Martys Medaille und meinem Kruzifix . . .

d.) In einer schwach beleuchteten Szene, in der MAC jetzt wirklich wie ein alter Zauberer aussieht, sehen wir, wie er einen Brenner anzündet und anfängt, die Medaille und das Kruzifix in einem Tiegel zu schmelzen.

DIE KAMERA FÄHRT LANGSAM HERAN, als JANES Beitrag mit dem MARTYS zusammenschmilzt und wie eins sich mit dem andern unauflöslich vereinigt.

JANE (Stimme weiter eingeblendet)

. . . schmolz sie zusammen . . .

e.) Wir sehen, wie Mac das geschmolzene Silber in eine Form gießt.

JANE (Stimme weiter eingeblendet)

. . . und stellte daraus eine silberne Kugel her.

445 INNEN MACS WAFFENGESCHÄFT MIT MAC UND ONKEL AL TAG 445

MAC kommt aus den hinteren Räumen. Er stellt einen mit einer Einlegearbeit verzierten kleinen Holzkasten auf die Glasplatte des Ladentischs.

MAC

Hier ist sie.

446 INNEN DER KASTEN GROSSAUFNAHME 446

MACS Hände öffnen ihn, und wir sehen eine einzelne Kugel auf schwarzem Samt. Es ist ein Kurzgeschoß, Kaliber.22, und es hat wirklich den Glanz von reinem Silber. Es wäre sehr schön, wenn diese Kugel optisch besonders herausgestellt würde – nur ein wenig –, damit sie absolut zauberhaft aussieht. Fast heilig.

447 INNEN MAC UND ONKEL AL 447

ONKEL AL nimmt die Kugel fast ehrfurchtsvoll in die Hand und hält sie gegen das Licht.

MAC

Ich glaube, das ist das schönste Stück, das ich je gemacht habe. Es hat eine Ladung von geringer Körnung, damit es nicht von der Bahn abweicht.

ONKEL AL

Es soll nur ein Gag sein. Auf was wollte man denn mit einer silbernen .22er Kugel schießen? .38 Colt Woodsman?

MAC (scherzend)

Wie wär's mit einem Werwolf? (Pause) Schönes Allerheiligen, Al.

448 AUSSEN DER VOLLMOND GROSSAUFNAHME NACHT 448

Er füllt fast das ganze Bild aus und schwebt geheimnisvoll in der warmen Sommerluft.

JANE (Stimme eingeblendet)

Als MARTYS silberne Kugel fertig war, kam Allerheiligen ... und es war wieder Vollmond. Am frühen Nachmittag hatte mein Großvater, der schon seit sieben Jahren an Krebs starb, den Job endlich hinter sich gebracht.

DIE KAMERA SCHWENKT auf das Haus der COSLAWS herab. Im Fenster steht eine kleine geschnitzte Puppe, und an der Tür hängt ein Maisstrauß. ONKEL ALS MG steht in der Einfahrt. Der Kombiwagen der Coslaws setzt gerade rückwärts auf die Straße. ONKEL AL und JANE stehen in der Tür; MARTY sitzt ein Stück hinter ihnen in seiner Silberkugel.

NAN beugt sich aus dem Wagen. Sie trägt Schwarz und hat offensichtlich geweint.

NAN

Denk dran, Al ... Wir sind morgen abend im Ritz-Carlton in Boston. Oder beim Bestattungsunternehmer. Die Firma heißt Stickney und –

ONKEL AL

– Babcock, ich weiß. Du kannst beruhigt losfahren.

Der Kombiwagen rollt noch ein Stück weiter auf die Straße hinaus, und NAN beugt sich wieder aus dem Fenster.

NAN

Und mach diesen verdammten Bettelkindern nicht auf, wenn sie kommen!

ONKEL AL

Geht in Ordnung.

Der Kombiwagen fährt noch ein Stück zurück, und wieder steckt NAN den Kopf aus dem Fenster.

NAN

Und ihr Kinder geht rechtzeitig ins Bett. Ihr müßt morgen in die Schule!

ONKEL AL

Wenn du das noch länger tust, wirst du dir den Kopf stoßen, Schwesterchen. Grüß Mama. Sag ihr, daß ich am Donnerstag komme.

NAN

Ich werd's ausrichten – seid brav, Kinder.

MARTY	JANE
'Bye, Mom! 'Bye, Dad!	Sind wir doch immer! 'Bye!

Der Kombiwagen fährt davon.

ONKEL AL

Soll ich euch mal was sagen? Kinder?

JANE

Klar, Onkel Al.

ONKEL AL

Als mein Schwesterchen und ich Kinder waren, waren wir genau so wie ihr.

MARTY

Ja? Wirklich?

ONKEL AL

Ja. Wirklich. Das schlimme daran ist nur, daß wir uns

kein bißchen geändert haben. Lernt von den Erwachsenen, meine lieben Kleinen.

Er geht mit ihnen ins Haus und schließt die Tür.

449 INNEN DER KOMBIWAGEN MIT BOB UND NAN 449

BOB

Ich kann es kaum glauben, daß du die Kinder mit ihm alleingelassen hast. Vor einem Jahr hätte ich bei dem bloßen Gedanken daran schon gelacht. Wenn Al ins Haus kam, warst du immer nahe daran, Feuer zu spucken.

NAN

Er hat sich verändert. In diesem Sommer. Oder irgend etwas hat ihn verändert. Marty vielleicht. Und das Trinken . . . ich glaube, damit hat er fast aufgehört. Wie dem auch sei, ich freue mich sehr. Bei ihm sind die Kinder gut aufgehoben. Da bin ich ganz sicher.

BOB

Ich weiß, daß sie bei ihm gut aufgehoben sind . . . aber wird er sie um neun Uhr dreißig ins Bett bekommen?

NAN (überzeugt)

Ich habe es ihm gesagt. Also wird er es auch tun.

450 INNEN DIE WANDUHR IM WOHNZIMMER DER COSLAWS NACHT 450

Die Uhr zeigt eins an.

GERÄUSCH: Die Nationalhymne.

451 INNEN DAS FERNSEHGERÄT GROSSAUFNAHME 451

Die Nationalhymne ist verklungen.

DIE STIMME DES ANSAGERS

Und damit ist das Programm der WDML beendet.

Schnee auf dem Bildschirm.

452 INNEN JANE AUF DER COUCH 452

Sie sitzt in einer Ecke und schläft schon fast.

453 INNEN MARTY IN DER SILBERKUGEL 453

Auch er ist eingenickt.

454 INNEN ONKEL AL IN BOBS LEHNSTUHL VOR DEM FERNSEHGERÄT 454

Auch er schläft. Vor ihm stehen drei oder vier leere Bierdosen, und zwischen seinen Fingern verglimmt eine Zigarette mit langer Asche. Auf seinem Schoß liegt ein Revolver Kaliber .22.

455 AUSSEN DAS HAUS DER COSLAWS VON EINER SEITE 455

Der WERWOLF bricht aus dem Wald hervor und läuft über den Seitenhof zu einer Reihe von hohen Büschen, die auf einer Seite des Hauses stehen (MARTYS Schlafzimmer ist auf der anderen Seite).

456 AUSSEN IM GEBÜSCH DER WERWOLF 456

Zwischen dem Haus und den Büschen ist noch Raum – etwa wie ein Tiergehege. Der WERWOLF schleicht dort entlang, und sein eines Auge glitzert.

DAS SCHWACHE RAUSCHEN des noch immer eingeschalteten Fernsehgeräts.

457 ONKEL AL schreit auf und springt hoch, als die Zigarette ihm die Finger verbrennt. Der .22er fällt auf den Teppich. Erschrocken wachen auch MARTY und JANE auf. 457

458 AUSSEN DAS GEBÜSCH MIT DEM WERWOLF 458

Er fährt zurück, und sein Auge funkelt grünlich. Schaum tropft ihm aus dem Maul. Langsam schleicht er zu einem Fenster hinüber.

DAS RAUSCHEN DES FERNSEHGERÄTS HÖRT SICH JETZT LAUTER AN.

459 INNEN DAS WOHNZIMMER MIT AL, JANE UND MARTY 459

AL schüttelt seine verbrannte Hand. Er nimmt die Zigarette von seinem Schoß und drückt sie aus.

JANE (schlaftrunken)

Wenn du das öfter machst, wirst du eines Tages noch verbrennen, Onkel Al.

ONKEL AL

Das glaube ich auch. Ihr Kinder solltet jetzt ins Bett gehen.

MARTY

Aber Onkel Al, du hast doch gesagt –

ONKEL AL

Ich weiß, was ich gesagt habe, Marty – aber es ist jetzt zehn nach eins. Er kommt nicht.

JANE

Der Mond ist noch nicht untergegangen . . .

ONKEL AL

Aber fast. Ich bleibe mit der dämlichen Kanone in der Hand hier sitzen, weil ich es versprochen habe, aber ihr geht ins Bett. Los, verschwindet.

MARTY will mit der Silberkugel zur Treppe rollen, wo sein Treppenstuhl wartet. JANE wartet schon an der Wohnzimmertür. MARTY sieht den Revolver auf dem Fußboden und bleibt stehen.

MARTY

Wenn das Ding losgegangen wäre, hätten wir keine silberne Kugel mehr.

460 INNEN ONKEL AL 460

Er ärgert sich ein wenig über diese unausgesprochene Kritik. Er bückt sich und hebt den Revolver auf. Fünf Kammern sind leer; in der sechsten sieht man einen silbernen Kreis.

461 INNEN ONKEL AL 461

Er drückt die Trommel zur Seite und läßt die silberne Kugel in seine Hand fallen.

ONKEL AL

Siehst du, mein Junge? Völlig unbeschädigt.

Hinter ihm erscheint der Kopf des WERWOLFS am Fenster. Sein grünes Auge funkelt tückisch.

462 INNEN AN DER WOHNZIMMERTÜR MIT MARTY UND JANE 462

MARTY schaut zu ONKEL AL hinüber und sieht nichts. JANE aber schaut zum Fenster. Sie SCHREIT.

JANE (kreischend)

Das ist er! Das ist der Werwolf! Ich sehe ihn!

DAS IST DER WERWOLF!
Sie zeigt auf das Fenster.

463 INNEN ONKEL AL 463

Er fährt zusammen und schaut zum Fenster hinüber – in diesem Augenblick hält AL den .22er geöffnet in der Hand, die silberne Kugel lose in der andern.

Im Fenster sieht er nichts als Dunkelheit. ONKEL AL wendet sich wieder den Kindern zu.

ONKEL AL (in scharfem Ton)

Hast du ihn gesehen, Marty?

464 INNEN MARTY 464

MARTY (schüttelt den Kopf)

Ich hab' dich angesehen ...

465 INNEN ONKEL AL 465

Erleichtert läßt er die Schultern ein wenig fallen – jetzt, da der Schreck vorbei ist, kommt eine gewisse Verärgerung hinzu. Es sind eben doch nur ein paar hysterische Kinder, und JANE ist sogar noch schlimmer als MARTY. Und er hatte vor kurzem noch ihren praktischen Verstand gelobt!

ONKEL AL

Mich beschleicht ein sehr vertrautes Gefühl.

466 INNEN MARTY UND JANE AN DER TÜR 466

JANE weint.

MARTY

Was für ein Gefühl, Onkel Al?

ONKEL AL

Ich komme mir vor wie ein großes Arschloch.

468 INNEN MARTY UND JANE AN DER TÜR 468

JANE (weinend)

Ich habe ihn gesehen, Onkel Al, bestimmt!

MARTY rollt ein wenig näher an sie heran und will ihr tröstend den Arm um die Schultern legen.

JANE

Faß mich nicht an, du Rotzlümmel!

MARTY

Jane –

469 INNEN ONKEL AL 469

ONKEL AL

Geht bitte ins Bett, Kinder. Ich kriege langsam Kopfschmerzen.

470 AUSSEN EINE SEITE DES HAUSES EXTREME GROSSAUFNAHME 470

Wir sehen eine behaarte Klauenhand, die an das Mauerwerk greift und einen dicken Draht umschließt.

WERWOLF (Stimme)

Gaaanz langsam . . .

Er zerrt an dem Draht.

471 INNEN DAS WOHNZIMMER BREITER AUSSCHNITT 471

Das Licht geht aus.

JANE kreischt auf.

MARTY

Er ist hier! Er ist draußen!

472 INNEN ONKEL AL 472

ONKEL AL

Jane, das ist nur ein Stromausf –

Er geht auf sie zu. In diesem Augenblick kracht der größte Teil der Wand zusammen – nicht nur das Fenster, durch das er hineingeschaut hatte –, und der WERWOLF bahnt sich brüllend seinen Weg ins Haus.

Onkel Al wirbelt herum und hebt automatisch den Revolver zum Schuß – aber die Trommel hängt herab, und alle Kammern sind leer. Er hat gerade noch Zeit, überrascht zu reagieren, bevor der WERWOLF ihn zur Seite schleudert.

473 INNEN ONKEL AL AUS EINEM ANDEREN WINKEL 473

Er fliegt rückwärts. Der Revolver saust in eine Richtung, die silberne Kugel in eine andere.

474 INNEN DER REVOLVER 474

Er landet in einer Ecke des Wohnzimmers.

475 INNEN DIE SILBERNE KUGEL IN ZEITLUPE 475

Wir sehen sie in die Luft fliegen, wobei sie sich ständig dreht. Dann trifft sie auf den Fußboden auf und rollt weiter.

476 INNEN DER FLUR MIT DER KUGEL IN ZEITLUPE 476

Ganz im Vordergrund ist ein Heizungsschacht. Die Kugel rollt darauf zu.

477 INNEN MARTY UND JANE 477

MARTY

Hol den Revolver!

Mit der Hand bewegt er seinen Rollstuhl auf den Flur hinaus.

478 INNEN DIE KUGEL (DIE RICHTIGE KUGEL) UND MARTY IN ZEITLUPE 478

Die silberne Kugel rollt langsam auf den Heizungsschacht zu. Im Hintergrund sehen wir MARTY in seinem Rollstuhl. Er ist in heller Panik.

Er hebt sich aus dem Stuhl und stürzt der Länge nach zu Boden. Dabei greift er verzweifelt nach der silbernen Kugel.

Seine Finger berühren sie, mehr nicht. Sie rollt in den Heizungsschacht.

479 INNEN DER WERWOLF GROSSAUFNAHME 479

Er brüllt vor Wut. Sein eines Auge flackert.

480 INNEN DAS WOHNZIMMER GROSSER AUSSCHNITT 480

ONKEL AL liegt besinnungslos an einer Wand. Sein Hemd ist vorn blutig. JANE rennt in die Ecke und ergreift die Pistole.

Der WERWOLF packt den Lehnstuhl und schleudert ihn durch das Loch, das er beim Eindringen in die Wand gebrochen hat. Dann packt er einen Beistelltisch und wirft ihn in das Fernsehgerät. Er sieht JANE und geht auf sie zu.

481 INNEN JANE IN DER ECKE HOCKEND 481

482 INNEN DER WERWOLF GROSSAUFNAHME 482

Er kommt auf sie zu.

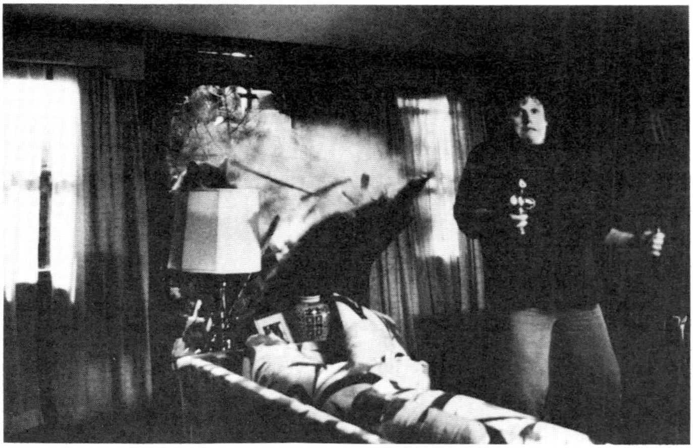

»... es ist jetzt zehn nach eins, Marty. Er kommt nicht mehr ...«

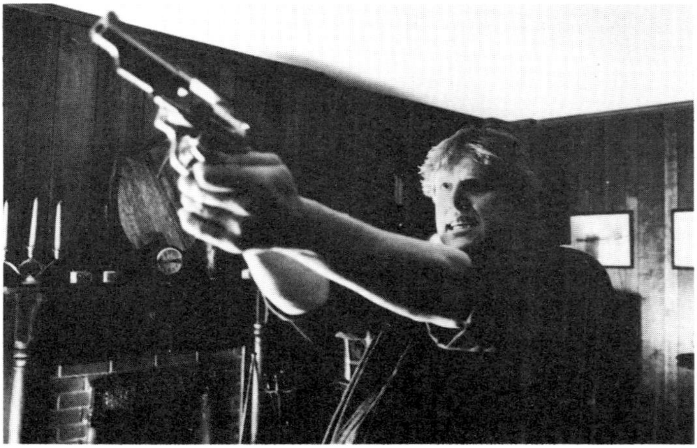

Endlich ist die Pistole schußbereit – doch es ist zu spät für Al. Der Werwolf läßt ihm keine Zeit mehr, abzudrücken ...

483 INNEN JANE IN DER ECKE 483

Sie tut so, als wollte sie davonrennen.

484 INNEN JANE UND DER WERWOLF 484

Er ist nur noch ein paar Schritte von ihr entfernt, aber er spielt mit ihr. Er macht es gaaanz langsam.

485 INNEN DIE KAMINGERÄTE GROSSAUFNAHME 485

Eine blutbeschmierte Hand packt einen Schürhaken.

486 INNEN DER WERWOLF UND JANE 486

Als er sich auf sie stürzen will, springt ONKEL AL ihn von hinten an und schlägt ihm in den Rücken. Er dreht sich BRÜLLEND um.

ONKEL AL trifft ihn zwischen den Beinen.

Er HEULT AUF und packt den Schürhaken. Dann verbiegt er ihn und wirft ihn von sich. Sein wilder und tückischer Gesichtsausdruck zeigt deutlich, daß er jetzt ONKEL AL verbiegen und von sich werfen will.

487 INNEN JANE 487

JANE springt aus der Ecke hoch und rennt durch das Zimmer zur Tür. Dabei stolpert und stürzt sie mehr als daß sie rennt.

488 INNEN DER WERWOLF GROSSAUFNAHME 488

Sein Kopf fährt herum.

489 INNEN MARTY AUF DEM FLUR 489

Er liegt der Länge nach auf dem Fußboden. Er hat die Verkleidung des Heizungsschachts abgenommen, und sein Arm steckt im Schacht.

MARTY (schreit)

Janey! Der Revolver! DER REVOLVER!

490 INNEN JANE 490

Ungeschickt wirft sie ihm die Waffe zu.

491 INNEN DER REVOLVER IN ZEITLUPE 491

Mit noch geöffneter Trommel gleitet er langsam durch den Flur auf MARTY zu.

492 INNEN DER WERWOLF 492

WERWOLF (knurrt)

Maa-aa-rty . . .

Dann geht er langsam durch das Wohnzimmer, wobei er verschiedene Gegenstände aus dem Weg schleudert.

493 INNEN MARTY IM FLUR 493

Die Waffe gleitet ihm in die Hand. Jetzt greift er wieder in den Heizungsschacht . . .

494 INNEN IM HEIZUNGSSCHACHT EXTREME GROSSAUFNAHME 494

Eben unter MARTYS zuckenden und greifenden Fingern ist ein Metallknie angebracht, in dem die silberne Kugel liegt. Sie ist kaum einen halben Zoll außerhalb seiner Reichweite.

495 INNEN DER WERWOLF GROSSAUFNAHME 495

WERWOLF (schäumt vor Wut)

Maaa-aaa-rty!

496 INNEN JANE AUF DEM FUSSBODEN 496

JANE (schluchzend)

Tu ihm nichts! Tu meinem Bruder nichts!

Als der WERWOLF an ihr vorbeigeht, beißt sie ihn in einen seiner behaarten Knöchel.

497 INNEN JANE UND DER WERWOLF 497

Er brüllt vor Schmerz und schleudert sie mit einem Tritt zur Seite. Dann schaut er den Flur entlang. Er grinst. Er denkt wahrscheinlich, daß ihn jetzt ein wunderbares Dinner erwartet.

WERWOLF

Gaaanz langsam, Maa-aaa-rty –

498 INNEN MARTY GROSSAUFNAHME 498

Er greift verzweifelt in den Schacht und starrt auf den WERWOLF, der sich ihm nähert.

499 INNEN IM HEIZUNGSSCHACHT EXTREME GROSSAUFNAHME 499

MARTYS Finger streifen die Kugel einmal . . . noch einmal . . . dann hat er sie.

500 INNEN IM FLUR 500

Er rollt sich auf den Rücken und steckt die silberne Kugel blind in eine der Kammern. Dann klappt er die Trommel an den Lauf.

501 INNEN DER WERWOLF GROSSAUFNAHME 501

WERWOLF

Marty, du elendes Schwein –

502 INNEN MARTY 502

Er zielt und drückt ab. Es gibt nur ein Klicken. Sein Gesicht verrät nackte Verzweiflung.

503 INNEN DER WERWOLF GROSSAUFNAHME 503

WERWOLF

Ich bring dich um . . .

504 INNEN MARTY 504

Er zieht sich hoch, so daß er sich halb gegen die Wand lehnen kann. Wieder drückt er ab. Klick! Seine Verzweiflung verwandelt sich in Angst.

505 INNEN DER WERWOLF 505

Er hat den Rollstuhl erreicht und schleudert ihn aus dem Weg. Er trifft die Wand.

506 INNEN MARTY 506

Er hält den Revolver mit beiden Händen; ein drittes Mal drückt er ab. Klick.

Der Schatten des WERWOLFS fällt auf ihn.

507 INNEN DER WERWOLF EXTREME GROSSAUFNAHME 507

WERWOLF

Du Miststück, Marty!

Er greift nach unten und will ihn packen.

508 INNEN MARTY EXTREME GROSSAUFNAHME 508

Er duckt sich, als wollte er sich in der Wand verstecken. Dann drückt er noch einmal ab.

509 INNEN DER LAUF DES .22ERS EXTREM NAHE 509

Silberglänzend rast die Kugel aus dem Lauf.

510 INNEN DER WERWOLF 510

Die silberne Kugel fährt ihm in das verbliebene Auge. Er flieht rückwärts und schlägt die Hände vor das blutende Gesicht. Dann stürzt er in MARTYS Rollstuhl. Laut brüllend bleibt er sitzen ... und dann beginnt er sich zu verändern.

511 INNEN DER FUSSBODEN IM WOHNZIMMER MIT 511
JANE

Sie liegt schluchzend da.

ONKEL AL (Stimme)

Alles in Ordnung, Jane?

512 INNEN ONKEL AL UND JANE 512

ONKEL AL blutet, und er taumelt, aber er ist wieder auf den Beinen. Er hilft JANE auf.

JANE

Mir ist nichts passiert ... aber Marty! Ma –

GERÄUSCH: EIN MARKERSCHÜTTERNDES GEHEUL

513 INNEN DER WERWOLF EXTREME GROSSAUF- 513
NAHME

Er läßt die Hände vom Gesicht fallen. Jetzt ist er auf beiden Augen blind und sieht halb wie ein WERWOLF und halb wie LOWE aus.

Wieder BRÜLLT er laut auf, ein Zucken durchläuft seinen Körper ... dann stirbt er.

514 INNEN MARTY AUF DEM FUSSBODEN 514

MARTY (ruft)

Alles in Ordnung. Er ist tot.

515 INNEN ONKEL AL UND JANE 515

Zusammengebrochen in den Trümmern von MARTYS Rollstuhl, liegt hier eine Kreatur, die jetzt fast ganz wie PATER LOWE aussieht. MARTY liegt auf dem Fußboden. ONKEL AL geht an der Leiche, Jane rennt an ihr vorbei ... und LOWE richtet sich plötzlich wieder auf und greift blind nach ihr.

Sie schreit auf und springt zur Seite. LOWE sinkt zurück und ist jetzt wirklich tot. Vermute ich. Bis zur Fortsetzung.

516 INNEN DER FLUR MIT ONKEL AL, JANE UND MARTY 516

ONKEL AL legt tröstend den Arm um JANE, die wieder schluchzt – verdammt, nach dieser letzten Szene hätte ich selbst geschluchzt –, und zieht sie und MARTY zu sich heran.

ONKEL AL (zu MARTY)

Bitte. Ich hab' dir doch gesagt, daß es keine Werwölfe gibt.

Sie lächeln sich liebevoll an.

JANE (nervös)

Seid ihr sicher, daß es tot ist? Oder er? Oder was immer das ist?

ONKEL AL

Wenn er jetzt noch nicht tot ist, wird er es sein, wenn

ich ihm einen von den silbernen Kerzenständern eurer Mutter ins Herz gestoßen habe.

JANE (verzieht das Gesicht)

Oh, Onkel Al, bitte nicht!

ONKEL AL (grimmig)

Oh ja, Janey. Wenn ich etwas glaube, dann glaube ich es ganz.

Er steht auf und geht.

JANE

Ist *wirklich* alles in Ordnung, Marty?

MARTY

Nur meine Beine nicht . . . ich kann nicht gehen.

JANE

Du bist doch 'ne richtige Mißgeburt, weißt du das?

MARTY (lächelnd)

Ich liebe dich, Jane.

517 AUSSEN TARKER'S MILLS BREITER AUSSCHNITT NACHT 517

Ruhe. Alles schläft.

JANE (Stimme eingeblendet)

Es war nicht immer leicht für mich, den Satz zu beantworten . . . aber in jener Nacht konnte ich es, und ich stelle fest, daß ich es auch heute sagen kann, da die entsetzlichen Ereignisse jenes Herbstes zu Erinnerungen geworden sind, die für mich wenig mehr als Träume bedeuten.

518 INNEN DER FLUR MIT MARTY UND JANE 518

JANE (umarmt ihn)

Ich liebe dich, Marty.

519 AUSSEN TARKER'S MILLS GROSSER BILDAUSSCHNITT 519

JANE (Stimme eingeblendet; nicht mehr als ein Flüstern)

Ich liebe dich, Marty . . . gute Nacht.

DIE KAMERA SCHWENKT ZUM MOND HOCH

AUSBLENDEN